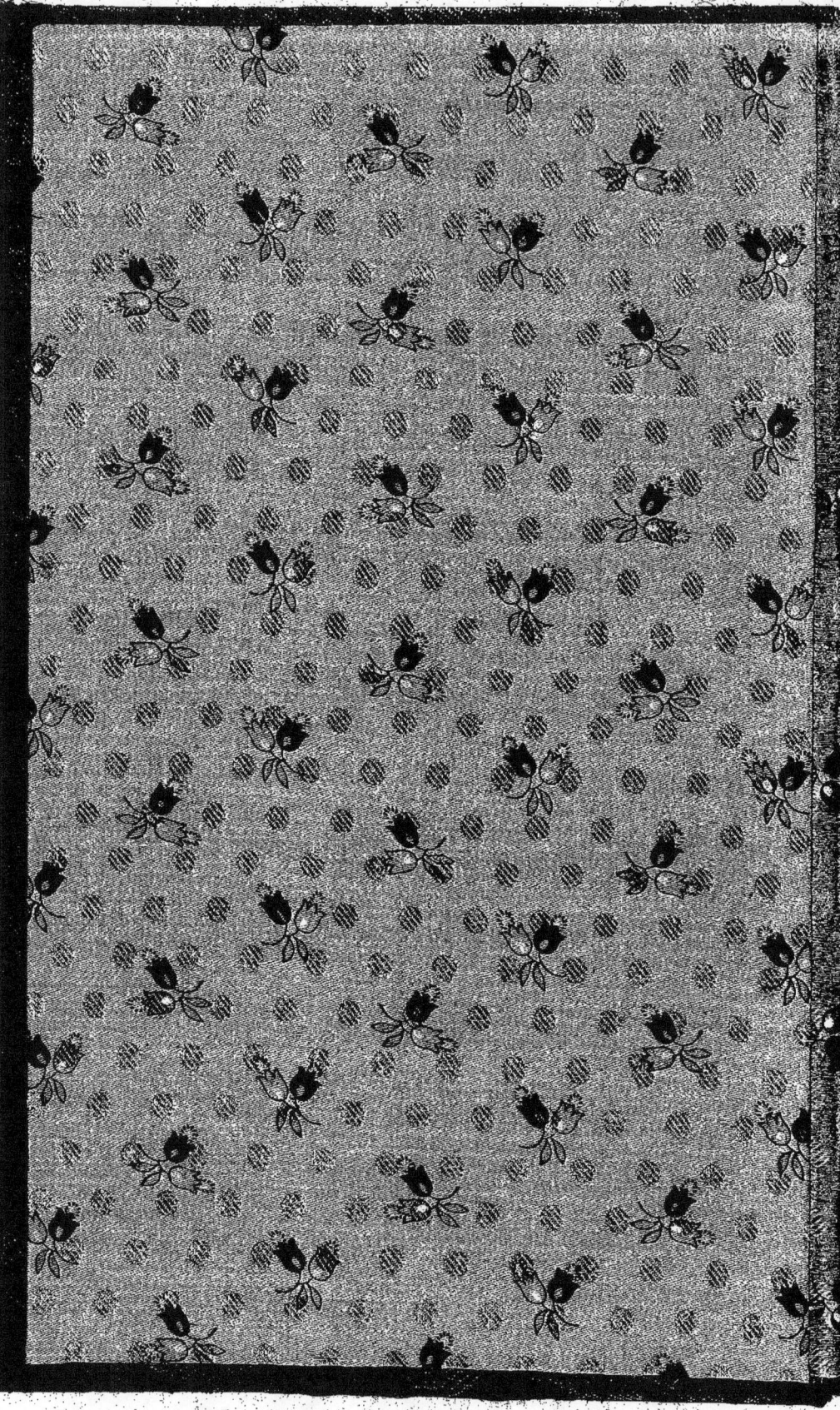

SI-KA-ZEN-YÒ

ANTHOLOGIE JAPONAISE

J. Claye, imprimeur. — E. Benoît, 7, à Paris.

ANTHOLOGIE
JAPONAISE

POÉSIES ANCIENNES ET MODERNES

DES INSULAIRES DU NIPPON

Traduites en français et publiées avec le texte original

PAR

LÉON DE ROSNY

PROFESSEUR A L'ÉCOLE SPÉCIALE DES LANGUES ORIENTALES

Avec une Préface

PAR ED. LABOULAYE

De l'Institut

PARIS

MAISONNEUVE ET Cie, ÉDITEURS

15, QUAI VOLTAIRE, 15

—

M DCCC LXXI

A M. BROSSET

MEMBRE DE L'ACADÉMIE DES SCIENCES DE SAINT-PÉTERSBOURG
FONDATEUR DES ÉTUDES GÉORGIENNES EN EUROPE

HOMMAGE DE RESPECTUEUSE AMITIÉ

LE TRADUCTEUR

L. DE R.

あつまりの荒梭原も
志けふあめ
夜のゆくくみ
みぅりょーつく

五性田藏杉場

PRÉFACE

Il est quelqu'un à qui je pense,
Dans le lointain, il est quelqu'un à qui je pense.
Cent lieues de montagne nous séparent,
Cependant la même lune nous éclaire, et le vent qui passe
nous visite l'un et l'autre ;
Je pense au temps où nous étions ensemble. Combien alors
nous étions heureux [1] !

Qui parle ainsi? Qui soupire dans ce langage
mélancolique, dont on sent la mélodie au travers

1. D'Hervey-Saint-Denys, *Poésies de l'époque des Thang*, p. XXXII.

même d'une traduction? C'est un Chinois qui
écrit au IVe siècle de notre ère. Le cœur humain
est partout le même. Tout change avec le cli-
mat et la race : mœurs, langage, religion, gouvernement; mais les mêmes passions agitent
le barbare et l'homme civilisé, l'Arabe sous sa
tente et l'Européen dans sa maison. En tout
pays, dans tous les âges, s'élève ce cri de l'âme
qu'on nomme la poésie.

Cette réflexion, banale aujourd'hui, eût
étonné nos pères au temps de Louis XIV. Pour
eux la poésie avait été le privilége de la Grèce.
Athènes avait servi de modèle aux pâles imita-
tions des Latins; Racine mettait sa gloire à traduire Euripide, et Fénelon à copier Homère.
Tout au plus admirait-on l'Arioste et le Tasse,
comme d'ingénieux disciples de Virgile. Voltaire
est le premier qui, presque malgré lui, ait
reconnu le génie de Shakspeare et de Milton. Et
c'est seulement sous la Restauration que l'école
romantique, rompant avec une admiration tra-
ditionnelle, a laissé les imitateurs de la Grèce
pour s'éprendre de Gœthe et de Calderon.

Aujourd'hui nous assistons à une nouvelle phase de cette révolution intellectuelle. L'antique Orient nous a livré ses secrets; l'Inde, l'Égypte, l'Assyrie, l'Arabie nous appartiennent. C'est la conquête de l'érudition. Et presque en même temps la vapeur en rapprochant les peuples nous a ouvert ces vieux empires de la Chine et du Japon, si longtemps fermés à notre curiosité. Le monde n'a plus de mystères, il n'y a plus de littérature privilégiée. Ce qu'on recherche dans les livres de tous les peuples, ce n'est plus seulement le chef-d'œuvre de quelque génie inspiré, c'est l'histoire même de l'esprit humain.

Il y a peu de temps Paris a reçu la visite de M. Seward, l'ami et le conseil du président Lincoln, le ministre qui a dirigé l'Amérique au milieu des orages de la guerre civile. Vieux et infirme, mais toujours jeune d'esprit, M. Seward, pour occuper l'activité qui le dévore, venait de faire le tour du monde. Il se reposait quelques jours en France à son retour du Japon, de la Chine, de l'Inde et de l'Égypte. Comme on lui demandait ce qui l'avait frappé dans ses voyages, il répondit : J'ai vu de plus près le plan de la Providence. Réponse d'un philosophe qui, sous la diversité apparente des nations, avait retrouvé partout l'unité essentielle du genre humain, de même qu'un botaniste sous l'infinie variété des plantes découvre partout l'action d'une même loi, ou, pour mieux dire, l'œuvre de la pensée divine. Aujourd'hui on n'est plus un écrivain, un littérateur, un critique quand on s'enferme et qu'on s'isole dans un seul pays ; il faut sortir de ces frontières étroites et embrasser un plus vaste horizon. Ainsi le veut la nouvelle condition des choses. En se rapprochant, le monde a diminué, mais l'esprit humain a grandi.

Toutefois ce n'est pas l'œuvre d'un jour que de s'assimiler une littérature étrangère, et surtout une littérature orientale. Expression du génie national, résumé des croyances, des idées, des mœurs, de l'histoire d'un peuple, la poésie exprime des sentiments universels sous une forme particulière et souvent mystérieuse. Il y a

là un voile qu'il n'est pas toujours aisé de sou-
lever. Chez tous les peuples le langage exprime
des idées et des sentiments communs à l'humanité, mais chaque mot a son histoire. Ce qui
pour nous est une expression familière est pour
l'étranger une énigme dont il cherche vainement le secret.

Prenons, par exemple, ces vers d'Horace :

> Huc vina et unguenta et nimium breves
> Flores amœnæ ferre jube rosæ,
>   Dum res et ætas et sororum
>   Fila trium patiuntur atra.
>
> . . . .
>
> Omnes eodem cogimur : omnium
> Versatur urna serius ocius
>   Sors exitura, et nos in æternum
>   Exsilium impositura cymbæ [1].

Pour un Européen élevé dans le culte de
l'antiquité, familier avec la poésie classique et
avec la peinture moderne, ces plaintes d'Horace
sur l'incertitude et la brièveté de la vie ont une
grâce pénétrante; mais que signifie ce langage
pour un Oriental qui n'a jamais entendu parler

---

1. Horat., *Carm.*, II, 3.

ni des Parques, ni de l'urne du Destin, ni du nocher infernal? Qu'un Arabe ou qu'un Indien veuille donc goûter le génie d'Horace, il ne leur suffira pas d'apprendre le latin, il leur faudra étudier les croyances, les mœurs, l'histoire de Rome et de la Grèce. Jusque-là ce livre qui nous séduit sera fermé pour eux.

Dira-t-on qu'il y a trop de mythologie dans le passage que j'ai choisi? Prenons un poëte moderne, la difficulté sera la même. Qui ne connaît les beaux vers d'Alfred de Musset dans Rolla?

> Cloîtres silencieux, voûtes des monastères,
> C'est vous, sombres caveaux, vous qui savez aimer.
>
> . . . .
>
> Oui, c'est un vaste amour qu'au fond de vos calices
> Vous buviez à pleins cœurs, moines mystérieux!
> La tête du Sauveur errait sur vos cilices
> Lorsque le doux sommeil avait fermé vos yeux,
> Et, quand l'orgue chantait aux rayons de l'aurore,
> Dans vos vitraux dorés vous la cherchiez encore,
> Vous aimiez ardemment! oh! vous étiez heureux!

Supposons qu'on traduise Alfred de Musset en japonais. Non-seulement aucune traduction

ne rendra la douce et triste mélodie de cette voix désolée, mais le sentiment même n'aura pas d'écho chez un oriental étranger au christianisme, qui n'a jamais vu nos vieilles églises, nos cloîtres sombres, et ces admirables tableaux où le pinceau d'un Murillo nous peint un moine en extase devant l'enfant Jésus. Ce qui nous charme dans le poëte, c'est qu'avec quelques paroles il réveille en notre âme toute la magie d'un passé disparu; mais qu'importe à l'étranger pour qui ce passé n'existe pas?

Quand nous étudions l'Orient, le problème est renversé; mais il est le même. C'est nous, Européens, qui avons besoin d'un long effort pour vivre d'une vie étrangère, et comprendre un peuple moins séparé de nous par la distance des lieux que par la diversité et l'opposition de son génie. C'est une étude nécessaire pour goûter pleinement la poésie la plus simple. Regardons, par exemple, ce joli tableau d'intérieur :

> Les herbes du printemps s'inclinent, tout enivrées
> de la tiède rosée;

b

PRÉFACE.

Une jeune femme est couchée, solitaire au fond
de l'appartement intérieur :
Hélas ! pense-t-elle, la tristesse va faner mon visage,
Chaque jour mon cœur se consume en de vains désirs[1].

Certes le sentiment est universel ; l'amour est de tous les temps et de tous les pays. Mais *ces herbes enivrées de rosée* ne nous indiquent-elles pas la poésie d'une civilisation raffinée ? Ne voyons-nous pas la jeune Chinoise, esclave au fond du gynécée, et dont l'imagination s'égare dans la solitude d'une prison élégante ? Ce n'est ni la matrone romaine, ni la femme française qui souffre d'un pareil ennui. Pour retrouver ce délire de la passion, il faut chercher l'odalisque dans le harem, ou la nonne espagnole dans son couvent.

Si l'on veut goûter la poésie orientale, il faut donc se transporter par la pensée dans l'Inde ou dans la Chine, il faut se mettre au point de vue du peuple qu'on étudie, en épouser les sentiments, les idées et les goûts. Tite-Live nous dit qu'en écrivant l'histoire des premiers

---

1. *Poésies de l'époque des Thang*, p. xxi.

temps de Rome il lui semble que son âme devient antique; c'est cette transformation qu'il faut obtenir. Pour sentir le mérite de la poésie japonaise, il faut qu'un enchanteur nous transporte en esprit dans les îles du Japon, au milieu de ce peuple qui aime, pense et souffre comme nous, mais qui ne croit, ni ne pense, ni ne vit de la même façon que nous.

C'est ce que M. Léon de Rosny essaye de faire pour la France. Il a entrepris la conquête du Japon à notre profit. Nous connaissons à peine ce pays étrange. Le voyage de M. Aimé Humbert nous a donné d'intéressants et de nombreux détails sur les mœurs et coutumes japonaises; M. Mitford a traduit en anglais les contes et les vieilles traditions du Japon; M. le docteur Pfizmaier a traduit en allemand un joli roman moderne : *les Six paravents;* mais que de choses il nous reste à apprendre! Nous sommes en présence d'une civilisation antique, de mœurs originales; il y en a pour plus d'un siècle à étudier.

M. de Rosny, dont rien n'arrête l'ardeur infatigable, nous promet de nous montrer le Japon sous toutes ses faces : religion, histoire, géographie, poésie, théâtre, romans, nouvelles. Puisset-il réussir dans cette œuvre considérable! Mais qu'il commence par les œuvres d'imagination, c'est par ce côté qu'il séduira le lecteur. Rien ne vaut le sentiment pour exciter la curiosité.

L'Anthologie qu'il nous offre aujourd'hui a un double objet : faire connaître aux étudiants les diverses phases de la langue et de la littérature japonaise; faire entrevoir au grand public comment la poésie est comprise dans ce pays lointain. De ces deux objets, le premier est le plus important pour le savant professeur, qui publie un texte à l'usage de ceux qui suivent son cours à l'École des langues orientales; le second a cet avantage qu'il nous donne un avant-goût du génie poétique des Japonais. A en juger sur cet échantillon, leur poésie ressemble à la poésie chinoise par son côté mélancolique et sérieux. Quand on a lu Li-taï-pé, ce buveur plus décidé qu'Horace, et bien autrement touché de la fuite des choses humaines, il semble qu'on ne change pas de pays en parcourant l'Anthologie japonaise. Le génie des deux peuples est, assure-t-on, fort différent : je n'ai aucune raison pour y contredire ; mais leur poésie s'accorde. Est-ce l'influence du bouddhisme qui produit cette ressemblance ? je le demande à M. de Rosny.

Y a-t-il dans l'antiquité grecque quelque épigramme plus délicate que cette plainte d'un exilé ?

Bien que mon palais, depuis mon départ, n'ait plus de maître, n'oubliez pas, fleur de prunier, de vous épanouir au printemps sur le bord de sa toiture[1].

Lamartine renierait-il la petite pièce que voici ?

Ce n'est pas la neige du jardin dont la tempête emporte
Les fleurs ; ce qui tombe emporté, ce sont mes jours[2].

Que dire encore de ces vers écrits par Naga-harou, une veuve éplorée, qui se tue avec son

---

1. *Anthologie japonaise*, p. 33.
2. *Anthologie japonaise*, p. 81.

enfant sur le cadavre de son époux, afin qu'un même tombeau reçoive en même temps ceux qui se sont aimés ici-bas?

Qu'il est doux de s'éteindre et de mourir ensemble
En ce monde où l'horloge, qui marque l'heure suprême,
Avance pour l'un et retarde pour l'autre!

Tous ces vers sont anciens, mais le génie national n'a pas changé, si l'on en juge par la romance que M. Philarète Chasles a traduite du conte moderne des *Six paravents*[1] :

La mort est le dernier éveil;
La vie est un rêve qui passe;
C'est un peu de neige ou de glace
Qui se fond au premier soleil.
Chaque heure, en nous quittant, dévore
Le peu que Dieu nous a donné;
La huitième a déjà sonné
Que la septième vibre encore[2]. »

La plupart des poésies traduites par M. de Rosny ont ce caractère. Il a eu raison d'intitu-

---

1. *Sechs Wandschirme in Gestalten der vergänglichen Welt.* Ein japanischer Roman uebersetzt und herausgegeben, von Dr August Pfizmaier. Wien, 1847; in-8°.

2. *Voyage d'un critique à travers la vie et les livres*, p. 344.

ler son recueil *Anthologie*, car par leur brièveté elles rappellent les épigrammes antiques. Il semble que les Japonais aient un goût particulier pour ce genre où les Grecs ont excellé. Quelques mots leur suffisent pour éveiller chez le lecteur un sentiment profond. Ce sont les premières mesures d'une mélodie que l'auditeur se plaît à continuer lui-même, et qui l'emporte vers des horizons inconnus. Il y a toutefois cette différence, que les Grecs gravaient pour l'éternité en creusant leurs inscriptions dans le marbre ou le bronze, tandis que les Japonais se contentent de tracer d'un pinceau léger leurs pensées sur un papier parsemé de fleurs de volubilis ou de nénufar. En songeant que cette matière fragile a gardé depuis des siècles la poésie des générations évanouies, on se rappelle involontairement la parole de l'Anglais Hazlitt, défendant les droits de l'écrivain : *Après tout,* disait-il, *la seule chose qui dure ici-bas, ce sont des mots.* Hazlitt avait raison ; l'homme ne s'intéresse qu'aux joies et aux douleurs de ceux qui ont passé avant lui

sur la terre. Les villes tombent, les palais
s'écroulent; on oublie le nom des rois; mais des
hiéroglyphes peints sur un vieux temple, les
débris d'une plainte maternelle gravée sur un
tombeau, quelques lignes tracées sur une feuille
de palmier ou sur un parchemin jauni éveillent
en notre âme l'écho des jours lointains et nous
font partager la peine et les chagrins de ceux
qui, depuis longtemps, ne sont plus qu'une
poudre insensible jetée à tous les vents.

L'Anthologie japonaise ne me servira pas
de prétexte pour faire un long discours sur un
pays que je ne connais guère. Je ne dirai pas
que les Japonais sont les Anglais de l'extrême
Orient, de peur qu'involontairement le lecteur ne
soit tenté de comparer l'esprit fin et moqueur
des Chinois à celui du peuple d'Occident qui
est le plus voisin de la Grande-Bretagne. J'avoue
mon ignorance, et d'ailleurs j'ai horreur des
systèmes. C'est le lit de Procuste où l'on mutile
la vérité. En ce moment contentons-nous
de jouir de ce qu'on nous donne, et prions

M. de Rosny de traduire souvent et beaucoup.

Il me semble qu'on ne saurait avoir trop de reconnaissance pour ceux qui se consacrent à un travail aussi long et aussi ingrat que celui de nous faire connaître une littérature nouvelle et surtout une littérature orientale. Il ne s'agit pas seulement de traduire en français quelques mots d'une langue étrangère. C'est le génie d'un peuple qu'il faut surprendre et transporter en notre pays. Si nous admirons le voyageur qui nous fait le récit des terres lointaines et des peuples inconnus qu'il a visités, combien devons-nous admirer davantage ceux qui amènent chez nous l'étranger lui-même, qui nous font pénétrer, non-seulement dans sa maison, mais dans son âme ! Charles-Quint disait qu'on était autant de fois homme qu'on savait de langues ; il avait raison ; cela n'est pas moins vrai de celui qui se familiarise avec les littératures étrangères, qui dépouille ses préjugés d'enfance et de nation pour vivre avec ceux qu'il ne verra jamais, et qui, grâce au flambeau que lui présentent des savants dévoués, s'en-

c

flamme à ces clartés nouvelles, et devient, par la force de son esprit, contemporain de tous les siècles et citoyen de tous les pays.

ÉD. LABOULAYE.

Glatigny-Versailles, 10 octobre 1871.

AVERTISSEMENT

ET

INTRODUCTION

DU TRADUCTEUR

AVERTISSEMENT

DU TRADUCTEUR

E N offrant au public le texte et la traduction de l'Anthologie japonaise intitulée *Si-ka-ʒen-yô*, j'éprouve, au début même de ce volume, une hésitation qu'il m'est impossible de ne point avouer. Il y a une différence si manifeste entre la manière dont en Europe et dans les îles de l'extrême Orient on comprend l'art des vers, que je ne puis me dissimuler avec quelle insouciance et peut-être même avec quel dédain doit être accueilli parmi nous un recueil de poésies composées suivant des idées si éloignées des nôtres. Ma première impression, à la lecture des ouvrages poétiques japonais qui font partie de ma collection, a été que la poésie faisait complétement défaut dans cette littérature, d'ailleurs si riche, et que, sous ce nom, il n'existait que des recueils de jeux de mots d'un goût plus ou moins supportable. Sachant néanmoins combien il est prétentieux, pour un étranger surtout, de con-damner sans merci des œuvres nationales admirées par tout un peuple, j'ai cherché, par une nouvelle étude, à m'inspirer plus profondément du génie de ces poésies et à m'identifier en quelque sorte avec les milieux qui les ont vues paraître. Cette manière d'explorer une littérature nouvelle présente sans doute des inconvénients, dont le plus grave est de faire peser sur le jugement du critique tout le poids d'une opinion nécessairement favorable et quelque peu préconçue; mais aussi elle évite les inconvé-nients de l'extrême contraire, et assure à celui qui la pratique la connaissance aussi intime que pos-sible des éléments du problème soumis à son appré-ciation.

Ces nouvelles études m'ont amené à admettre qu'en général la poésie japonaise ne doit pas être assimilée à la poésie indo-européenne, dont elle dif-fère par les traits les plus essentiels, par la forme, par le génie et même, dans une certaine mesure, par le but; que, dans ses manifestations supérieures, elle ne mérite point l'accusation de jeux d'esprit que j'avais portée tout d'abord à son égard; qu'elle est apte à exprimer les grandes émotions de l'âme, et qu'elle les exprime souvent d'une façon qui, pour être laconique, n'est pas moins forte et persuasive; qu'enfin elle met à la disposition de l'écrivain tous les charmes du pittoresque, mais à la condition seulement de ne point les épuiser, et de laisser à l'imagination le soin de découvrir des horizons que quelques traits heureux du tableau laissent entrevoir. J'ignore si cette opinion sera confirmée par les critiques compétents et si leur verdict sévère ne viendra pas me reprocher une complaisance contre laquelle j'ai cherché à me tenir en garde, sans être sûr néanmoins d'y être réellement parvenu. J'aurais pu sans doute me borner à publier, dans l'intérêt des personnes qui suivent mon cours à l'École spéciale des langues orientales, le texte de ces poésies avec des vocabulaires explicatifs, au lieu d'y joindre une traduction française; ce qui m'eût évité le danger d'offrir au public des spécimens d'une littérature pour laquelle il n'est peut-être pas encore suffisamment préparé. Mais une publication disposée de la sorte n'eût pas répondu à l'attente de mes auditeurs, qui savent quelles difficultés à peine croyables présente l'interprétation des vers japonais. J'espère donc qu'eux du moins me sauront gré de ma détermination un peu téméraire et qu'ils en tireront quelque profit pour le succès de leurs études.

Si cette Anthologie est accueillie avec indulgence, je me propose de livrer prochainement à l'impression la dix-neuvième partie de mon *Cours de langue japonaise*, laquelle renfermera, sous le titre de *Chrestoma-*

thie japonaise [1], des spécimens de tous les genres littéraires cultivés au Nippon, avec des traductions et des
notices bibliographiques et historiques. J'avais songé
un instant à composer un recueil de pièces dramatiques,
qui eût donné une idée de l'art théâtral si singulier,
si original des insulaires de l'extrême Orient; mais je
me suis demandé s'il n'était pas préférable de publier
tout d'abord des fragments qui permissent d'apprécier
le caractère général de la littérature japonaise, plutôt
qu'un ouvrage étendu sur l'une de ses branches. Si

---

1. Cette *Chrestomathie*, d'après le plan que j'ai adopté, comprendra
une suite de morceaux choisis, répartis dans les divisions suivantes :

Ire partie. — RELIGION ET PHILOSOPHIE.
a. Religion nationale : Culte des génies (jap. *Kami-no mitsi*).
b. Doctrine confucéiste ou des lettrés (jap. *Zyou-dò*).
c. Religion bouddhique ou doctrine de Fo (jap. *Hotoke-no mitsi*).
d. Législation.
e. Style de chancellerie; traités internationaux.
2e partie. — SCIENCES ET ARTS.
f. Sciences naturelles.
g. Sciences mathématiques.
h. Beaux-arts. — Archéologie. — Numismatique.
3e partie. — LITTÉRATURE.
i. Philologie; linguistique.
j. Poésie.
k. Théâtre.
l. Romans, Contes et Nouvelles.
4e partie. — GÉOGRAPHIE.
m. Géographie du Japon. — Les Guides des touristes.
n. Géographie étrangère. — Voyages.
5e partie. — HISTOIRE.
o. Histoire officielle.
p. Histoire romanesque.
6e partie. — VARIÉTÉS.

le nombre des personnes en état d'entreprendre de telles traductions était plus considérable, si nous comptions autant de japonistes que de savants sinologues, il y aurait sans doute avantage à faire connaître *in extenso* les principaux monuments littéraires, historiques, scientifiques et religieux du Japon; mais, dans les circonstances actuelles, un tel système, qui entraîne nécessairement des lenteurs considérables, ne me paraît pas être celui qui réponde le mieux aux besoins de l'orientalisme.

En attendant que l'avis des maîtres de la science m'ait permis de prendre une décision à cet égard, je compte poursuivre la publication des ouvrages les plus nécessaires à l'enseignement qui m'a été confié. Le *Recueil de textes gradués en langue japonaise vulgaire* [1], qui forme la sixième partie de mon *Cours*, est achevé, et le *Vocabulaire français-japonais* sera bientôt en état d'être livré à l'impression. Le succès avec lequel les étudiants ont accueilli le volume précédent [2] de la collection a engagé les éditeurs, MM. Maisonneuve et Cie, à hâter la publication des autres parties, et ils n'ont pas hé-

---

1. *Textes faciles et gradués en langue japonaise vulgaire,* accompagnés d'un Vocabulaire japonais-français de tous les mots renfermés dans le recueil. Paris, 1869; in-8° (avec 32 pages de textes lithographiés en écritures katakana et hira-kana).

2. *Thèmes faciles et gradués, pour l'étude de la langue japonaise,* accompagnés d'un Vocabulaire français-japonais de tous les mots renfermés dans le recueil. Paris, 1869; in-8° (avec 44 pages de textes lithographiés).

sité à mettre à la fois deux nouveaux volumes sous presse. Si la bienveillance du public continue à nous être assurée, si les encouragements du gouvernement permettent à mes élèves les plus avancés de me prêter un concours assidu, nous arriverons, j'ose le promettre, dans un délai relativement peu considérable, à compléter le *Cours de langue japonaise,* qui ne formera pas moins de DOUZE VOLUMES en vingt parties, chacune en moyenne de plus de 200 pages in-8°. L'étude du japonais vulgaire et littéral ne sera plus alors aussi difficile et aussi rebutante, et l'Europe pourra compter autant d'orientalistes sérieux pour cette langue que pour les autres idiomes importants du monde asiatique.

Chatham, Kent, le 29 juillet 1869.

LÉON DE ROSNY.

INTRODUCTION

S i nous possédions, pour l'histoire littéraire des Japonais, un ouvrage analogue au grand répertoire critique et analytique de la Bibliothèque impériale de Péking [1] pour l'histoire littéraire des Chinois, il serait possible, au moins dans une certaine mesure, de signaler à l'attention des orientalistes européens les principaux monuments écrits des insulaires de l'extrême Orient. Malheureusement j'ai fait, depuis plus de dix ans, de vains efforts en vue de me procurer un tel ouvrage; et, bien que son existence m'ait été affirmée par plusieurs de mes correspondants, j'ai en quelque sorte renoncé à importuner de mes demandes à son sujet les personnes sur qui j'avais compté pour me le procurer. Je me vois donc obligé,

---

1. *Kin-tiṇ-sso'-kʿu-tsʿuen-šu-suṇ-muh.*

INTRODUCTION.

à mon vif regret, d'abandonner, quant à présent du moins, l'idée d'offrir au public un exposé, même succinct, des principales richesses de la littérature japonaise ; et si les libraires du Nippon n'avaient point eu l'heureuse pensée d'imprimer des catalogues de leurs magasins, je serais réduit à connaître seulement l'existence des ouvrages en nombre restreint, et souvent recueillis au hasard, qui composent les cinq ou six collections importantes de ces livres conservées jusqu'ici en Europe.

J'ai pensé toutefois que les amis des lettres orientales accueilleraient, non sans quelque intérêt, les renseignements épars qu'il m'a été donné de réunir dans le cours de mes études. Ils leur sont présentés ici sans autre prétention que celle d'appeler leur bienveillante sollicitude sur une littérature dont on a déjà beaucoup parlé sans en avoir lu quoi que ce soit, et dont les orientalistes ont depuis longtemps désiré apprécier le caractère et la portée.

I

LES Japonais font remonter chez eux l'origine de la poésie jusqu'aux temps mythologiques de leurs annales. C'est en effet à Isanaghi, le dernier des Génies célestes de leurs dynasties fabuleuses, et à son épouse Isanami qu'ils attribuent la composition de leurs premiers vers. Il n'y a pas à s'arrêter sur de pareilles données, que j'ai d'ailleurs rapportées à titre de documents consultatifs dans les traductions qui forment l'Appendice de ce volume ; mais il n'est peut-être pas impossible d'admettre dans le domaine de l'histoire la mention par les écrivains indigènes [1] de Sosano Ono-mikoto, qui fixa, disent-ils, le nombre réglementaire de trente et une syllabes pour chaque distique, en composant suivant ce système une petite pièce à l'occasion d'un palais qu'il avait fait bâtir dans un lieu sacré de la province d'Idzoumo [2]. Ce personnage appartient, il est vrai, au panthéon de la

---

[1]. 和漢三才圖會 *Wa-kaṇ San-saï dʒŭ-ye*, liv. XVI, fº 7.

[2]. Je me propose d'exposer mes idées à cet égard dans un mémoire sur l'ouvrage intitulé *Ko-ʒi-ki*, lequel renferme une longue série de curieux récits sur les origines du Japon.

b

période héroïque de l'antiquité japonaise ; mais divers ordres de faits [1], qu'il serait hors de lieu de discuter ici, nous montrent que la plupart de ces anciennes divinités n'étaient autres que les grands hommes de l'histoire primitive du Japon. De la sorte, on serait amené à placer vers le VIIe siècle avant notre ère, c'est-à-dire à l'époque même de la fondation de la monarchie des mikados [2], les premières poésies dont la tradition nous ait conservé le souvenir.

En dehors de ces poésies et de quelques autres auxquelles on attribue également une date fort reculée, il faut arriver au règne d'Ozine [3], le seizième empereur, pour trouver les premiers documents in-

---

1. Dans un travail que je compte publier sur l'histoire et la chronologie des Japonais, je discuterai toutefois dans quelle mesure il convient d'assigner un caractère véritablement historique aux mikados qui ont précédé le règne de l'impératrice Zingou (IIIe siècle de notre ère), et sur quelles autorités repose la liste continue des quatorze princes inscrits dans les annales indigènes par les écrivains du Nippon.

2. On me permettra de citer ici cette pièce de vers qui, à défaut d'autre intérêt, aura du moins, pour les amis de la philologie, celui de l'antiquité : le texte original en a été reproduit à la fin de ce volume, p. 2 (partie lithographique).

Ya-kumo tatsŭ idzŭmo ya-ye-gaki tsŭma-go-me-ni,
Ya-ye-gaki tsŭkuru, sono ya-ye-gaki-wo.

Semblables à huit nuages (qui s'accumulent sur la voûte céleste), les murailles octuples d'Idzoumo, pour établir (le gynécée de) ma femme, je les ai faites octuples, les octuples murailles.

Le mot *ya*, dans les expressions *ya-kumo* « huit nuages » et *ya-ye-gaki* « les murailles octuples », indique un nombre indéterminé, « un grand nombre, beaucoup, plusieurs ». *Idzŭ-mo* est le nom d'une localité.

3. Règne de 270 à 312 de notre ère.

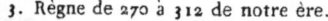

contestables sur l'introduction et le développement de
la littérature dans les îles de l'extrême Orient. Zingou[1],
mère de ce prince et son prédécesseur au trône des
mikados, avait porté ses armes victorieuses jusque dans
la péninsule de Corée. Ce fut de ce pays[2] que vint, en
l'an 285 de notre ère, le célèbre Onine, auquel la tradition rapporte l'honneur d'avoir introduit au Japon
l'usage des caractères idéographiques, ainsi que deux
ouvrages célèbres des Chinois, les Dissertations philosophiques de Confucius[3] et le Livre des mille
mots[4]. Ce même personnage est considéré par les
lettrés japonais comme le père de leur poésie nationale[5].

Dès lors l'art de faire des vers ne cesse plus d'être
cultivé au Japon, où nous le voyons fort en honneur
au ve siècle de notre ère. A cette époque, *Soto-ori-*
Aimé, femme de l'empereur Inkyô (412 à 453), se
rendit célèbre par un recueil d'odes qu'elle composa

---

1. Règne de 201 à 269 de notre ère.

2. Du pays de *Paik-tse*, un des États qui existaient alors dans la
presqu'île de Corée.

3. En chinois : *Lu'n-yu'*.

4. En chinois : *Ts'ien-ts'-wen*.

5. Voici le texte et la traduction d'une pièce de vers de *O-nin*, qui
est peut-être la seule qui ait été conservée de ce célèbre lettré coréen :

> *Nani-wa-dʒŭ-ni saku-ya ko-no hâna fuyu gomori,*
> *Ima-wa haru-beto saku-ya ko-no hâna.*

Dans le port de Naniwa , les fleurs des arbres qui doivent s'épanouir après l'hiver,
maintenant que le printemps est venu elles fleurissent, les fleurs des arbres.

O-nin est désigné en tête de cette pièce avec le titre de *Ayakŭ-saï*
gakŭ-si « le savant du pays de *Paik-tse* » (Corée).

pour exprimer la jalousie qu'elle ressentait par suite
des infidélités de son époux. Ce recueil lui valut le
titre de Divinité de la Poésie. Dans les siècles qui sui-
virent, deux autres personnages furent également mis
au nombre des Génies en récompense de leurs compositions poétiques.

Les poésies anciennes des Japonais ont été l'objet
de nombreux travaux de critique et de philologie dans
les pays où elles se sont produites. Les plus célèbres
d'entre elles ont été réunies en un recueil intitulé
Man-yô-siû [1] « la Collection des Dix mille feuilles »,
qui compte au nombre des principaux monuments littéraires des îles de l'extrême Orient. Ce recueil, dont
on trouvera quelques morceaux dans ce volume, est
composé suivant un système d'écriture abandonné
depuis longtemps, et qui présente souvent les plus
grandes difficultés d'interprétation. Beaucoup de lettrés japonais, d'ailleurs très-instruits, ne peuvent rien
comprendre aux pièces du Manyôsiou sans le secours
de commentaires, et il arrive souvent que les explications des commentaires elles-mêmes sont insuffisantes
pour quiconque n'a pas fait une étude spéciale de
la langue antique et de l'écriture usitée dans ces
ouvrages.

Les plus anciennes manifestations de l'art poétique, chez les Japonais, paraissent empreintes d'un
caractère d'originalité qui établit entre elles et les

萬葉集

poésies chinoises une ligne très-sensible de démarcation. Toutefois on ne tarde pas à reconnaître l'influence de la Chine qui se manifeste même dans les
pièces du genre national, auxquelles les indigènes ont
cependant cherché à conserver, tant dans la forme que
dans l'expression, une tournure essentiellement distincte. L'introduction de la littérature du Céleste-Empire dans le Nippon eut pour effet presque immédiat
de mettre entre les mains des lettrés du pays le Chi-
king et quelques autres antiques poëmes chinois, qui
devinrent pour tous d'inappréciables modèles. Alors
il s'établit au Japon de nombreuses écoles qui eurent
chacune des élèves enthousiastes, et qui rivalisèrent
par la manière parfois très-différente suivant laquelle
leurs fondateurs entendaient la composition des vers.
La poésie, conçue d'après les règles adoptées à la
Chine aux diverses périodes de son histoire, eut de la
sorte de nombreux adeptes dont les meilleurs ouvrages, transmis d'âge en âge, constituèrent au Japon,
à côté de la poésie purement nationale, toute une
littérature poétique qui, si elle trahit souvent les particularités de l'esprit indigène, est du moins essentiellement chinoise de forme.

Enfin, nous voyons apparaître un genre qui semble
assez moderne et qui est caractérisé par l'admission
de la plupart des formes grammaticales du style de la
conversation, partout ailleurs sévèrement exclues des
productions littéraires. Ce genre, qui comprend notamment les chansons modernes, repousse tout emploi
de caractères chinois dans sa rédaction; mais il ne dé-

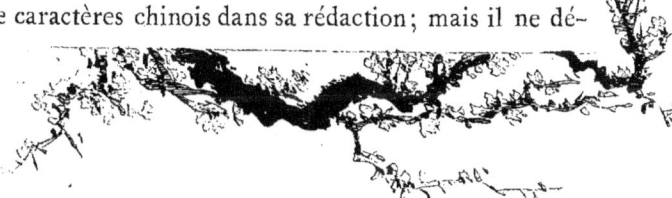

daigne pas de temps à autre ces mésalliances de mots
indigènes et de mots étrangers que la langue vulgaire
du Japon tolère de nos jours dans une si déplorable
mesure.

Sous cette forme populaire, la seule qui soit aisément intelligible à tous les indigènes, la poésie est
aujourd'hui répandue jusque dans les classes les plus
infimes de la population. Nous la voyons partout également goûtée et cultivée, même dans ces quartiers
suspects où les jeunes beautés qui ont acquis un certain talent dans cet art ne tardent pas à obtenir autant de vogue par les charmes de leur imagination
que par les attraits physiques de leur personne.

ES poésies nationales japonaises, désignées
sous le nom de *uta* « chant », qu'il ne faut
jamais confondre avec les poésies composées
suivant le système chinois et appelées *si*, ne sont
guère que de simples distiques. Ces distiques, dont
la composition n'admet aucun mot d'origine étrangère, doivent renfermer une idée complète en trente
et une syllabes formant deux vers : le premier de
dix-sept syllabes, avec deux césures ; le second de
quatorze syllabes, avec une seule césure.

Dans le premier vers, une césure se trouve après
le cinquième pied et une autre après le douzième ;
dans le second vers, la césure unique est après le septième pied. La pièce ci-après se scandera en conséquence de la manière suivante :

Yo-no na-ka-va | *tsŭ-ne-ni mo ga-mo-na* | *na-gi-sa ko-gu*
A-ma-no o bu-ne-no | *tsŭ-na de ka-na-si mo* [1].

Deux voyelles qui se rencontrent, l'une à la fin

1. Voy. la traduction de ces vers, p. 30.

d'un mot, l'autre au commencement du mot suivant, dans le corps d'une période du premier vers ou dans un hémistiche du deuxième vers, peuvent s'élider.

Ki-mi-ga ta-me | ha-ru-no no-nĩ i-de-te | wa-ka-na tsŭ-mu
Wa-ga ko-ro-mo-de-ni | yu-ki-va͡ fu-ri tsŭ-tsŭ [1].

Cette élision toutefois n'est que facultative; chaque voyelle peut conserver son autonomie et compter dans la mesure :

A-ke nu-re-ba | ku-ru-ru mo-no to-va | si-ri na-ga-ra
Na-ʜo u-ra-me-si-ki | a-sa-bo-ra-ke ka-na [2].

L'élision ne se produit jamais à l'endroit de la césure, où l'hiatus est conservé :

A-ta-ra-si-ki | to-si-no ha-ʐi-me-no | ha-tsŭ ha-ru-no
Ke-ô fu-ru yŭ-ki-ʜo | i-ya-si-ke yo-go-to.

Ajoutons que les élisions peuvent avoir lieu entre un grand nombre de voyelles différentes [3], et même entre une voyelle et la syllabe 𝌫 *fu* qui, suivant les règles de la phonologie japonaise, sert à la formation de la syllabe *ô* long.

Quant à la nasale 𝌫 *n* à la fin des syllabes et des mots, elle est comptée pour une syllabe distincte, ce

---

1. Voy. la traduction, p. 75.
2. Voy. la traduction, p. 52.
3. On trouvera, pour l'étude de la versification japonaise, des exemples variés de ces élisions dans les poésies de cette Anthologie, notamment les suivantes : *a-a*, p. 63 ; — *i-i*, p. 75 ; — *o-o*, p. 57 ; — *e-i*, p. 61 ; — *o-a*, p. 39 ; — *o-i*, p. 65 ; — *o-u*, p. 13 ; — *i-a*, p. 52 ; — *i-ô*, p. 72, etc.

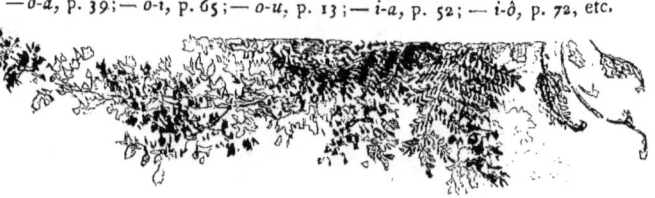

qui se comprend aisément si l'on se rappelle que
cette lettre manquait à l'origine dans le syllabaire
japonais, où elle était remplacée par la lettre ム
mu, laquelle est encore d'un usage fréquent dans
les poésies pour noter la nasalisation finale des
voyelles.

Il n'entre pas dans le cadre nécessairement étroit
de cette Introduction de rapporter toutes les règles
qui constituent l'art poétique des Japonais. J'ai pensé
qu'il suffisait quant à présent de faire connaître les
lois prosodiques des pièces de trente et une syllabes,
qui sont, comme je l'ai dit, les plus estimées parmi
les indigènes. Il me paraît cependant nécessaire de
mentionner quelques-uns des principes sur lesquels
repose le choix et la combinaison des mots dans les
poésies de cette espèce.

La pièce de vers dite *uta* doit renfermer en
trente et une syllabes une idée à laquelle l'auditeur
soit préparé par le premier vers et dont le second four-
nisse le dénoûment ou la conclusion. Le poëte s'attache
ainsi à n'exprimer que ce qui est strictement nécessaire
et évite avec soin de dire ce que l'esprit du lecteur peut
avoir le plaisir de comprendre à demi-mot, sans être
contraint cependant à un effort de nature à laisser du
doute sur l'expression de la pensée. La pièce suivante,
qui rappelle un quatrain célèbre de Victor Hugo [1],

---

1.   Livre, qu'un vent t'emporte
      En France, où je suis né !
      L'arbre déraciné
      Donne sa feuille morte.

fera peut-être mieux comprendre que toute autre le genre de concision des outas japonaises :

Furu-sato-ni arasi mote-koɳ koto-no ha-wa
Ne-nasi kusa tomo ƙito-wa mi-yo kasi!

Que la tempête emporte les feuilles de mes écrits (mes vers),

Et que les hommes considèrent qu'elles viennent d'une plante sans racine.

Le premier vers de chaque pièce ou distique, c'est-à-dire celui qui doit préparer l'auditeur au sujet traité par le poëte, s'appelle *kami-no ku* « phrase supérieure ». Il doit être composé d'expressions métaphoriques ou figurées se rattachant à la pensée du second vers, sans cependant la faire tout à fait pressentir. Les mots qui entrent dans ce vers sont dits « mots de transition ».

Le second vers des distiques, c'est-à-dire celui qui doit exprimer définitivement la pensée du poëte et la compléter, s'appelle *simo-no ku* « phrase inférieure ». Il doit se composer d'expressions simples, mais énergiques, dépouillées du manteau de la métaphore dont on a couvert les mots du premier vers [1].

Dans quelques pièces enfin, l'auteur fait usage d'une métaphore qui, énoncée dans le premier vers,

---

1. Ces règles ne sont pas absolues, et il arrive quelquefois de donner au contraire au second vers une expression métaphorique, tandis que le premier n'a été composé que d'expressions simples et naturelles.

est continuée et complétée dans le second vers par des expressions également métaphoriques [1].

Je dois signaler aussi une particularité assez curieuse de certains distiques japonais, consistant dans l'usage de locutions caractéristiques du mot de qui dépend l'idée principale de la pièce, ou sur lequel l'auteur désire appeler tout particulièrement l'attention. Ces locutions, le plus souvent intraduisibles, sont dites « mots d'appui ou de transition » [2].

---

[1]. La pièce suivante, reproduite d'une façon à peu près inintelligible dans le *Supplément* à l'édition française de la Grammaire du P. Rodriguez, nous fournit un excellent exemple des distiques de ce genre. J'ai essayé d'en rétablir le texte comme il suit :

VERS COMPOSÉS PAR UNE MÈRE SUR LA MORT
DE SON ENFANT.

Wakete fuku kaƶe koso ukere hâna tomo-ni,
Tsirade ko-no ha-va nado nokoruraṇ.

Pourquoi faut-il que le souffle du vent ait fait tomber les fleurs sans emporter en même temps les feuilles de l'arbre ?

En substituant à cette traduction à peu près littérale une interprétation libre du sens métaphorique de la pièce, on a la traduction suivante :

O mort cruelle, pourquoi n'as-tu frappé que mes enfants, en épargnant leur triste mère ?

[2]. A titre d'exemple de cette particularité, je citerai le distique suivant du grand kambak Daïzyô Daïzine (*Ⅼyakü-nin is-syu*, pièce LXXVI) :

Wada-no hara kogi idete mireba Ⅼisakata-no
Kumo-ï-ni magô okitsü sira-nami.

Lorsque je vois ramer dans la baie de Wada, la blanche vague (me paraît) semblable à la source nuageuse de l'infini (c'est-à-dire au ciel).

Le mot ひ さ か た *Ⅼisa-kata* « l'antique durée » est une de ces

Les poëtes japonais font un usage assez fréquent d'un procédé qui rappelle involontairement nos calembours, mais qui n'a point, dans leur langage, le même caractère de vulgarité. Profitant du grand nombre d'homophones que renferme le vocabulaire japonais, les versificateurs du Nippon trouvent un certain agrément à employer, ordinairement à la fin du premier vers, un mot qui, au second vers, ne peut être admis dans le sens général de la pièce qu'à la condition d'être pris dans une acception qu'il n'avait pas tout d'abord. J'ai choisi, pour donner au lecteur une idée de cette bizarrerie, la pièce suivante où j'ai trouvé un jeu de mots qu'il m'a été possible, à peu de chose près, de rendre également en français :

---

expressions dont il est presque toujours impossible de rendre la valeur dans une traduction, ce qui se rattache aux mots relatifs au ciel.

Voy., pour plus de développements sur les expressions de ce genre, le commentaire donné à la suite d'une ode des Cent poëtes, ci-après, p. 42.

3. Voici un autre exemple, emprunté à la Collection des Cent poëtes (*Ḣyakŭ-nin-is-syu*, pièce LXI) :

Inisihe-no Nara-no myako-no ya-he zakŭra,
Keô kokono-he nivo'i-nuru kana !

Combien sont odorantes, dans la résidence actuelle de l'empereur, les fleurs quatre-doubles (octuples) de cerisier de l'antique capitale de Nara !

Dans cette pièce le mot *kokono-he,* qui signifie « le palais de l'empereur », parce que ce palais avait neuf enceintes, a été choisi à cause du mot *ya-he* « octuple » du premier vers, de façon à donner l'idée de fleurs primitivement *octuples* qui deviennent *nonuples* dans le nouveau palais habité par le mikado.

Kógare-tsŭtsŭ koko-ni, matsŭ-o-no yama-no 'ye-wa,
Kimi-ga sŭmi-ka-no so-ba-ni ẓo ari keri.

Amoureux, je vous attends sur la montagne des sapins,
Venez, ô vous, qui demeurez cyprès (si près).

Le jeu de mots de la pièce japonaise repose sur les
syllabes *matsŭ-o-no yama*, qui désignent d'abord une
montagne célèbre du Japon située aux environs de la
capitale (*Kyô-to*), et qui rappellent ensuite l'idée de
l'amant qui attend (en japonais : *matsŭ* « un pin »
松 signifie également « attendre » 待.
Il faut enfin mentionner, parmi les licences accor-
dées aux poëtes japonais, l'emploi d'un assez grand
nombre de particules purement euphoniques ou explétives qui leur permettent de compléter la mesure de
leurs distiques sans affaiblir la force de l'idée par des
mots de pur remplissage. Ces explétives, loin de faire
languir le vers, contribuent au contraire à lui donner
une allure plus ferme, plus décidée. Les limites
étroites entre lesquelles est resserré le poëte suffisent
pour rendre d'ailleurs tout abus de ces particules à
peu près absolument impossible.

La poésie sinico-japonaise appelée *si*, considérée
au point de vue des règles de la versification, repose
complétement sur les principes de la prosodie chinoise.
Quelques observations sur la manière de lire ces poésies doivent néanmoins trouver place ici.
Tandis que les Chinois, en lisant leurs pièces de

vers, n'attachent à chaque signe qu'un son monosylla-
bique, conformément aux principes de l'écriture idéo-
graphique, les Japonais se croient obligés, pour les
rendre intelligibles à l'audition, de les traduire dans
leur langue souvent polysyllabique. Il en résulte que
la mesure, les accentuations toniques et les rimes,
en un mot tout ce qui constitue le charme euphonique des vers chinois disparaît sous ce déguisement
étranger. Pour obvier à ce défaut, les pièces de vers
chinois, lues en japonais, sont l'objet de compositions
musicales sur lesquelles elles sont chantées, comme
de la simple prose[1].

Ces sortes de compositions musicales, dont une
étude plus approfondie permettrait peut-être de
reconnaître le mérite, m'ont paru généralement d'une
valeur artistique des plus médiocres, et je me demande comment il peut se faire que la culture de
la poésie chinoise ait été et soit encore si répandue
au Japon, alors qu'il me semble établi que le système
nécessaire de leur lecture dans ce pays les prive de
plusieurs qualités essentielles, l'euphonie, la mesure,
la mélodie, l'harmonie, etc. Serait-il donc possible
qu'un peuple cultivât un art hérissé de difficultés qui
n'ont point de raison d'être chez lui, puisqu'il n'en
peut tirer aucun avantage, et cela par la seule
raison que les productions de cet art sont belles aux

---

1. On trouvera dans notre Anthologie (p. 168) un spécimen de
ces sortes de poésies, avec l'indication des notes suivant lesquelles les
insulaires du Nippon ont l'habitude de les psalmodier.

yeux de ses voisins du continent? Et ne se figure-
t-on point un aveugle qui, non content d'acquérir
des sculptures qu'il peut à peine apprécier par le
toucher, voudrait encore les posséder rehaussées de
couleurs dont il n'a pas la faculté de saisir les moin-
dres effets?

III

'ANTHOLOGIE japonaise *Si-ka-ʒen-yô*, « Feuilles choisies de vers japonais et sinico-japonais », dont j'offre aux orientalistes le texte original accompagné d'une transcription en lettres européennes et d'une traduction française, comprend une suite de spécimens de plusieurs genres de poésies composées au Nippon [1].

Les premières pièces, empruntées au *Man-yô-siû*, le célèbre « Recueil des Dix mille feuilles » dont il a été parlé plus haut, appartiennent à l'époque la plus reculée. Composées en langue *yamato* ou idiome archaïque du Japon, elles offrent en outre cette particularité, dont on ne trouve que peu d'exemples ailleurs, d'être écrites exclusivement en caractères chinois. Il ne faudrait cependant pas conclure de là qu'elles présentent moins de difficulté d'interprétation que les morceaux écrits dans les innombrables signes de la calligraphie cursive japonaise, ni supposer que

---

1. Les poésies épiques, hsitoriques et satiriques feront l'objet d'une autre publication.

des textes de ce genre peuvent être compris, même partiellement, par les personnes initiées aux seuls secrets de la philologie chinoise. Les caractères idéographiques employés pour écrire le *Man-yô-siû* ne diffèrent point par la forme des signes communément usités dans les livres du Céleste-Empire; mais au point de vue de l'interprétation, on peut dire qu'ils n'ont que de lointaines affinités avec ces derniers. Les caractères chinois perdent en général dans ce recueil la signification qui leur est propre pour ne plus devenir que de simples lettres d'un syllabaire destiné à reproduire purement et simplement les sons de la langue yamato. Originairement ce syllabaire, dont nous avons publié le prototype [1], ne comprenait pas un nombre de signes précisément déterminé, et tous les caractères chinois, pris phonétiquement, pouvaient à la rigueur entrer dans sa composition. Quelques-uns d'entre eux étaient cependant d'un usage plus fréquent que les autres, et les syllabaires *Man-yô-kana* fournis par les ouvrages de philologie indigène, sont d'ordinaire réduits à quarante-sept signes, ce qui revient à dire qu'ils ne donnent qu'un seul caractère pour chaque syllabe de l'alphabet japonais. De tels syllabaires sont loin toutefois de renfermer tous les signes phonétiques usités dans le Recueil des Dix mille feuilles [2], et leur liste complète reste encore à publier.

---

1. *Introduction à l'étude de la langue japonaise* (Paris, 1856; in-4°), p. 15.

2. Voici, dans l'intérêt des personnes qui étudient la langue poé-

A la suite des pièces données comme spécimens de la célèbre collection du *Man-yô-syu*, on trouvera une série d'odes ou distiques tirés d'un recueil très-populaire au Japon, intitulé *Ayakŭ-nin-is-syŭ*, c'est-à-dire « Pièces de vers des cent hommes (célèbres par

---

tique des anciens Japonais, la liste des signes *Man-yô-kana* que contiennent les pièces de cette Anthologie :

i	伊	*ku*	久
ha	波	*ya*	也 夜 Voy. *yo.*
ni	爾 二	*ma*	麻 萬
to	騰	*ke*	家
ru	流	*fu*	布 敷 不
wo	乎	*ko*	其
wa	和	*a*	安
ka	我	*sa*	左 佐
yo	夜	*ki*	伎
so	曾 餘 賊 都	*yu*	由
tsu	津	*me*	米
na	念	*si*	之 知 四 思 旨
ra	良	*ɕi*	師 備
mu (n)	牟 武	*ɕi*	比 文
no	乃 能	*mo*	毛

leurs poésies) ». Ces pièces, toutes également courtes et composées de trente et une syllabes, suivant le système dont il a été question plus haut, sont dans la mémoire de chaque lettré du pays, et les gens du peuple eux-mêmes les récitent à l'envi, sans se préoccuper le plus souvent d'en saisir la signification, qui est au-dessus de leur portée.

Le succès extraordinaire de ce recueil a motivé la composition de beaucoup d'autres collections analogues, dont le titre est calqué sur celui-ci. Ces anthologies, au point de vue japonais surtout, sont, pour la plupart, inférieures en mérite à celle des *Ayakŭnin*, et médiocrement estimées des lettrés indigènes. On y trouve cependant çà et là quelques pièces dignes d'être traduites en une langue européenne.

Toutes les collections de ce genre, imprimées en signes idéographiques et en caractères syllabiques *Airakana*, sont très-remarquables au point de vue de la calligraphie. L'extrême variété des formes graphiques qu'on y rencontre permet de les considérer comme les meilleurs recueils d'exercices qu'on puisse obtenir pour arriver à surmonter les nombreuses difficultés de l'écriture cursive des Japonais.

Depuis la rédaction de ma traduction, un savant anglais, M. F. V. Dickins, a donné une imitation en vers anglais du Recueil des cent poëtes, imitation à laquelle il a joint la traduction d'un choix de pièces, et des notes intéressantes.

Quelques-unes des pièces traduites par ce savant orientaliste se trouvent également dans le volume que je publie aujourd'hui. Le lecteur qui comparera la traduction anglaise et la traduction française sera sans doute étonné des différences profondes qui existent entre elles. Les japonistes apprécieront dans quelle mesure j'ai eu tort ou raison de maintenir sans changement, après la publication du livre de M. Dickins, la première interprétation que j'avais rédigée du *Ayakŭ-nin-is-syu*. Les difficultés que présente, presque à chaque mot, l'intelligence de cette Anthologie, assureront l'indulgence des orientalistes compétents à celui d'entre nous qui se sera mépris sur le sens de l'original.

Après les poésies des « Cent hommes célèbres », notre Anthologie renferme une suite de petits morceaux en vers tirés de divers ouvrages très-répandus au Japon, et qui offrent la plus grande variété, tant au point de vue du caractère que de la forme. On y lira d'abord quelques morceaux extraits du *Ha-uta keï-ko-hoŋ*, recueil de chants populaires et érotiques où la langue vulgaire joue un rôle important. On sait qu'il répugne généralement aux Japonais, aussi bien qu'aux Chinois [1], de rédiger leurs livres comme ils parlent : tous les écrits de ces deux peuples, lors même qu'ils sont composés en langue moderne, sont plus ou moins saturés de langue antique, et les pro-

1. Les poésies chinoises, en tant que je sache, sont toutes sans exception composées en style ancien, ou tout au moins dans un style très-différent du *Kuan-hoa* ou langue commune du Céleste-Empire. Les romans modernes eux-mêmes, en Chine, sont presque tous écrits dans un langage trop mêlé de formes archaïques pour qu'ils puissent

noms et les verbes surtout revêtent des formes inusi-
tées dans le dialecte de la conversation. Par exception,
les auteurs des poésies dites *ha-uta,* qui n'ont aucune
prétention littéraire, ne craignent point de puiser
largement leurs mots en dehors du vocabulaire classique, ce qui donne d'ailleurs à ces poésies une grâce
dont les indigènes affectent de faire peu de cas, mais
que les étrangers initiés à la connaissance du japonais
liront certainement avec plaisir. Parmi les formes
grammaticales vulgaires dont il est fait usage dans ce
genre de poésie, on remarquera surtout l'auxiliaire
ます *masŭ,* p. e. dans まいりました *maïri-
masita,* « il est venu », les pronoms わ𛂦 *wasi* (pour
watakŭsi) « moi », をまえ *omaë* « vous », etc.

Les pièces qui suivent appartiennent à un style
plus élevé et sont, pour la plupart, de composition
récente.

Les cinquième et sixième parties du *Si-ka-ʒen-yô*
se composent de poésies du genre *si,* qui n'est autre
chose que le genre usité en Chine, dont j'ai parlé
plus haut. Leurs auteurs s'attachent à suivre ponc-
tuellement les principes des poëtes chinois les plus
célèbres, et de puiser exclusivement dans leur vocabulaire. Il n'en est pas moins vrai qu'on y rencontre
de temps à autre quelques *japonismes,* qui sont loin

être compris à l'audition par la grande majorité des indigènes. Quelques ouvrages *à peu près* complétement rédigés en langue vulgaire,
tels que le *Hun lo'u-mo'n* (les Songes du Pavillon rouge), et le *Kin-
pin-meï* (Histoire galante d'un droguiste), sont d'une lecture très-
agréable, mais les lettrés chinois se targuent de les dédaigner.

de nous en faciliter l'intelligence. Les noms propres
de personnes, de lieux, de fonctions, etc., appartenant
au Nippon et écrits en signes chinois, dont il faut reconnaître la synonymie japonaise, présentent en outre
des embarras parfois très-sérieux pour les étrangers
et même pour les indigènes. Enfin, les nombreuses
allusions de tout genre que renferment les poésies de
cette espèce contribuent à en rendre l'interprétation
très-pénible et parfois même presque impossible.

Il me reste à dire quelques mots du mode suivi
pour la publication du texte et de la traduction de
cette Anthologie. Le texte des poésies a été imprimé
au moyen de la lithographie, et fournit le plus souvent des fac-similés de l'édition originale; il a été
tiré sur un papier orné de fleurs et d'ornements en
couleur, d'après des dessins d'artistes indigènes.

En tête de la traduction de chaque pièce, j'ai cru
utile de donner, dans l'intérêt des étudiants, la transcription du texte original d'abord en écriture typo-
graphique *Λira-kana*, ensuite en lettres européennes,
suivant les principes de l'alphabet international de
transcription [1], principes qui sont d'ailleurs admis, à

---

1. Cet alphabet universel de linguistique a été publié pour la première fois dans mes *Archives paléographiques de l'Orient et de l'Amérique,* t. I; p. 48. — Je dois prévenir que, dans ce volume, les mots
transcrits suivant l'alphabet linguistique ont tous été imprimés en
lettres italiques. Au contraire, lorsque ces mêmes mots sont imprimés
en lettres romaines, je les ai considérés comme introduits dans la langue
française; et, à ce titre, je les ai écrits suivant l'orthographe la plus
communément adoptée ou d'après les règles de notre prononciation.

peu de chose près, par la plupart des orientalistes
adonnés à l'étude de la littérature de l'extrême Orient.

J'aurais voulu y ajouter, également pour l'usage de
mes auditeurs, une traduction littérale de ces poésies;
mais une telle traduction eût été constamment inintelligible, ou aurait nécessité des explications qui eus-
sent plus que doublé l'étendue de ce volume. Les
savants compétents savent combien il faut d'efforts et
même de subterfuges pour rendre, en une langue
européenne, des morceaux rédigés dans un style tout
à la fois aussi concis et aussi *enchevêtré* que celui des
poésies japonaises, et combien il est indispensable de
recourir de temps à autre à des circonlocutions pour
rendre suffisamment claires des idées exprimées dans
une langue si différente des nôtres. Néanmoins, j'ai
essayé de me tenir constamment aussi près que possible du texte original, et les personnes qui auront
étudié sérieusement les parties antérieures de mon
Cours pratique de japonais trouveront dans ma traduction un secours suffisant pour saisir le sens et la
valeur grammaticale des mots de chaque pièce [1].

J'ai ajouté quelques notes historiques et philolo-
giques à mes traductions, dans l'espoir qu'elles pour-
raient intéresser ceux qui les liront. Ces notes donne-

[1]. Dans l'édition de cette Anthologie qui a été publiée tout particulièrement à l'usage des élèves de l'École spéciale des langues orientales, et qui renferme le texte japonais des poésies sans aucune traduction européenne, j'ai donné un Vocabulaire destiné à faciliter
l'étude de l'écriture employée pour la poésie japonaise et sinico-
japonaise.

ront une idée des ressources que fournissent, au point
de vue de l'érudition orientale, les ouvrages indigènes
que nous possédons déjà en Europe, et contribueront
peut-être à attirer vers l'étude du japonais les amis
de l'histoire et de la littérature asiatique.

Enfin, j'ai cru utile de joindre à la traduction
des poésies du *Si-ka-ʒen-yô* plusieurs index, dont les
orientalistes surtout comprendront l'utilité dans l'état
encore rudimentaire de nos connaissances relatives aux
insulaires de l'extrême Orient.

ANTHOLOGIE

JAPONAISE

I

MAN-YO-SIOU

COLLECTION DES DIX MILLE FEUILLES

L'ANTHOLOGIE intitulée *Man-yô-siû* est un des ouvrages les plus célèbres de la littérature japonaise. Fréquemment réimprimée, elle a été l'objet de nombreux travaux de critique, et les savants les plus renommés du pays ont exercé leur sagacité à en

I ,

expliquer les nombreuses obscurités. C'est
qu'en effet ce recueil, qui comprend une
foule d'anciennes pièces de poésie composées
dans les circonstances les plus diverses et
par toute une pléiade d'auteurs différents,
renferme une quantité d'allusions historiques
et d'expressions métaphoriques pour l'explication desquelles la connaissance de la langue
moderne est insuffisante. Les lettrés de l'extrême Orient, à moins d'en avoir fait une étude
spéciale, ne peuvent comprendre ces poésies
qu'avec l'aide de commentaires discutant la signification de la plupart des mots qu'elles renferment et le sens général qu'il faut attacher à
chaque pièce.

Pour nous autres Européens, qui sommes
éloignés du centre où furent composées ces
vieilles manifestations poétiques de l'esprit
oriental, les odes du *Man-yô-siû* présentent
d'autant plus de difficulté qu'une grande partie
des locutions qu'elles renferment manque
absolument dans nos dictionnaires. En outre,
le peu de travaux publiés jusqu'à ce jour sur
l'histoire et la littérature des Japonais ne permet point de trouver l'explication des allusions
historiques ailleurs que dans les ouvrages indigènes, où les recherches sont d'autant plus
longues et pénibles qu'ils sont ordinairement

imprimés sans index analytique et dans une disposition peu favorable à l'érudition.

C'est également au peu de connaissance que nous possédons de la civilisation, des mœurs et des coutumes du Japon, qu'il faut sans doute attribuer l'absence complète d'intérêt que présentent à nos yeux une foule de poésies du *Man-yô-siû*. Il faut, en effet, lire en moyenne une vingtaine de pièces de ce recueil [1] avant d'en rencontrer une seule qui supporte dès aujourd'hui une traduction dans nos langues, et encore ne peut-on l'offrir à un lecteur européen qu'en s'assurant à l'avance de son indul gent accueil. On est cependant en droit de

---

[1]. Voici, à titre d'exemple, quelques courtes pièces du *Man-yô-siû* qui ont été reproduites dans les textes lithographiques insérés à la fin de ce volume :

のをるあま
のをるあま
すとあごとへ
こゆあびき
うちまでき
れほみやの

Oho-miya-no utsi made kiko yu, abiki sŭto, ago toto no oru ama-no yobi koye.

Les cris des pêcheurs qui se rassemblent ont pénétré jusqu'à l'intérieur du grand temple.

Ces vers ont été composés par *Naga-kisŭ oki-maru*, a l'occasion

supposer qu'il n'en sera plus de même lorsque nous connaîtrons davantage les œuvres de l'esprit japonais ; car un livre qui a pu traverser les siècles et conserver de nombreux admirateurs chez tout un peuple renferme évidemment quelques-unes de ces qualités cosmopolites qui sont et seront éternellement la condition de durée des productions de l'art ou de la littérature.

La plupart des grandes bibliothèques de l'Europe possèdent aujourd'hui une ou plusieurs

---

d'une visite que fit l'empereur au temple de *Toyo-saki,* dans la province de *Nani-wa* (Ohosaka).

(*Man-yô-siû ryak-kai,* vol. III^a, f° 2, et dans le *Si-ka-zen-yô,* textes lithographiques joints à ce volume, p. 8.)

も の の ふ を
もののへを
み の れ と こ へ
れ ほ き み の
ま け の ま ふ
ま ふ き く と
を れ も の ぞ

Mono-no fu omi-no otoko-wa oho-kimi-no make-no mani-mani kiku-to-wo omono zo.

Les héros chargés des commandements de l'armée doivent toujours se conformer aux ordres de l'empereur.

Cette pièce a été composée par *Oto-Maru* qui l'a envoyée à l'un de ses amis pour l'encourager à déférer aux volontés de son prince.

L'expression *mono-no fu* désigne les guerriers porteurs de deux sabres. Les Annales des mikados intitulées *Nippon-ô daï-itsi-ran* ex-

éditions du *Man-yô-siû*. Je n'ai pu toutefois en consulter qu'une seule depuis que j'ai entrepris la traduction de l'Anthologie *Si-ka-ʒen-yô*. Cette édition, qui fait partie de ma collection, est intitulée *Man-yô-siû ryak-kaï*[1] et forme vingt volumes in-4°. Elle a été publiée la troisième année de l'ère impériale *An-seï* (1856), par *Nan-ryô Kyô-sya*.

En tête de l'ouvrage se trouve une préface dont il ne m'a point paru sans intérêt de donner la traduction :

---

pliquent ainsi qu'il suit l'origine de ce nom, qu'elles font remonter au règne de l'empereur *Zin-mu Teṇ-ô* (660 avant notre ère) : *Uma-sima-dʒi-no mikoto to, Mitsi-no omi-no mikoto to ryô-ʒin, bu-kô sŭgure-tarou-ni yotté, gun-byô-wo mesi-gu-si, daï-ri-wo keï-go-sŭ. Mitsi-omi-no mikoto-no tsŭkasadoru gun-byô-woba, gumebu to i'u, Uma-sima-dʒi-no Mikoto-no tsŭkasadoru tokoro-woba, mono-no be to i'u. Ima-ni itaru made : bu-si-wo mono-no fu to i'u koto-wa, kore-yori hadʒimeri.* « Les deux personnages, nommés l'un Oumasima-dzino Mikoto, l'autre Mitsino-omino Mikoto, en considération de leurs grands talents militaires, furent nommés chefs des soldats et chargés de la garde du palais impérial. Les troupes commandées par le second reçurent le nom de *gumebu*, tandis que celles qui furent placées sous les ordres du premier s'appelèrent *mono-no be*. Ces dénominations sont parvenues jusqu'à nos jours, et celle de *mono-no fu*, donnée aux militaires, tire de là son origine. » (*Man-yô-siû ryak-kaï*, vol. III^b, f° 8 ; *Si-ka-ʒen-yô*, p. 3.)

1. 萬葉集略解.

PRÉFACE DU MAN-YO-SIOU

ANS l'épaisse forêt du langage, parmi
les monuments de la langue antique de
tous les âges, on a accumulé un grand
nombre de pièces de poésies de trente et une
syllabes, dont on a composé la collection des
Dix mille feuilles (*Man-yô-siû*). Un certain
auteur les a expliquées et a réuni successivement (pour en faciliter l'intelligence) des commentaires en si grand nombre, qu'il semble
que cinq chars, attelés de neuf bœufs, suffi-
raient à peine pour les transporter. Nous qui
en suivons la trace dans les siècles postérieurs,
nous en sommes frappés d'étonnement.

Dans chacun des volumes de ce Recueil,
les arguments des pièces de vers ont été écrits
à la manière chinoise, et parfois, dans les mots
du texte, des erreurs nous ont été transmises;
de plus, la lecture des signes et la ponctuation
m'ont paru défectueuses, comme des roues
mal ajustées ou dont l'essieu ne serait point
huilé.

Aussi me suis-je étonné de ce qu'on ait
négligé jusqu'à présent ces arguments, à l'aide

desquels on peut saisir le sens des pièces, sans songer combien le nombre de ceux qui ont besoin de secours dans de telles études est considérable.

De plus, je ne crois pas que les arguments aient été composés après coup, et j'ai lieu de penser que le *Man-yô-siû* est l'œuvre de *Yaka-motsi*. En effet, dans l'argument d'une pièce, le nom du père de ce personnage a été abrégé, et il est écrit simplement *Oho-tomo-no Kimi,* au lieu de *Oho-tomo-no Tabito-no Kimi,* ce qui ne peut s'expliquer que par le sentiment respectueux d'un fils pour son père. En outre, *Yaka-motsi* a écrit son propre nom *Oho-tomo-no Suku-né Yaka-motsi,* ou bien *Oho-tomo-no Yaka-motsi* (sans désignation honorifique), ce qui prouve encore qu'il a été le compositeur du Recueil.

Un certain jour, le chef de la maison de librairie *Tohe-ki-dô* m'a demandé d'entreprendre la révision de cet ouvrage. Cette proposition m'a charmé, moi, humble lettré [1], et j'ai considéré mon libraire comme un ami de mille années. J'ai donc pris le mauvais pinceau [2] qui me sert d'habitude, et j'ai ajouté (au texte et

1. Littéralement « vieil esclave ».
2. Terme d'humilité.

au Commentaire du *Man-yô-siû*) des lectures et des ponctuations qui lui manquaient, dans l'espoir que cela serait de quelque utilité aux étudiants.

Si les hommes éclairés des divers pays qui liront mon modeste travail apprécient mes efforts avec bienveillance, s'ils corrigent mes erreurs, s'ils épuisent enfin la mesure du beau et du bien [1], ce sera la joie éternelle de ma vie.

Écrit dans la Cabane des Broussailles (*Sô-sô-haŋ*), 14ᵉ année de l'ère impériale *tem-pô* (1843), en automne.

Nan-ryô Kyô-sya.

---

1. Allusion à un passage du *Lu'n-yu'* ou Entretiens philosophiques de l'école de Confucius (chap. III, § 25).

SOUHAITS DE NOUVEL AN

ADRESSÉS A L'EMPEREUR

あたらゑき
とゑのはぢ
めのはつは
るのけふふる
ゆきのいやゑ
けよごと

*Atarasiki tosi-no haʒime-no hatsŭ haru-no
keô furu yŭki-no iyasike yo-goto* [1].

QUE votre bonheur soit inépuisable comme la neige qui tombe, en ce jour du printemps naissant, (au commencement) de la nouvelle année.

Ces vers ont été composés à l'occasion d'un banquet donné par l'empereur, le premier jour de l'an, dans le pays de *Ina-ba*. Ils ont pour auteur *Oho-tomo-no Sŭku-ne Yaka-motsi* [2], auquel

---

1. *Man-yô-siŭ ryak-kaï*, vol. XX, f° 40.

2. 大伴宿禰家持

2

on doit la coordination du recueil devenu célèbre sous le titre
de *Man-yô-siû*.

L'expression *yo-goto* signifie « bonheur, félicité ». On lit
dans l'histoire de l'empereur *Ten-dʒi Ten-ô*[1], qu'à la dixième
année, au premier jour du premier mois, *Oho-nisiki-kami
So-ga-no emi-si* et *Oho-nisiki-simo-no Ko-se-ʎi-tomi* se ren-
dirent au palais du mikado et y prononcèrent les mots *yo-goto*.
Telle est l'origine de cette expression.

---

1. Règne de 662 à 672 de notre ère.

SOUHAITS DE BONHEUR

たきのへのみふね
のやまふゐるくもの
つねふあらむとわが
もはふくふ
たほきみハちとせふ
まさんゑらくも丶
みふねのやまふたゆ
るひあらめや

Taki-no he-no mi-fune-no yama-ni iru
kumo-no
Tsŭne-ni aram-to wa-ga mo ha-naku-ni.
Oho-kimi-wa tsi-tose-ni masaṇ sira kumo mo
Mi-fune-no yama-ni tayuru hi arame ya[1]*!*

JE n'ose croire que mon bonheur sera d'éternelle durée,
Comme cette blanche vapeur toujours suspendue sur la montagne de Mifouné, au-dessus de la cascade.

---

1. *Man-yò-siû ryak-kaï*, vol. III, part. 1, fos 4 et 5; *Si-ka-ẓen-yô*, p. 6.

— Prince, votre félicité dépassera mille années,

Semblable à la blanche vapeur de la montagne de Mifouné, elle ne se dissipera jamais!

Ce petit morceau comprend deux vers que composa le
prince impérial *Yŭge-no O-ʒi,* un jour qu'il visitait la célèbre
montagne de *Mi-fune,* et de deux autres vers qui ont été
composés par le prince *Kasŭ-ga ô* pour leur servir de réponse.

La montagne de *Mi-fune* fait partie de la chaîne de montagnes du *Yosi-no.* C'était un lieu très-fréquenté par la cour
à cette époque.

LA DEMEURE DU MIKADO

たほきみは
かみふゑま
せばあまぐ
ものいかぢち
のうへいは
りせるかも

*Oho-kimi-wa kami-ni si-maseba ama-gumo-no
Ikadʒŭtsi-no uye-ni ivori seru ka mo*[1].

E seigneur suprême (le *mikado*), puis-qu'il est (au rang) des dieux, a sa de-meure au haut du (mont sacré du) Ton-nerre, dans les nuages du ciel.

Cette pièce a été composée par *Kaki-no Moto-no A-soŋ Hito-maro*, à l'occasion d'une visite du mikado du Japon à sa résidence sur la montagne sacrée d'*Ikadʒŭtsi* « le Tonnerre ». On croit que le mikado dont il est ici question était l'impé-ratrice *Dʒi-tô Ten-ô*, qui régna de 690 à 696 de notre ère.

———————

Le titre *oho-kimi*, littéralement « le grand seigneur », était

———————————————————

1. *Man-yô-siù ryak-kaï*, vol. III, part. 1, f° 1; *Si-ka-ʒen-yô*, p. 8.

à l'origine employé exclusivement pour désigner le *mikado* et les princes impériaux. Par la suite, ce titre a été employé également pour le *syô-goun* (*taï-koun*).

Ama-gumo « les nuages du ciel », est une de ces expressions imagées que les poëtes japonais emploient pour lier les deux vers de leurs distiques et pour préparer l'esprit à l'idée qui doit en compléter le sens.

PIÈCE COMPOSÉE PAR L'IMPÉRATRICE

A L'OCCASION

DE LA MORT DE L'EMPEREUR

やすみゑゝわがれ
ほきみのゆふされば
めゑたまふうらゑ
あけくればどひたま
ふらゑかみをかの
やまのもみぢをけ
ふもかもとひたま
わまゑあすもかも
めゑたまわまゑその
やまをふれさけみ
つゝふさればあや
ゆかふゑみあけくれ
ばうらさびくらゑ
あらたへのころもの
そでわひるときも
ふゑ

Yasŭmi sisi wa-ga oho-kimi-no yûsareba mesi tamô-'rasi ake kureba, to'i-tamô-'rasi kami oka-no yama-no momidʒi-wo keô mo kamo to'i-tama-wa masi, asŭmo kamo, mesi tama-wa masi, sono yama-wo fure-sake mi-tsŭtsŭ yûsareba, aya-ni kanasimi ake kureba urasabi kurasi ara tahe-no koromo-no sode-wa ᶘiru toki mo nasi [1].

---

1. *Man-yô-siû ryak-kaï*, vol. II, f° 34; *Si-ka-ʒen-yô*, p. 5.

mon grand seigneur, maître du monde, le soir tu tournais tes regards vers les arbres aux feuilles rougissantes[1] de la colline des Esprits, et, dès le point du jour, tu les cherchais des yeux. Aujourd'hui (si tu vivais), tes yeux les chercheraient encore, demain tu les contemplerais encore!

(A mon tour) lorsque le soir arrive, je lève les yeux vers cette colline, et je suis remplie de tristesse. Solitaire, au point du jour, la manche de ma robe grossière (qu'ont mouillée mes larmes) n'a pu sécher un seul instant.

L'empereur dont il est ici question est le mikado *Ten-bu Ten-ô*, qui mourut le neuvième jour du neuvième mois de la première année de l'ère *Siû-teô* (686 de notre ère), dans le palais de *Kyô-mi-bara-no Miya*. L'épouse de ce prince, à qui l'on doit cette pièce de vers, était fille de l'empereur *Ten-tsi Ten-ô*. Après avoir participé au gouvernement du Japon pendant la vie de son mari, elle lui succéda à sa mort et régna sous le titre de *Dzi-tô Ten-ô*, de 690 à 696. Cette dernière année, elle abdiqua et reçut le nom honorifique de *Taï-zyô Ten-ô* « l'Auguste céleste très-élevé ».

L'empereur Ten-bou avait, de son vivant, désigné comme prince héréditaire *Kusa-kabe-no O-zi*, fils de cette princesse,

---

1. En japonais : *momidzi*. — Le *Dictionnaire japonais-russe* de M. Gochkiewitch traduit ce mot par *klene* « érable ». C'est un arbre très-recherché des poëtes et des artistes japonais.

en même temps qu'il avait appelé au gouvernement son fils d'un autre lit, *Oho-tsŭno O-ʒi* [1], qui possédait, entre autres talents, l'art de faire des vers. Aussi ce dernier se révolta-t-il contre l'autorité de l'impératrice-mère. Celle-ci ordonna qu'il fût arrêté et exécuté. Il n'avait alors que vingt-quatre ans. Au moment de mourir, il composa, en versant des larmes, sur le bord du lac d'*Iwaré*, la pièce de poésie suivante (*rin-siu-no si* « vers de celui qui approche de sa fin »), pièce qui est mentionnée dans les Annales du Japon :

もゝぼたふいはれの
いけふふくかもを
けふのみくてやく
もがくれなむ

Momo dʒŭtô, Ivare-no ike-ni, naku ka mo-wo,
Keô nomi mite ya, kumo gakure nam [2].

C'est en regardant les canards sauvages qui crient sur l'antique étang d'Iwaré que je m'éclipserai dans les nuages (je mourrai).

Ce malheureux prince passe pour avoir également composé à cette même époque une pièce de vers chinois de cinq pieds,

1. *Nippoŋ-ô-daï-itsi-raŋ*, vol. II, f° 8. La onzième année, deuxième mois du règne de *Tem-bu*, ce prince appela le prince *Oho-tsŭno O-ʒi* à participer au gouvernement. Voy. *Nihoŋ seï-ki*, liv. III, f° 14.
2. *Man-yô-siû ryak-kaï*, vol. III, part. II, f° 26.

qui est mentionnée dans l'ouvrage intitulé *Kwaï-fu-sô;* la voici :

金烏臨西舍
鼓聲催短命
泉路無賓主
此夕離家向

Le soleil approche du lieu de son repos[1] ;

Le son du tambour annonce (la fin de) ma courte existence.

Sur la route de l'autre monde[2], il n'y a ni grands ni petits[3].

Ce soir, je quitte ma maison et je me dirige vers cette route.

---

1. Littéralement : « Le corbeau d'or approche de la cabane de l'occident », c'est-à-dire « le soleil est sur le point de se coucher ».

2. Littéralement : « sur le chemin de la source ».

3. Littéralement : « il n'y a ni hôte ni maître ».

VERS COMPOSÉS PAR UNE FEMME

A L'OCCASION

DE LA MORT DE L'EMPEREUR.

みぞくふあきらかきさみあたう
えきわぶばみらみのああへつ
つぞくらぬなままがくねせ
るのがぬぐばばぬるばりみ
よこぐときらてくけをゑ
いいときももいわてくかみ
めんもてちがけきふ
ふきぬいてごみ

Utsu semi-si kami-ni tayeneba, hanareïte
asa-nageku kimi, sakariite wa-ga kôru kimi,
Tama-naraba, te-ni maki motsiite; kinu-naraba,
nugu toki-mo naku, wa-ga ko-'in kimi ʐo kiʐo-no
yo, ime-ni mi-ye tsŭru [1].

ON corps abandonné, ne pouvant suivre celui qui est devenu Esprit, séparé de toi, dès le point du jour, je soupire de tristesse, ô mon prince! éloignée de

---

[1]. *Man-yô-siù ryak-kaï*, vol. II, fº 30; *Si-ka-ʐen-yô*, p. 4.

toi, je suis (violemment) agitée, ô mon prince.

Si tu étais pierre précieuse, je te porterais en bracelet; si tu étais vêtement, je ne trouverais pas le temps de me déshabiller. O mon prince! c'est toi que mon amour a vu en songe la nuit dernière [1].

Utsŭ-semi 空蟬 littéralement « la cigale vide », est une expression du langage poétique qui, par allusion à la cigale, qui a abandonné son enveloppe, veut dire « un corps abandonné par la vie ». Le commentaire japonais l'explique ainsi : *utsŭ-sémi-wa utsŭtsŭ-no mi nari* « par l'expression *utsŭ-semi*, il faut entendre le corps dans sa condition matérielle (l'enveloppe terrestre de l'âme) ». C'est dans ce sens qu'on dit *utsŭtsŭ-no yo* « le monde de la réalité, l'existence d'ici-bas ».

Si, abréviation de *simo*, est une particule euphonique qui sert à compléter les vers et à conserver le rhythme.

« Par l'expression *kami-ni tàyeneba*, on veut dire : l'em-« peréur est devenu un esprit (*kami*) et réside au ciel; mon « corps, que l'âme a abondonné, ne peut le suivre (au delà « de ce monde) et demeure séparé de lui ». (*Kami-ni tayeneba-*

---

1. Comparez à cette pièce les vers suivants du gracieux poëte lyrique de Téos (ode xx) :

Ἐγὼ δ' ἔσοπτρον εἴην,
Ὅπως ἀεὶ βλέπῃς με.
Ἐγὼ χιτὼν γενοίμην,
Ὅπως ἀεὶ φορῇς με.
. . . .
Μύρον, γύναι, γενοίμην,
Ὅπως ἐγώ σ' ἀλείψω,
Καὶ ταινίη δὲ μαστῶν,
Καὶ μάργαρον τραχήλῳ.

wa, kami-to narite, ame kakeri tamayeba, wa-ga utsŭtsŭ-no mi site, sitagaï tatematsŭru-ni-wa taï-ʒu-sité, hanare oru to nari.)

Le mot *kami* répond au mot chinois 神 *šin*, et se rend généralement par « génie ». C'est ainsi qu'on appelle la religion nationale du Nippon « culte des génies » (japon. *kami-no mitsi*). Néanmoins il serait peut-être préférable de traduire par « esprits » le mot *kami*, qui semble se rattacher à une racine entraînant l'idée de « en haut, supérieur ». C'est l'état dans lequel se trouvent, au delà de ce monde matériel, les hommes qui ont accompli leur devoir durant leur vie. Suivant certaines écoles, les animaux eux-mêmes peuvent parvenir à l'état de divinité, à l'exception du chat. « A l'époque où le bouddha Çâkya-mouni entra dans le *Nirvâna*, tous les oiseaux et les animaux terrestres se trouvèrent à ses côtés; seul, le chat n'obtint pas la permission d'y assister. C'est pourquoi l'on dit que le chat ne peut point devenir un bouddha. » (*Sakya-muni-bŭtsu go ne-haʒ-no toki, arayeru kin-tsyŭ oʒ sobani arisi-ga; hitori neko nomi sono seki-ni idʒŭru-wo yurusi tamawaʒu. Kore-ni yotte neko-va ʒyô-butsŭ suru-koto atamawaʒu to iï tsŭtayeri.*)

Asa-nageki veut dire « je me lamente de ce que hier j'ai vu en songe » (*asa-nagéki-wa yumé-ni mi-tate-matsŭri-taru asita-ni nageku nari*).

Sakariïté, etc., a la même signification que *honaruru* « se séparer » (*sakariite un-un, sakaru-mo hanaruru to onadʒi-koto nari*).

Ki-ʒô veut dire « la nuit dernière » (*ki-ʒô-no yô-wa yŭbe nari*). Cette expression manque dans la plupart des dictionnaires. Je l'ai trouvée, mais orthographiée différemment dans le vocabulaire de la langue ancienne *Syô-tsyu Ko-goʒ-teï*, où on l'explique par le mot chinois *saku-baʒ* « hier soir », avec renvoi au recueil de poésies intitulé *Man-yô-siŭ*.

PENSÉE DE TRISTESSE

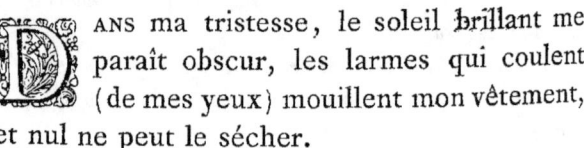

Tereru ʎi-wo yami-ni minasite naku namida,
Koromo nurasitsŭ hosŭ ʎito nasi-ni [1].

D ANS ma tristesse, le soleil brillant me
paraît obscur, les larmes qui coulent
(de mes yeux) mouillent mon vêtement,
et nul ne peut le sécher.

Cette pièce de vers a été composée par *Oho-tomo-no Sŭ-kune Mi-yori*.

---

1. *Man-yô-siŭ ryak-kaï*, vol. IV, part. 2, f⁰ 11; *Si-ka-ʒen-yô*, p. 7.

LA SÉPARATION

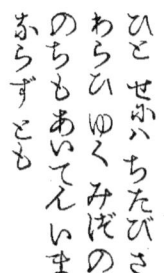

Ḱito se-ni-wa tsi-tabi sawarai yuku midẓŭ-no
Notsi-mo aï-ten ima naraẓŭ tomo [1].

ALGRÉ les mille obstacles que le lit du courant leur oppose, ses eaux, long-temps divisées par les sables, finiront (toujours) par se réunir.

Ces vers du *Man-yò-siû* forment l'une des trois pièces composées par *Oho-tomo-no Sŭkune*, à un moment où il fut obligé de se séparer d'une personne aimée.

Le mot *se* est la lecture japonaise du mot chinois 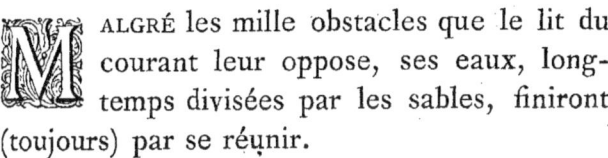 *laï*, qui signifie, suivant le Dictionnaire de l'empereur Khanghi, « de l'eau qui coule sur le sable ».

---

1. *Man-yò-siû ryak-kaï*, vol. IV, part. 2, f° 13; *Si-ka-ẓen-yò*, p. 7.

SUR LA LUNE

さよふけば
いでこんつき
をたかやま
の
みねのゑら
くもかくす
らんかも

Sayô fukeba ide-koɲ tsŭki-wo taka yama-no
Mine-no sira kumo kakusuran ka mo [1] ?

 E blanc nuage qui passe sur le pic de la haute montagne cachera-t-il donc la lune qui apparaît au milieu de la nuit?

Cette petite pièce de vers a été composée par *Kaki-no Moto-no Asoɲ Ĺitó-maro.*

---

1. *Man-yô-siù ryak-kaï,* vol. X, part. 2, f⁰ 43.

II

HYAKOU-NIN-IS-SYOU

COLLECTION DES CENT POËTES

EU de livres jouissent au Japon d'une popularité égale à celle du recueil intitulé *Ayakŭ-nin-is-syu*. Tous les indigènes, pour peu qu'ils aient reçu quelque instruction, savent par cœur les cent pièces qu'il renferme et se font un plaisir de les réciter. C'est par l'étude de ce recueil populaire que les jeunes gens commencent leur initiation à la littérature nationale. Réédité sans cesse, et sous toutes les formes, il a sa place dans chaque bibliothèque; on le rencontre dans le palais du prince et dans l'humble cabane du

4

pauvre lettré, chez l'habitant des villes comme
chez le paysan, chez l'artiste aussi bien que
chez l'industriel ou le négociant. Tantôt on le
trouve publié avec de brillantes illustrations ou
de longs et savants commentaires, tantôt il est
reproduit sur de grandes feuilles ornées d'images,
tantôt enfin il est imprimé sur des cartes dont
on fait un jeu instructif pour la jeunesse. Dans
ce dernier cas, on lit sur chaque carte un vers
isolé de la collection, et celui auquel elle échoit
par le hasard doit compléter le distique en
faisant appel à ses souvenirs.

Je possède dans ma collection toute une
série d'ouvrages sur le titre desquels figurent
les mots *Ayakŭ-nin-is-syu*. Les uns sont de
simples reproductions des poésies du recueil
original auquel on a donné ce nom; ces reproductions sont généralement très-remarquables
par la beauté de leur calligraphie et quelquefois
par le développement des commentaires qu'elles
renferment. Les autres sont des collections de
poésies toutes différentes de celles-ci, le plus
souvent d'un mérite secondaire, que des éditeurs
ont essayé de répandre dans le public en les
faisant profiter de la renommée attachée à l'Anthologie primitive dite « des Cent poëtes ».

Les vingt-cinq pièces ou distiques dont j'ai
donné ci-après la traduction, et qui forment le

quart du recueil intitulé *Ayakŭ-nin-is-syu,* sans
présenter les mêmes difficultés que les poésies
du *Man-yô-siŭ,* sont, pour la plupart, d'une concision telle qu'il est presque toujours nécessaire
d'y ajouter quelques mots pour les rendre intelligibles à un lecteur européen. Je me suis efforcé
cependant d'en donner une traduction aussi
littérale que possible, sans avoir la prétention
d'y avoir toujours réussi, là surtout où se trouvent des jeux de mots, fort goûtés des indigènes, mais qu'il serait intolérable de reproduire textuellement dans nos langues. Les notes
placées à la suite de chaque pièce permettront
aux philologues de trouver le sens précis des
distiques, lorsqu'il m'a paru nécessaire de donner
une traduction quelque peu libre de l'original.

L'édition dont je me suis surtout servi pour
mon travail est intitulée *Ayakŭ-nin-is-syu Aito-
yo gatari,* « Récits d'une nuit pour les pièces
de vers des Cent poëtes ». Elle renferme à la
suite de chaque pièce des notices historiques et
littéraires dont j'ai fait quelques extraits dans le
but de donner une idée des travaux des éditeurs
indigènes. En tête de l'ouvrage se trouve une
préface, écrite en beaux caractères cursifs (*sôsyo*), dont on trouvera ci-après la traduction.
Ces sortes de préfaces, composées d'ordinaire
par un ami de l'auteur et à la demande de celui-

ci, sont le plus souvent rédigées dans un style recherché et emphatique dont les Japonais, comme les Chinois, font le plus grand cas. L'interprétation des morceaux de ce genre présente des difficultés exceptionnelles dont il est bon de fournir un exemple aux personnes qui veulent étudier la littérature des insulaires de l'extrême Orient.

PRÉFACE DU HYAKOU-NIN-IS-SYOU

E prise à une haute valeur l'homme qui, sans avoir une capacité universelle, sait approfondir une étude et arrive de lui-même à traiter de toutes sortes de choses. Or, il est un livre intitulé « Pièces de vers des Cent poëtes », qui, transmis des temps anciens jusqu'à nos jours, est devenu un ouvrage d'instruction universellement adopté depuis la jeunesse jusqu'à l'âge mûr. Son mérite est tel que le pinceau ne peut que difficilement le décrire. C'est pourquoi *Ozaki Masa-yosi*, des environs de *Nani-va* [1], qui a réuni de toutes parts une quantité innombrable de renseignements [2] des-

---

1. Nom poétique de *Oho-saka*, une des cinq villes impériales du Japon.

2. Littéralement, il a recueilli une quantité innombrable d'algues

tinés à faire connaître en une soirée tous les événements de la vie des Cent personnages, a intitulé son livre *Récits d'une nuit*[1], et, après l'avoir fait graver sur des planches de cerisier, dans l'intention de le livrer au public, m'a demandé d'y joindre une courte préface.

J'ai donc écrit ces quelques lignes avec mon pinceau inhabile dans l'espoir que l'auteur de ce livre, qui a fait tous ses efforts pour le rendre utile, vît son œuvre florissante comme les inaltérables bambous de mille toises.

NAMI-TATSU-NO ARU-ZI

HA-RYÔ SYU-ZIN.

---

précieuses des mers des quatre points cardinaux (en japonais : *yo hô-no umi-no tama mo-no kazu-kazu ẞiroï-atsüme*). La plante marine *mo*, dont le nom s'écrit en caractères idéographiques 藻 , désigne une sorte d'algue dont les feuilles présentent les aspects les plus variés. De là est venu l'emploi métaphorique de son nom dans le sens de « production littéraire, talent ».

1. En japonais : *ẞito-yo gatari*.

LES PÊCHEURS

よのなかハつねふが
もふおぎさこぐ
あまのをぶねのつ
ふでかふぞも

Yo-no naka-va tsŭne-ni gamo-na nagisa kogu
Ama-no o bune-no tsŭna de kanasi mo [1].

UISSÉ-je toujours, dans ce monde, ad-mirer les petits bateaux des pêcheurs qui tirent leurs filets en ramant dans la rade [2].

Cette pièce, extraite du 新勅撰集 *Sin-tsyokŭ-*

---

1. *Ayakŭ-nin-is-syu*, pièce xciii; *Aito-yo gatari*, vol. VIII, p. 28.
2. Léonard a dit :

> Je tressaille au bruit de la rame
> Qui frappe l'écume des flots;
> J'entends retentir dans mon âme
> Le chant joyeux des matelots.

sen-siŭ, a été composée par *Kama-kura U-daï-ʒin,* autrement
appelé *Yori-iye.*

Sous le règne de l'empereur *Tsŭtsi-mikado-no In,* au premier mois de la première année de l'ère *Syô-dʒi* (1799), le
premier lieutenant-impérial (*syô-gun* [1]) *Mina-moto-no Yori-tomo*
étant mort, son fils légitime *Yori-iye,* âgé de dix-huit ans,
lui succéda. Sa mère, *Masa-go,* était fille de *Hô-deô Tôki-
masa.* Comme le jeune *Yori-iyé* était de sa nature fainéant,
il fut incapable de rendre la justice et de gouverner. On choisit donc à la cour de *Kama-kura,* résidence des deux premiers
lieutenants impériaux, un homme appelé *Mi-yosi-no Yosi-
nobu* pour rendre la justice. *Toki-masa, Ɩiro-moto, Yosi-nobu,
Mi-ura Yosi-ʒŭmi, Ya-ta-no Tomo-iye, Wa-da-no Yosi-mori,
Kadʒi-vara Kage-toki, Ɩi-ki-no Yosi-kaʒŭ, Tô-ku-rô Mori-
naga,* etc., furent chargés du gouvernement et eurent à ac-
complir toutes les affaires grandes et petites de l'administra-
tion de l'empire.

Le septième mois de la même année, *Yori-iyé,* ayant entendu dire que la femme de *A-datsi Kage-mori* était très-jolie,
envoya ce dernier pour réduire des brigands qui s'étaient ré-
voltés dans le pays de *San-siu;* puis, profitant de l'absence
du mari, il chargea son favori *Naka-no Yosi-nari* d'aller dans
sa maison pour s'emparer de sa femme, et en fit sa maîtresse.

Kagémori, ayant appris cet enlèvement, entra dans une
grande colère, et le bruit de son ressentiment ne tarda pas à
arriver jusqu'aux oreilles de Yori-iyé. Celui-ci réunit alors

---

1. On a l'habitude de désigner en Occident, sous le titre d'empereur temporel, le prince que les Japonais appellent *Syô-gun* (général)
et que la colonie européenne de Yokohama nomme communément
taï-kun (taïkoun). Je le désigne sous le titre de lieutenant impérial
parce qu'il était en réalité le chef des armées du Japon, au nom et
place du mikado, son souverain.

ses quatre favoris, ainsi que *Oho-yé-no Xiro-moto*, et leur demanda conseil.

Hiromoto dit : Autrefois l'empereur *Toba I*er s'empara par la force de *Ki-on-nyô-go*, épouse de *Mina-moto-no.Naka-mune*, et celui-ci fut exilé. Kagémori (dont vous avez enlevé la femme) a servi sous votre père et a été comblé de ses bienfaits. Il ne serait pas tolérable qu'il se fâchât contre vous à propos d'une femme. Il faut le condamner à mort sans retard.

Yori-iyé accueillit ce conseil et se décida à envoyer des troupes, au commandement desquelles il appela *O-gasa-vara Ya-ta-rô*, pour assiéger le château de Kagémori. La mère du syôgoun Yori-iyé, ayant appris cette affaire, se transporta en toute hâte au château de Kagémori, et chargea un messager de se rendre à bride abattue chez Yori-iyé pour lui faire ces représentations : « Le deuil de l'ancien syôgoun, qui est allé dans l'autre monde, n'est pas encore terminé, et déjà, contrairement à tout principe, vous aimez les querelles de la guerre. C'est là ouvrir une ère de désordre. Il faut au plus vite couper court à de telles pensées, sinon votre mère mourra avec Kagémori. »

Yori-iyé, se conformant aux injonctions de sa mère, fit arrêter ses troupes. Masago envoya alors à son fils *Sasa-ki Mori-tsuna*, et lui fit de nouveau des représentations en ces termes : « Vous venez de succéder à l'ex-syôgoun, vous négligez le gouvernement, vous ignorez les souffrances du peuple, vous vous livrez à la débauche, vous ne vous préoccupez pas du mépris public ; de plus, vous vous entourez de (vils) courtisans, et vous repoussez des fonctionnaires qui avaient acquis du mérite sous le règne précédent. Il faut, à partir d'aujourd'hui, changer de conduite. »

Yori-iyé reçut avec respect ces représentations et promit de s'y conformer ; mais il ne changea en rien sa conduite.

Plus tard, Yori-iyé résigna ses fonctions de lieutenant de

l'empereur et entra dans la retraite [1]. C'est alors qu'il composa la pièce de vers qui suit :

いでゝいなば
ぬえなきやど
となりぬとも
のきばのむめ
よはるをわす
るな

Idete inaba nusi-naki yado to narinu tomo,
Nokiba-no mŭme yo haru-wo wasŭru na!

Bien que mon palais, depuis mon départ,
soit inhabité par son maître, n'oubliez pas, fleurs
de prunier, d'épanouir au printemps sur le bord
de sa toiture [2].

---

1. Littéralement, « il devint 陰 居 *in-kyo* ». Ce mot sinico
japonais s'applique à un prince qui, après avoir résigné ses fonctions,
vit retiré du monde.

2. Voici une imitation en vers français de cette ode japonaise :

> De ce palais qui m'a vu naître
> Le sort a voulu m'arracher.
> Malgré le départ de son maître,
> N'oubliez pas, fleurs de pêcher,
> Fraîche parure,
> D'émailler au printemps le bord de sa toiture.

Un poète populaire lithuanien a dit :

> Ô biïunié, biüunieli,
> Nie żidiékiékié gala łauko
> Tu żidiékié, darżiużeli,
> Po swiékliczios łaugużéliu.

O pivoines, pivoinettes, — Ne fleurissez pas au bout du pré; — Fleurissez plutôt
dans mon jardinet, — Sous les fenêtres de la chambre de ma bien-aimée. (Traduction
de M. Alex. Chodzko.)

5

L'INJUSTICE D'ICI-BAS[1]

よのなかよ
みちこそ
けれたもひい
る
やまのおくにも
もゑかぞる
くなる

Yo-nó naka-yo mitsi koso, nakere omo'i iru,
Yama-no oku-ni mo sika ʐo naku-naru.

ANS ce monde, il n'y a point de voie.....
je songe à me retirer dans la profondeur
de la montagne; et, là encore, le cerf
pleure!

Cette pièce, extraite du 千載集 *Sen-ʐaï-siú*, a été
composée par le kwo-daï-kô-gû-no taï-fou *Tosi-nari*.

Tosinari, dans sa jeunesse, fut adopté par son grand-
père maternel *Fuʐi-wara-no Aki-taka*. A cette occasion, il
changea de nom et s'appela *Aki-ʎiro*. Suivant une autre donnée, il devint fils adoptif d'*Aki-sŭke*.

---

1. *Ḣyakŭ-nin-is-syu*, pièce LXXXIII; *ʎito-yo gatari*, vol. VII, f° 39;
Si-ka-ʐen-yô, p. 9.

Or il y avait à cette époque deux poëtes célèbres, *Modo-tosi* et *Tosi-yori*, qui composaient les vers suivant deux mé-thodes différentes, et dont les disciples soutenaient chacun la doctrine de leur école. Tosinari était élève de Modotosi, mais il n'appréciait pas complétement le talent de son maître. Il louait le style de Tosiyori et en même temps le savoir de Modotosi. Une fois quelqu'un lui demanda : « Pour quelle raison aimez-vous les poésies de Tosiyori, que votre maître n'apprécie pas? » — Il répondit : « J'apprécie seulement la forme de ses poésies, mais non point son érudition. » Alors tout le monde approuva son impartialité.

Un jour, *Go-deô-no San-mi* ayant prié Tosinari de lui dire quelle était la meilleure pièce de poésie qu'il ait compo-sée, celui-ci désigna l'ode suivante :

ゆされば のべ
のあきかぜ み
かぜみて
た汢へあくふ
りふかくさの
さと

Yusareba no-be-no aki-każe mi nisi mite,
Tatsŭ-tsŭ naku-nari fuka kusa-no sato.

Quand vient la nuit, le vent d'automne, dans les campagnes, fait sentir sa fraîcheur ; la grue sauvage répand ses cris dans le village de Foukakousa [1].

Toutes les fois que ce poëte composait des vers, il se vê-

1. La grue, par ses cris, répand la tristesse et la mélancolie

tait d'anciens habillements blancs, et, dans une posture con-
venable, se plaçait à côté d'un brasier en bois de paulownia.
C'est pour cela qu'on appelle ses poésies, toujours gracieuses
et convenables, du nom de *kiri-si-oke* « brasier de paulownia ».

Devenu vieux, bien que son ouïe et sa vue se fussent affai-
blies, il conserva cependant une santé florissante. Il fréquenta
alors la cour ; et, à l'âge de quatre-vingt-dix ans, il fut nommé
maître de poésies (*si-haŋ*) du mikado *Go Toba-no In,* sous le
règne de *Tsŭtsi mikado-no In,* la troisième année de l'ère *ken-
nin* (1203). L'empereur, imitant alors un de ses prédécesseurs
au trône, *Kwô-ko Ten-ô,* donna à Tosinari une pièce de vers
qu'il avait composée lui-même et une canne dite *hato-no tsŭye*
(canne des pigeons sauvages).

Tosinari disait toujours que, pour bien composer des
vers, il ne fallait pas ressembler au peintre, qui mélange toutes
sortes de couleurs, ni à l'ébéniste, qui assemble des bois d'espèces diverses ; mais qu'on devait simplement exprimer les
choses comme elles sont. Quand on lui demandait un distique
difficile, il le faisait d'abord ébaucher par ses élèves ; il choi-
sissait ensuite, parmi leurs compositions, la meilleure et y
faisait quelques retouches. C'est ainsi qu'on lui doit beaucoup
de poésies remarquables.

---

dans l'esprit du promeneur. Le Dante (*Enfer,* chant V) a dit :

> E come i grù van cantando lor lai,
> Facendo in aer di sè lunga riga,
> Così vid'io venir, traendo guai,
>   Ombre portate dalla detta briga.

Voy. aussi une strophe d'Alexandre Petœñ, dans *Le Poëte de la
Révolution hongroise,* de M. Ch.-L. Chassin, p. 30.

ENCORE UNE FOIS[1]!

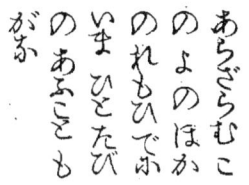

Araẓaram kono yo-no hoka-no omo'i de-ni
Ima Ḱito tabi-no a'u-koto mo gana!

 UISSÉ-JE encore te revoir une fois, pour conserver, au delà de ce monde où je ne serai plus, ton précieux souvenir[2]!

Cette pièce est extraite du recueil 後拾遺集, *Go-syu-i-siû*. L'auteur, *Idẓŭmi Siki-bu*, sentant sa fin pro-

---

1. *Ḱyakŭ-nin-is-syu*, pièce LVI; *Ḱito-yo gatari*, vol. V, f° 12; *Si-ka-ẓen-yô*, p. 10.

2. Voici une imitation de cette pièce en vers français;

> Tu cesses de m'aimer; moi, je cesse de vivre.
> Ton cœur est calme et froid; le mien brûle, il est ivre
> Du souvenir de ton amour.
> Pour graver dans ma tombe une image chérie,
> Veux-tu, dis-moi, veux-tu qu'en cette triste vie
> Je te contemple encore un jour?

chaine, l'envoya à son amant pour lui exprimer le désir de le revoir encore une fois avant de mourir.

Idzoumi Sikibou était fille de *Oho-ye-no Masa-mune*, kami d'*Itsi-ʒen*. Elle avait épousé *Tatsi-bana Mitsi-sada*, kami d'*Idʒŭmi*, dont elle porta le titre. Après la mort de son mari, elle devint dame de cour de l'impératrice *Zyô-tô-moɲ In*, épouse du soixante-sixième mikado *Itsi-deó-no In* (987 à 1011 de notre ère), et se fit remarquer par ses talents littéraires.

LA VIE DES CHAMPS[1]

あきのたの
かりほのいほ
のとまをあ
らみ
わがころもで
ハはゆふぬれ
つく

Aki-no ta-no kari-ho-no, ivo-no toma-wo arami,
Waga koromo-de-va tsŭyu-ni nure-tsŭtsŭ.

N automne, on fait la moisson : la natte (qui couvre) ma cabane est à claire-voie ; mon vêtement est mouillé par la rosée.

Cette pièce, extraite du 後撰集, *Go-sen-siŭ*, a été composée par l'empereur *Ten-dʒi Ten-ô* (662 à 672 de notre ère).

En automne, au moment de la récolte, l'empereur se rend en personne dans une pauvre cabane, pour garder les céréales contre les attaques des animaux et des oiseaux. Le chaume de la

1. *Ŝyakŭ-nin-is-syu*, pièce 1 ; *Ŝito-yo gatari*, vol. I, fº 7 ; *Si-ka-ʒen-yô*, p. 11.

cabane est en mauvais état; du matin au soir ses vêtements sont mouillés par la rosée. On veut dire par là que l'empereur connaît très-bien les peines des cultivateurs et qu'il s'intéresse à leurs travaux.

Suivant d'autres commentateurs, au lieu de l'empereur, c'est un paysan qui est le sujet de la pièce de vers.

SEUL, UNE NUIT

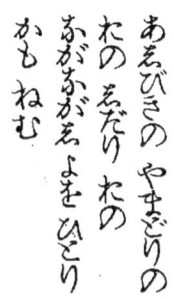

Asibiki-no yamá-dori-no o-no sidari o-no
Naga-naga-si yo-wo Ʌitori ka-mo nem [1].

 ONGUE comme les pennes abaissées du faisan des chaînes de montagnes, cette nuit, dormirai-je solitaire?

Cette pièce, extraite du 拾遺集 *Siǔ-i-siǔ* et composée par *Kaki-no Moto-no Ʌito-maro*, est à peu près intraduisible. Je l'ai donnée seulement comme spécimen d'un genre que les poëtes japonais apprécient à un haut degré et qui consiste à présenter une succession de mots qui font image à leurs yeux et préparent l'esprit à l'idée fondamentale du distique, dont le second vers est la conclusion.

---

1. *Ʌyakǔ-nin-is-syu*, pièce III; *Ʌito-yo gatari*, vol. I, f° 26; *Si-kaʒen-yô*, p. 12.

L'expression *asi-biki* manque dans les dictionnaires de Gochkiewitch et de Hepburn. En revanche, les dictionnaires indigènes japonais fournissent des explications étendues à son égard.

Suivant le glossaire de la langue antique intitulé *Syô-tsiu
Ko-goŋ-teï*, *Asi-biki* (阿 志 比 紀) est un mot initial
(冠 辞 *kamuri kotoba*) qui se rattache aux montagnes.

Suivant le grand lexique intitulé *Wa-kun-siwori*, le mot *Asi-
biki* est une locution de transition (枕 詞 *makŭra kotoba*)
qui se rattache à l'idée de « montagnes ». — Dans le *Nihoŋ
Ki* (Annales du Japon), on l'écrit 脚 日 木 . — Suivant
le *Si-ki*, on fait usage de ce mot parce que, dans les montagnes, on traîne le pied (en japonais *asi*). — Dans le *Man-yô-
siŭ*, les expressions 足 病 *asi-no yamaï*, 足 痛 *asi-no
itami*, etc., ont le même sens. — On a rapproché du même
mot, *asimiki*, dans lequel *asi* correspond à *sibi* « abondant »,
d'où *asibiki* exprimerait l'idée que « les arbres sont abondants
au pied des montagnes ». — Dans les temps postérieurs, *asi-
biki* signifie simplement « montagne ». La pièce suivante, composée par *Kwan-ʑin*, en est la preuve :

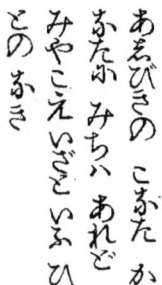

*Asibiki-no konata kanata-ni mitsi-va are-do
Myako-ye iʑa-to i'u ʃito-no naki.*

Quoiqu'il y ait de tous côtés des chemins dans la montagne, il n'est personne qui dise : Allons à la capitale !

Ajoutons que l'expression *asibiki* est employée pour faire image et pour se rattacher au nom du faisan, parce que ce nom signifie littéralement « oiseau des montagnes ». Un nom d'oiseau qui ne rappellerait pas l'idée de « montagnes » ne pourrait s'associer avantageusement avec le mot *asibiki*, qui sert au poëte à peindre la longueur de la nuit que l'amant doit passer loin de sa bien-aimée.

MON PAYS

かも
ふいてゑけき
みかさのや
ふる　　　ま
れば　かすが
　　ふりさけみ
あまの　　ら
　　はら

*Ama-no hara furi-sake mireba Kasŭ-ga naru
Mikasa-no yama-ni idesi tsŭki kamo* [1].

UR la voûte céleste, en ce moment où
j'élève mon regard, n'est-ce pas au-
dessus de la montagne de Mikasa du
pays de Kasouga que la lune se lève [2] ?

1. *Syakŭ-nin-is-syu*, pièce VII; *Sito-yo gatari*, vol. I, f° 44; *Si-ka-
ʒen-yô*, p. 13.

2. On a imité cette petite pièce de la manière suivante :

C'est bientôt le temps du retour :
A mon pays mon âme rêve;
J'y songe et la nuit et le jour
　　Sans trêve.
Déjà je crois voir le contour
De la montagne qui s'élève
　　Autour,
Et la lune qui sur la grève
　　Se lève.

Extrait du 古今集 *Ko-kin-siû*. L'auteur de cette pièce de vers, *Abe-no Naka-maro*, qui vivait sous le règne de *Gen-syô Ten-ô*, quarante-quatrième mikado du Japon, fit partie d'une ambassade envoyée en Chine dans la seconde année de l'ère *Reï-ki* (716 de notre ère). Il y demeura plus de dix ans et y étudia les sciences et la littérature. Comme il se disposait à quitter cet empire, il arriva à Mingtcheou où des lettrés chinois lui offrirent un festin d'adieu. Pendant la nuit de ce festin, il y eut un clair de lune magnifique. C'est pourquoi Abéno Nakamaro composa ces vers où il faisait allusion à sa patrie, qu'il croyait déjà revoir.

LA DANSE DES VIERGES

あまつ かぜくものか
よひぢ ふきとぢよ
れとめの すがたゑば
ゑ とぐめむ

Ama-tsŭ kaӡe kumo-no kayo'i dӡi fuki to dӡi yo,
Otome-no sŭgata sibasi todomem [1].

VENT du ciel, fermez par votre souffle les éclaircies des nuages,

Afin que la beauté des vierges demeure encore parmi nous [2].

---

1. *Ḣyakŭ-nin-is-syu,* pièce XII; *Ḣito-yo gatari,* vol. II, fᵒ 20; *Si-kaӡen-yô,* p. 14.

2. Le poëte Jasmin a dit en patois d'Agenais :

...... Quand, tout d'un cot, un grand troupel
De fillos al tin frès, proupretos coumo l'el,
   Caduno dambé soun fringayré,
Bènon sul bord del roc entouna lou même ayre ;
Et ressemblan achi, tan bezinos del ciel!
D'anges catifoulès, qu'un Diou rizen emboyo
Per fa lous pellerets et nous porta la joyo.

Extrait du *Ko-kin-siû*. Ces vers ont été composés par *Sô-dʒyo Hen-dʒyô* pendant la fête de *Go-se-tsi-ye*, qui dure quatre jours au onzième mois, depuis les jours du bœuf de la deuxième duodécade. Le dernier jour, il y a une danse de jeunes filles nommée *Toyo-no akari-no setsi-ye*. Dans la pensée du poëte, il faut fermer la route que les éclaircies des nuages laissent libre pour se rendre au ciel, afin que les jeunes filles de la danse, qu'il en suppose descendues, n'y puissent point retourner tout de suite.

PASSION CACHÉE

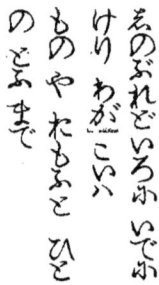

Sinoburedo iro-ni ide-ni keri wa-ga koï-va,
Mono-ya omô-to Ƒito-no tô made [1].

UOIQUE je m'efforce de cacher ma passion, à tous mes traits se trahit mon
amour,

    Au point que chacun me demande à quoi je
pense...

Ces vers sont très-appréciés des Japonais, comme poésie
amoureuse. Ils sont extraits du recueil intitulé *Siŭ-i-siŭ* et ont
été composés par *Taïra-no Kane-mori*, écrivain qui florissait
dans les années *Ten-ryakŭ* (947 à 956), sous le règne de
Mura-kami Ten-ô, soixante-deuxième empereur du Japon.

---

1. *Ƒyakŭ-nin-is-syu*, pièce XL; *Ƒito-yo gatari*, vol. IV, f° 15; *Si
ka-ʒen-yò*, p. 15.

DEPUIS QUE JE T'AI CONNUE

あひみてものちのこゝろ
ふくらぶれば
むかゑハものをたもざり
けり

Aï-mite-no notsi-no kokoro-ni kurabureba,
Mukasi-va mono-wo omovazari keri [1].

S i je compare ce que sont devenues mes pensées depuis que je t'ai connue,
        Auparavant je n'avais point de pensées [2].

---

1. *Syakŭ-nin-is-syu*, pièce XLIII; *Sito-yo gatari*, vol. IV, f° 23; *Si-ka-ʒen-yô*, p. 16.

2. L'idée de cette pièce, dont ma traduction ne rend que très-imparfaitement la charmante concision, rappelle ce passage de la chanson de Léone-Léoni :

> Avant le jour de ta présence,
> Je ne me souviens plus d'un jour.
> Mais tu parus : mon existence
> A commencé de ton amour.

Le poëte veut dire que, bien qu'il possédât des pensées d'amour pour sa bien-aimée avant de l'avoir possédée, ces pensées, quelque ardentes qu'elles fussent, n'étaient rien en comparaison de ce qu'elles sont devenues depuis.

Cette pièce, extraite de la collection *Siŭ-i-siŭ*, a été composée par le tsiounagon *Atsŭ-tada*, qui vécut sous les règnes de *Daï-go Ten-ô* et de *Syu-ɣyakŭ Ten-ô* (dans la première moitié du dixième siècle de notre ère). Il était le troisième fils du sadaïzin *Zi-heï-kô*. On fixe sa mort à la sixième année de l'ère impériale *Ten-keï* (an 943).

VERS ADRESSÉS PAR L'AUTEUR

A SA MAITRESSE

あけぬればく
るへものとは
ゑりふがら
ふほうらめ
ゑきあさぼ
らけかふ

Ake nureba kururu-mono to-va siri-nagara,
Naho uramesiki asaborake kana [1].

UNE autre nuit, je sais, doit succéder au
jour;
Cependant, pour mon cœur, l'au-
rore est détestable.

Ces vers, extraits du *Siŭ-i-siŭ* et composés par *Fudʒi-wara-no Mitsi-nobu A-soɳ*, ont été envoyés par l'auteur à sa maî-tresse qu'il avait quittée au point du jour, afin de lui expri-mer sa tristesse de ne pas la revoir avant la nuit.

Sous le règne de l'empereur *Itsi-deô-no In,* le sixième mois

---

1. *Ḣyạkŭ-nin-is-syu,* pièce LIV; *Ḣito-yo gatari,* vol. IV, f° 53 : *Sika-ʒen-yo,* p. 17.

de la troisième année de l'ère *Syô-ryakŭ* (995 de notre ère),
le père de l'auteur, le daï-zyô-daï-zin *Tame-mitsŭ*, mourut.
Mitsinobou, pénétré des sentiments de l'amour filial, aurait
voulu porter le deuil au delà d'une année ; les institutions du
pays l'obligeant à le quitter, il composa la pièce de vers suivante :

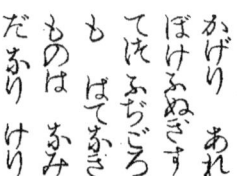

Kageri areba keô nugi sŭtetsŭ fudʒi goromo
Hate naki mono-wa namida nari keri.

Puisque l'usage au deuil veut qu'on fixe
des bornes, mes funèbres habits me quittent
aujourd'hui ; mais mes larmes, du moins, ne me
quitteront pas.

UNE SEULE NUIT

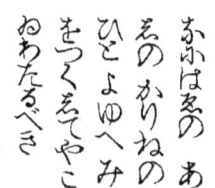

*Nani-va ye-no asi-no kari ne-no Ƙito yo yŭye
Mi-wo tsŭkusite ya koï wataru beki* [1].

 URA-T-IL donc suffi d'une nuit au som-
meil passager pour me rendre amou-
reuse jusqu'à la fin de mon existence [2]?

Cette pièce, extraite du *Sen-ƺaï-siú*, a été composée par
Kwô-ka-moŋ In-no bet-tô, femme de l'empereur *Siu-tokŭ In*
(1124 à 1141 de notre ère).

Comme toutes les poésies qui présentent des jeux de mots

---

1. *Ƙyakŭ-nin-is-syu*, pièce LXXXVIII; *Ƙito-yo gatari*, vol. VIII,
f° 14; *Si-ka-ƺen-yô*, p. 18.

2. Voici une imitation en vers de cette petite pièce:

> Une nuit seule, au sortir de l'enfance,
> (Cette nuit-là, nous n'avons pas dormi),
> Une nuit seule aura-t-elle suffi
>   Pour embraser mon existence ?

ou des locutions à double entente, celle-ci est à peu près intraduisible.

Kari-ne-no kito yo signifie, d'une part, « une nuit de sommeil passager », c'est-à-dire une nuit où l'on ne dort que par
moments, une nuit d'amour ; et, d'autre part, « l'entre-nœuds
d'une tige de bambou ». C'est à cause de cette seconde valeur
que l'auteur a pu y joindre le mot *asi*, qui désigne une sorte
de bambou (*Phalaris arundinacea*) fréquemment cité dans les
poésies japonaises.

LES ROSEAUX DE NANIVA

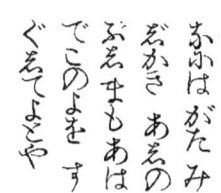

Nani-va gata miʒikaki asi-no fusi-no ma mo
Avade kono yo-wo sŭgusite yo to ya [1] ?

E serait-il possible de passer sans le voir un moment de cette vie, fût-il aussi court que l'intervalle des nœuds des roseaux [2] qui croissent sur les rivages de Naniva ?

Extrait du *Sin-ko-kin-siŭ*. L'auteur de cette pièce, *Ise*, était fille de *Tsŭgi-kage*, kami d'*Ise*. Elle est, pour cette raison, désignée communément sous le titre de son père. Ce fut la mère d'un des fils de l'empereur *U-ta Ten-ô* (888 à 897 de notre ère).

---

1. *Ayakŭ-nin-is-syu*, pièce xix; *Aito-yo gatari*, vol. II, p. 45; *Si-ka-ʒen-yô*, p. 19.
2. Voyez la pièce précédente.

かた *kata* désigne la plage sablonneuse (de la rade de
Ohosaka).

ふそ *fusi* indique l'intervalle entre les nœuds de la tige
des roseaux ou des bambous.

PRESSENTIMENT [1]

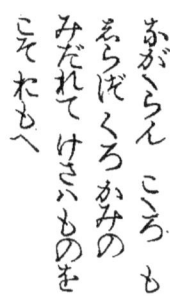

Nagakaraṇ kokoro mo siradᵹŭ kuro kami-no,
Midarete kesa-va mono-wo koso omohe.

'IGNORE si son amour sera durable, mais le désordre est, ce matin, dans mes pensées [2] comme dans ma noire chevelure [3].

---

1. *Ƙyakŭ-nin-is-syŭ*, pièce LXXX; *Ƙito-yo gatari*, vol. VII, fᵒ 26; *Si-ka-ʒen-yô*, p. 20.

2. Littéralement, « ma pensée, ce matin, est *emmêlée* comme ma noire chevelure ».

3. Un poëte persan a dit :

Âšufte suχen ču ʒulfi jânân χòšter
Čun kâri jehân bîser û sâmân χôšter.

Une parole désordonnée, semblable à la chevelure des bien-aimées, est ce que j'aime le plus. — (Une parole) semblable aux affaires de ce monde, sans commencement ni fin, est ce que j'aime le plus. (Kââni, *Pèrichân*, Préface. Traduction de M. Al. Chodᴣko.)

Cette pièce, extraite du *Sen-ʒaï-syu*, a été composée par *Hori-kawa*, dame attachée à la maison de *Taï-ken-moŋ In*. Elle était fille du chef religieux[1] *Aki-naka*.

ふがへらん *nagakaraŋ*, pour ふがき あらん *nagaki-araŋ* « long, durable ».

こゝろ *kokoro*, littér. « cœur », signifie ici « amour ».

みだれる *midareru* signifie « en désordre, troublé, emmêlé, désordonné ».

---

1. En japonais : *Zin-gi-haku*.

L'ATTENTE[1]

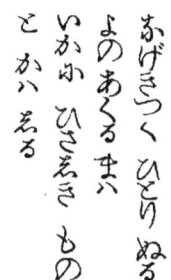

Nageki-tsŭtsŭ Ĺitori nuru yo-no akuru ma-va,
Ika-ni Ĺisasiki mono-to ka-va siru.

AIS-TU bien comme est longue une nuit jusqu'à l'aube,

Quand je dors solitaire, hélas! en soupirant.

Extrait du *Siŭ-i-siŭ.* Ces vers ont été composés par la mère de *Mitsi-tsŭna,* grand intendant de la droite, sous le règne de l'empereur *Mura-kami Tĕn-ŏ* (947 à 967 de notre ère), pour son amant *Kane-iye,* qui avait le titre de régent entré en religion [2]. Un jour que celui-ci était venu pour la

---

1. *Ĺyaku-nin-is-syu,* pièce LIII; *Ĺito-yo gatari,* vol. **V,** fº 2; *Si-ka-ʒen-yŏ,* p. 21.
2. En japonais : *Niu-dŏ Ses-syŏ.*

voir, on le fit attendre à la porte plus longtemps que d'habitude. Aussi s'en plaignit-il amèrement. C'est pour répondre à ses reproches que la jeune femme lui adressa ces vers.

L'auteur de cette pièce de vers était fille de *Fudʒi-vara-no Moto-yasŭ*; et on la citait, à son époque, comme une des trois plus célèbres beautés du Japon. Elle publia un recueil de poésies intitulé *Kagerô-no nik-ki* « Récits journaliers du Dragon volant [1] ».

ねる *nuru* est une forme poétique pour ねる *neru* « dormir ».

---

1. Le « dragon volant » (vulg. « la demoiselle ») est un nom du Japon. Les Annales indigènes rapportent que *Zin-mu Ten-ô*, fondateur de la monarchie japonaise, étant un jour monté sur une haute colline, la forme du Japon lui parut ressembler à celle de la « demoiselle », ce qui lui fit donner à son empire le nom de cet insecte. (Voy. *Nippon-ô-daï-itsi-ran*, vol. I, f⁰ 2; et, dans mon *Recueil de textes japonais*, p. 13.)

LE CLAIR DE LUNE [1]

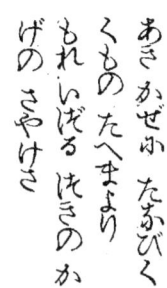

Aki kaẓe-ni tanabiku kumo-no tahema-yori,
More-idẓŭru tsŭki-no kage-no sayakesa.

 travers les éclaircies des nuages accu-
mulés par le vent d'automne,
    Pénètre la clarté lumineuse de la
lune.

Cette pièce, extraite du 新古今集 *Sin-ko-kin-
syŭ,* a été composée par le grand officier [2] *Aki-sŭke.* Son père,
Aki-sŭye, était lui-même poëte et imitait le genre de *Ḱito-maro.*
Jadis *Fudẓi-vara-no Kane-fusa* avait vu en songe l'image de
ce dernier poëte; et, après l'avoir peinte, il l'avait offerte à

---

1. *Ḱyakŭ-nin-is-syu,* pièce LXXIX; *Ḱito-yo gatari,* vol. VII, f° 24;
Si-ka-ẓen-yô, p. 22.
2. Du titre de *Sa-kyô-no ta-i'u.*

l'empereur *Sira-kawa-no In* (1073 à 1086 de notre ère). Aki-souyé demanda communication de ce portrait au mikado et le fit copier par *Uye-moṇ-no-ta-i'u Nobu-sige*, puis il chargea *Mina-moto-no Aki-naka* d'en écrire l'histoire.

Au commencement de l'ère impériale *Gen-yeï* (1118), Aki-souyé invita *Mina-moto-no Tosi-yori* et d'autres personnages à venir célébrer l'anniversaire de la mort de Hitomaro; et, depuis cette époque, il renouvela chaque année cette cérémonie. L'empereur, en entendant parler de son dévouement pour la mémoire de Hitomaro, lui fit cadeau d'un village, afin de couvrir les frais de la cérémonie.

Plus tard, le portrait original du poëte fut brûlé dans un incendie, et il ne resta plus que la copie. Akisouyé déclara alors que personne, fût-il même son descendant, ne posséderait le portrait de Hitomaro, s'il n'était habile dans l'art de composer des vers. Or le dernier fils d'Akisouyé, qui s'appelait *Aki-suke* (auteur de la pièce qu'on a lue plus haut), se rendit célèbre par ses poésies, et son père, en récompense, lui donna le portrait.

On doit à Akisouké une Anthologie intitulée *Si-kwa-siù*.

PENSÉE DE TRISTESSE[1]

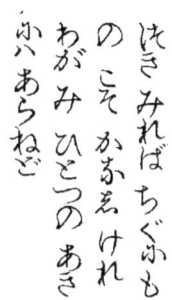

Tsŭki mireba tsi-dʒi-ni mo-no koso kanasi kere!
Wa-ga mi ѕilotsŭ-no aki-ni-va arane-do.

ı je contemple la lune, la tristesse m'apparaît de toutes parts,
        Et cependant l'automne (ne répand) pas pour moi seul (sa funèbre influence)[2].

Extrait du *Ko-kin-siú*. Cette pièce a été composée par

---

1. *Ѕyakŭ-nin-is-syu*, pièce xxiii; *Ѕito-yo gatari*, vol. III, fᵒ 8; *Si-ka-ʒen-yô*, p. 23.

2. Voici une imitation en vers français de cette petite pièce :

> Ma jeunesse s'enfuit, sans amour, monotone.
> Mais pourquoi me répandre en regrets impuissants?
> Ce n'est pas pour moi seul que la lune d'automne
> Verse en ces tristes nuits ses reflets pâlissants.

Oho-ye-no Tsi-sato, petit-fils du prince impérial *Abô Sin-ô.* On le cite comme un célèbre philosophe de son temps. Il fut précepteur de l'empereur *Seï-wa Ten-ô* (qui régna de 859 à 876 de notre ère) et composa le *Gun-seki Yo-raŋ,* collection en quarante livres, et le *Kô-teï-han,* ouvrage en trois livres. Il a en outre compilé le recueil intitulé *Dʒyô-gwan-kakŭ-siki.*

———

ち ∨ か *tsi-dʒi-ni* « mille et mille fois » signifie « innombrablement, en foule ».

LE ROCHER DE LA HAUTE MER

わがそではしほひにみへぬおきのいその
とこそゑらねかはく
まもなゑ

Wa-ga sode-va siho-Ai-ni mihenu oki-no isi-no,
Aito koso sirane kavaku ma-mo nasi [1].

A manche de mon vêtement (inondé de larmes), semblable au rocher de la pleine mer qui n'apparaît pas même à la basse marée,

Il n'est personne qui puisse voir une place où elle se soit séchée [2].

Extrait du *Sen-ɀaï-siú.* L'auteur, *Sanu-ki*, ne cesse point

---

1. *Ayakŭ-nin-is-syu*, pièce xcii; *Aito-yo gatari*, vol. VIII, f° 23; *Si-ka-ɀen-yô*, p. 24.
2. Le poëte hindoustani Wali a dit : « Le pan de ma robe est trempé des larmes de mes yeux. » (Garcin de Tassy, *Œuvres de Wali*, p. 9.)

de pleurer son amant, de telle sorte que la manche de son vêtement est complétement inondée de ses larmes. Par « rocher
qui n'apparaît pas même à la basse marée », on fait entendre
que la passion qui dévore le poëte est concentrée dans son
cœur et ignorée du monde.

    Sanu-ki, dame de la cour de *Ni-deô-no In*, soixante-dix-
huitième empereur du Japon (1159 à 1165 de notre ère), était
fille de *Gen-ʒaɲ-mi Yori-masa*.

L'INDIFFERENCE

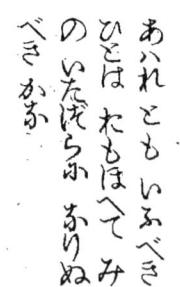

Avare to mo i'u beki Ḱito-va omohohete,
Mi-no itadẓŭra-ni narinu beki kaṇa [1] !

 ELLE qui devrait m'accorder (au moins) la pitié ne songe plus à moi.

Hélas ! elle est la cause de mon malheur !

Cette pièce, envoyée par l'auteur, *Keṅ-toku-kô*, à sa maîtresse qui l'avait oublié, est extraite du *Siŭ-i-siŭ*.

たもほへて *omohoyete*, forme poétique du gérondif négatif du verbe たもわぼ *omowaẓu*.

いたぼらふ *itadẓŭra-ni*, littér. « vainement », dans le composé *mi-no itadẓŭra-ni*, signifie l'indifférence pour la vie ou la mort.

---

1. *Ḱyakŭ-nin-is-syu*, pièce XLV ; *Ḱito-yo gatari*, vol. IV, f° 24 ; *Si-ka-ẓen-yô*, p. 9.

LE TRAVERSIN

はるのよのゆめば
かりふるたまくらふ
かひなくたくむふ
こそをゑけれ

Haru-no yo-no yŭme bakari naru ta-makura-ni,
Ka-'i naku tatam na-koso osi kere [1].

I j'acceptais, pour me servir de traver-
sin, le bras que vous m'offrez et qui ne
doit être pour moi qu'un rêve d'une
nuit de printemps,

Il se répandrait de regrettables bruits sans
compensation pour mon cœur [2].

---

1. *Ayakŭ-nin-is-syu*, pièce LXVII; *Aito-yo gatari*, vol. VI, f° 47;
Si-ka-zen-yô, p. 26.

2. Un poëte de la Grèce moderne a dit :

Τὸ χέρι σου τὸ πάχουλο
Τὸ κονδυλογραμμένο,
Νὰ τόβαινα προσκέφαλι !

       (Distiques amoureux du *Recueil* de Lélékos.)

Ces vers, tirés du *Sen-ʒaï-siú*, ont été composés par la fille de *Taïra-no Tsŭ-gu-naka*, seigneur de *Sŭwo*. Au deuxième mois (*ki-saragi*), il y eut une réunion dans un endroit appelé *Ni-deó-no-in*. Parmi les personnes invitées se trouvait une dame de haut rang du titre de *Naï-si* (dame de la cour). Comme cette dame exprimait le désir d'avoir un coussin pour appuyer sa tête, le daïnagon *Iye-tada* lui offrit son bras en la priant de s'en servir en guise de traversin. C'est alors que la dame lui répondit par ces vers.

————

たまくら *ta-makura*, pour てまくら *te-makura*, signifie « un traversin formé à l'aide du bras ». Par « le rêve d'une nuit de printemps », le poëte veut dire que Iyé-tada ne doit pas continuer à l'aimer, que son amour doit être passager. Par l'expression « sans compensation » (littér. « sans avantage »), la dame veut insinuer que, pour un attachement durable, elle ne refuserait pas de s'exposer aux propos malveillants, mais que l'amour du daïnagon ne saurait être durable.

LE HAMEAU DE LA MONTAGNE

PENDANT L'HIVER

やまざとはふゆぞさ
びゑさまさりける
ひとめもくさもかれ
ぬとをもへば

Yama-ẓato-va fuyu ẓo sabiṣiṣa masari-keru,
Ḳito-me mo kusa mo kareṇu to omoheba [1].

FFREUSE est en hiver la solitude du
hameau (situé) dans la montagne,
     Lorsque je songe (qu'on n'y aper-
çoit) plus une figure humaine et que les plantes
sont desséchées (sur leur tige).

Extrait du *Ko-kin-ṣiú*. L'auteur, *Mina-moto-no Müne-yüki A-soṇ*, était fils du prince impérial *Itsi-boṇ Siki-bou-kyô Kore Tada Sin-ô*.

---

1. *Ḳyakü-nin-is-syu*, pièce xxviii; *Ḳito-yo gatari*, vol. III, f⁰ 42; *Si-ka-ẓen-yô*, p. 27.

Le mot 𛀁れぬ *karenu* (pour *karenuru*), sur lequel repose l'idée principale de la pièce, et dont le sens ordinaire est « se faner, se dessécher, mourir comme un arbre », régit tout à la fois les mots *kusa* « plante » et *hito-me* « visage d'homme ». Avec cette dernière expression, il signifie « il y a absence (mort) de visage humain », c'est-à-dire « on ne voit pas une âme ».

LES PINS **** L'ATTENTE

SUR LE PIC D'INABA

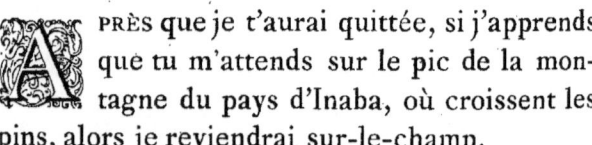

Tatsi wakare Ina-ba-no yama-no mine-ni ôru,
Matsu-to si kikaba ima kaheri-kom [1].

APRÈS que je t'aurai quittée, si j'apprends que tu m'attends sur le pic de la montagne du pays d'Inaba, où croissent les pins, alors je reviendrai sur-le-champ.

Extrait du *Ko-kin-siù*. Cette pièce a été composée par *Yuki-kira*, conseiller d'État de seconde classe [2], fils du prince impérial *Dan-ʒyô-no In Si-hoɳ A-bô Sin-ô*.

Sous le règne de *Sa-ga-no Ten-ô*, durant l'ère impériale

---

1 *Ḣyakŭ-nin-is-syu*, piéce xvi; *Ḣito-yo gatari*, vol. II, fº 37; *Si-ka-ʒɐn yô*, p. 08.

2. En japonais : *tsiu-na-goɳ*.

kô-nin (810 à 823 de notre ère), les troupes de *Sin-ra*[1] attaquèrent le pays de *Λi-ʒen*, tantôt capturant les vaisseaux chinois qui y portaient le tribut, tantôt s'emparant des soies et du coton dont on chargeait les navires. On envoya donc un corps d'armée pour les châtier, et on leur fit de nombreux prisonniers qu'on transporta dans la province d'*Omi* et de *Sŭruga*. Les attaques du Sinra n'en continuèrent pas moins. Alors l'empereur chassa *Yuki-Λira* (auteur de la pièce ci-dessus) du gouvernement des provinces de l'ouest (*Saï-kokŭ*), afin de protéger le pays contre les incursions de ces Coréens.

Antérieurement on avait envoyé dans l'île de *Tsu-sima* (située entre la Corée et le Japon et appartenant à ce dernier pays) du riz provenant des cultures du *Tsikŭ-ʒen*, du *Λi-ʒen*, etc.; mais la traversée fut mauvaise. Sept sur dix navires furent perdus, avec presque tout leur équipage, dont un très-petit nombre d'individus seulement parvint à débarquer à Tsousima. Youkihira conseilla en conséquence à l'empereur de renoncer à ces transports, et il envoya une colonie de gens de Tsikouzen dans l'île d'*Iki* où ils établirent des rizières. Il put de la sorte envoyer aisément, de cette île, des provisions à Tsousima, et depuis cette époque on n'eut plus qu'un très-petit nombre d'accidents à déplorer.

---

1. *Sin-ra* (en coréen : 신라 *Sinra*; en japonais : レン ラ *Sinra* ou レ ラ キ *Siraki*). *Sin-ra* est le nom d'un État qui fut fondé, en Corée, au 1er siècle avant notre ère, par Heh Kiuchi. Primitivement il formait une des trois parties de la Confédération désignée dans les annales indigènes sous le nom de *Sam-han* (en coréen: 삼한 *sam-haṇ*; japonais : サンカン *Saṇ-kaṇ*. Au VIIe siècle notamment, le royaume de Sinra fut soumis au Japon. — Voy. mes *Variétés orientales*, pp. 329 et 335, et mon *Aperçu de la langue coréenne* (Paris, Impr. impér., 1864), p. 67.

Il est dans la province de Hizen deux circonscriptions appelées *Matsŭ-ra gôri* et *Ʌi-ra-tsi-ka*. Depuis les temps anciens, on y recueillait des pierres merveilleuses et des médicaments parfumés. Les Chinois qui se rendaient dans ces pays en emportaient les produits. Or ces circonscriptions étaient très-étendues et bien peuplées, et on y trouvait, en outre, une foule de choses curieuses et extraordinaires. Mais le gouverneur ne s'en occupait guère, et comme elles étaient situées au milieu de la mer (en jap. *Kaï-tsiu-ni atte*), les Chinois y abordaient tout d'abord quand ils se rendaient dans notre pays, et s'emparaient de ces objets précieux. De plus, les pierres qu'on y rencontrait sur le bord de la mer, en les martelant produisaient de l'argent, ou en les taillant fournissaient des gemmes précieuses. (En jap. *Katsŭ kaï-Ʌin-ni saŋ-suru ki seki-va arui-va daŋ-reŋ site siro-gane-wo ye, aroui-va taku-ma site tama-to nasŭ-mono ari*.) Youkihira pensa à réunir ces deux provinces en une seule et à en défendre l'entrée aux étrangers. L'empereur approuva cette idée et ordonna qu'elle fût effectuée.

———

L'intelligence de cette pièce dépend du double sens du mot 圭沈 *matsŭ* qui signifie tout à la fois « pin » et « attendre »; c'est le *mot de transition* qui unit les deux vers.

かへりこん *kayeri-koŋ* ou かりこむ *kayeri-komŭ* est la forme du futur de *kayeri-kuru* « revenir ».

いま *ima* signifie « dans l'intervalle d'un moment sans durée (jap. *hodo-naku ima-no ma-ni*) », c'est-à-dire « en toute hâte ».

LES FEUILLES DE WAKANA

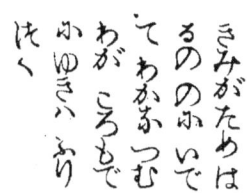

Kimi-ga tame haru-no no-ni idete waka-na tsŭmu,
Wa-ga koromo-de-ni yuki-va furi tsŭtsŭ [1].

POUR VOUS, ô ma maîtresse, j'ai été cueillir au printemps (la feuille de) wakana dans les prairies; la neige est tombée sur mon vêtement.

Cette pièce, extraite du *Ko-kin-siŭ*, a été composée par le mikado *Kwô-kô Ten-ô*, qui régna de 885 à 887 de notre ère.

———

き み *kimi* signifie littéralement « seigneur, prince, maître ».

わ か ふ *waka-na* désigne une espèce de chou-rave dont on mange les feuilles au commencement du printemps.

———

1. *Ayakŭ-nin-is-syu*, pièce xv; *Gito-yo gatari*, vol. II, fº 35; *Si-ka-ʒen-yô*, p. 29.

TOURMENT D'AMOUR

わびぬれば い
まはた たふ
ぢ お ふ ハ ある
みを つくそて
も あへん とぞ
たもふ

Wabi-nureba ima-hata onaʒi Nani-va naru,
Mi-wo tsŭkusite mo avan to ʒo omô [1].

OURMENTÉ d'amour, (je baigne de mes
larmes mon vêtement) semblable à la
bouée (qui marque les écueils du port)
de Naniva, et je me consume en pensant, maintenant et sans cesse, à me rencontrer avec toi.

Cette pièce, extraite du *Go-ʒen-siŭ*, a été composé par le
prince impérial *Moto-yosi Sin-ô*, premier fils du cinquantième
mikado *Yo-ʒeï Ten-ô* (877 à 884 de notre ère). Sa mère était

---

1. *ʃyakŭ-nin-is-syu*, pièce xx ; *ʃito-yo gatari*, vol. II, p. 52 ; *Si-
ka-ʒen-yò*, p. 30.

fille de *To-no mono-kami Toho-naga*. Il mourut le septième mois de la sixième année de l'ère impériale *Ten-kyô* (943 de notre ère.)

La difficulté d'interprétation de cette pièce provient du double sens des mots み を つ く ゑ *mi-wo tsŭkusi*, qui signifient d'abord « une sorte de bouée servant à indiquer les écueils » (澪 標) et ensuite « épuiser sa vie, se consumer » (盡 身) [1]. Dans le premier sens, ces mots se rattachent aux mots *Nani-va naru* « qui sont dans le port de Naniva », et forment le trait d'union entre les deux vers ; dans le second sens, ils servent à compléter la pensée de l'auteur.

Mi-wo tsŭkusi, dans le sens de « bouée », dérive, suivant un philologue japonais [1], de 港 衝 串 « une perche fixée dans un port ». Suivant un autre lexicographe indigène [2], « c'est un bâton qui indique le courant de l'eau ; » quant au mot *tsŭ*, il veut dire « aider ». (En japonais : *Mi-wo gusi nari. Tsŭ-va tasŭku nari.*) Enfin, selon le commentateur de la grande édition de l'Anthologie des Cent poëtes [3], « on désigne ici, par les mots *mi-wo tsŭkusi*, un bâton indicateur planté dans la baie de Naniva pour faire connaître (litt. mesurer) les endroits profonds et les bas-fonds de Naniva. (En japonais : *Mi-wo tsŭkusi to i'u mono-va Naniva-no ura-ni tate aru bô-gui-no koto nite, midzŭ-no fukasa asasa-wo hakaru sirusi-no kui nari.*)

1. *Goŋ-geŋ-teï* (Dictionnaire de l'origine des mots), p. 53.
2. Dictionnaire *Ko-goŋ-teï*, au mot *Mi-wo tsŭkusi*.
3. *Sito-yo gatari*, loc. cit.

LE GRILLON

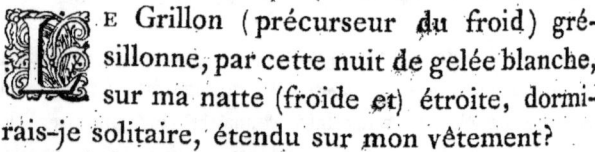

Kirigirisŭ naku ya simo yo-no sa-musiro-ni
Koromo katasiki Ĺitori ka mo nem [1].

E Grillon (précurseur du froid) grésillonne, par cette nuit de gelée blanche,
sur ma natte (froide et) étroite, dormi-
rais-je solitaire, étendu sur mon vêtement?

Extrait du *Sin-ko-kin-siú*. Cette pièce a été composée par
Go-kyô-gokŭ-ses-syô-saki-no-dai-ɀyô-dai-ɀin, qui vivait sous
le règne de l'empereur *Toba II* (1184 à 1198) et sous celui
de *Tsŭtsi-mikado-no In* (1199 à 1210).

Le mot *sa-musiro* « natte étroite » rappelle l'idée de

---

1. *Ĺyakŭ-nin-is-syu*, pièce xci; *Ĺito-yo gatari*, vol. VIII, f⁰ 20; *Si-ka-ɀen-yô*, p. 31.

froid (en jap. さむ ミ, *samusi*) et contribue à rendre l'image que le poëte a voulu retracer par ces vers.

きりぎり す *Kirigirisŭ*, dans la langue ancienne, désigne « le grillon (*Gryllus campestris*) ». Il est mentionné, dans les poésies du *Man-yô-siŭ*, comme un insecte chantant[1]. — « Son nom est imitatif de son chant[2]. » — Dans la langue actuelle, *Kirigirisŭ* désigne une espèce de sauterelle, et le grillon se nomme vulgairement カウロキ " *Kôrogi* (сверчокъ, suivant le *Dictionn. japonais russe* de M. Gochkiewitch). — « Cet insecte ressemble à la sauterelle ; il est petit, d'un noir pur et brillant comme de la laque ; il a des ailes et « des cornes », et se met à chanter au commencement de l'automne[3]. » — « Il aime à chanter sous le carrelage des habitations. La guerre lui plaît ; et lorsqu'il est vainqueur, il célèbre fièrement sa victoire. Son chant ressemble au bruit que fait l'ouvrier quand il tisse avec rapidité[4]. » — « Il y a deux espèces de grillons : celle qui a le dos plat grésillonne supérieurement. Son chant est comme si l'on disait *Ko-ro-ro-mŭ, Kô-ro-ro-mŭ* ; pur et gracieux, on le range après celui des insectes des pins[5]. » — « Le *Korogi* naît au commencement de l'automne, et chante lorsque l'hiver est arrivé. Suivant un dit-on populaire, lorsque le grillon se met à chanter, les femmes paresseuses se trouvent prises à l'improviste (pour les vêtements d'hiver). Au Japon, aussi bien qu'en Chine, on ne distingue pas bien le grillon, la sauterelle, etc.[6] »

On le voit, le grillon, chez les peuples de l'extrême

---

1. Dictionn. *Syô-tsiu Ka-goŋ-teï*, p. 62.

2. Dict. étym. *Goŋ-gen-teï*, p. 17.

3. *Mao-si-cu* (Commentaire du Livre sacré des Vers), cité dans le *Syo-gen-zi-kô*, édit. lith., p. 164.

4. *Saŋ-tsai-tu-hoeï*, Sect. des insectes.

5. *Wa-kan-san-saï-dzŭ-ye*, livre LIII, f⁰ 13, v°.

6. *Ku-kin-cu*, ap. *Enc. jap.*

Orient, est considéré comme un pronostic du froid, et on le retrouve avec cette signification dans les plus antiques ouvrages de la Chine [1].

Dans nos pays occidentaux, on tire chez les paysans, de la présence ou de l'attitude de certains animaux, des pronostics pour la pluie, le froid, le beau temps, etc. Le grillon par exemple a été également considéré comme le présage tantôt heureux, tantôt néfaste, des événements prochains. Il est en outre, dans nos campagnes, l'hôte du foyer domestique, et lorsqu'il vient chanter dans l'âtre, les cultivateurs sont persuadés que la saison sera rigoureuse. Comme beaucoup d'autres insectes, le grillon recherche la chaleur des habitations pour conserver la vie active qu'il perdrait s'il restait exposé aux intempéries de la saison. De même que la sauterelle, il est considéré aussi quelquefois comme le précurseur d'une année malheureuse [2]. C'est sous l'impression de ces idées populaires qu'il a été appelé à figurer dans les ouvrages de plusieurs de nos poëtes [3].

---

1. Voy. notamm. *Ši-kiṇ*, I, xv, 1; Biot, *Recherches sur la température ancienne de la Chine*, p. 43; et, sur la cigale, les *Mém. concernant les Chinois*, t. XIII, p. 415. — Cf. le nom sanscrit du grillon *varš·akara*, qui signifie « celui qui fait ou qui annonce la pluie ».

2. Joa. Swammerd. *Biblia naturæ*, p. 864; *Le Véritable Mathieu Lænsberg*, Bar-sur-Seine, 337e année, p. 232; Théophraste, *De signis tempestatum*, éd. Wimmer, p. 397.

3. Alfred de Musset, *Poésies nouvelles*, Idylle, v. 11-12; Shakespeare, *Macbeth*, acte II, scène 2; Milton, *Il Penseroso*, v. 81-82; Gay, *The Dirge*, 5e pastor., v. 102-103; Jan Kochanowski, *Poeʒye* (xvie siècle), Polny swierszcz.

LA VIEILLESSE

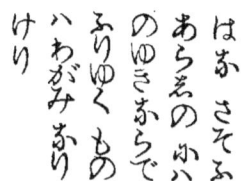

Hána sasô arasi-no niva-no yukinarade
Furi-yuku mono-va wa-ga mi nari keri [1].

 A neige qui tombe n'est point celle des fleurs emportées par la tempête ; c'est celle de mes années [2].

Cette pièce, extraite du *Sin-tsyokŭ-ʒen-siŭ*, a été composée par le *Niu-dô saki-no daï-ʒin*. Ce personnage, appelé *Kin-tsŭne*,

---

1. *Ɩyakŭ-nin-is-syu*, pièce XCVI; *Ɩito-yo gatari*, vol. IX, f° 8; *Si-ka-ʒen-yô*, p. 32.

2. Cette traduction libre rend l'idée de l'original qui signifie litteralement : « Ce n'est pas la neige du jardin dont la tempête emporte les fleurs ; ce qui tombe emporté, c'est ma personne. » Horace (*Odes*, liv. IV, 13) a dit :

> . . . . Et refugit te, quia luridi
> Dentes te, quia rugæ
> Turpant et capitis nives.

11

était le second fils du grand conseiller de l'intérieur du palais[1]
de Bô-ziô, *Sane-mune.* Sa mère était fille de l'ex-conseiller
d'État *Moto-iye.* Comme il avait fait construire un temple
appelé *Saï-oŋ-ʒi* « la Pagode du Jardin occidental », pendant
la période des années *ka-rokŭ* (1225-1226 de notre ère), on le
nomma « le seigneur de *Saï-oŋ-ʒi* ». Cette désignation devint
par la suite un surnom qui fut conservé à sa famille.

On lit dans le *Siŭ-gaï-seô :* La maison du grand officier de
la couronne [2] Kintsouné (auteur de la pièce de vers donnée
ci-dessus), située au N.-E. de *Kimi-kasa oka*, reçut le nom
de « Château de la Montagne du Nord [3] ».

On lit dans l'Histoire des cérémonies qui ont eu lieu dans
la tourelle du monastère *Syô-kokŭ-ʒi* [4] : Kintsouné a fait construire sur la Montagne du Nord une maison de campagne
ainsi qu'une chapelle appelée « la Pagode des Jardins occidentaux [5] ». La tablette de consécration a été écrite par le seigneur
du monastère du Pic de la Lumière resplendissante [6]. *Tame-
naga* de Sougavara en a écrit les Mémoires.

On lit dans le *Masŭ-kagami :* Kintsouné, à la suite d'un
rêve, construisit une chapelle aux environs de la Montagne du
Nord et la nomma « la Pagode des Jardins occidentaux ».
L'endroit où fut faite cette construction était jadis la propriété
de *Hakŭ-sam-mi Sŭke-naga ;* c'étaient alors de simples champs.
On les a transformés en jardins magnifiques, remplis d'arbres.
L'eau de la mer y a été conduite dans l'étang. On y entendait

---

1. En japonais : *Naï-daï-ʒin.*

2. En japonais : *Daï-ʒyô-daï-ʒin*, conseiller d'État de première classe.
C'est un officier du rang le plus élevé au palais du mikado.

3. En japonais : *Kita-yama-dono.*

4. En japonais : *Syô-kokŭ-ʒi mi-dô ku-yo-no ki.*

5. En japonais : *Saï-oŋ-ʒi.*

6. En japonais : *Kwô-myô-bu-ʒi dono.*

le bruit d'une cascade qui tombait du haut des montagnes.

Dans la chapelle principale se trouve une admirable statue du *Nyo-raï* (sanscrit : तथागत *tat'âgata*[1]), qui est là principale divinité de Saïondzi. Dans une autre chapelle appelée *Sen-myakŭ In*, il y a des *Hyakŭ-si* (s. भेषजगुरु *B'ešaĵa guru*[2]). Dans la chapelle appelée *Ku-dokŭ-ʒô In*, se trouvent des *Dʒi-ʒô Bo-satsŭ* (sansc. क्षितिगर्भ बोधिसत्त्व *kčiti garb'a bôd'isattva*[3]). Au bord de l'étang *Ovasŭ-ike*, au pied de la cascade *Meô-oŋ-dô taki*[4] (la cascade de la Salle aux Sons admirables), il y a une statue de *Fu-dô-soŋ* (अच्षोभ्य *akšôb'ya*[5]) qu'on a trouvée dans le pays de *Setsŭ*, vêtue d'un vêtement de chanvre (jap. *mino*) et d'un chapeau à larges bords en bambou (jap. *kasa*).

En outre, on a placé dans la chapelle *Zyo-ʒyu-sin In* aux cinq grandes salles, laquelle a été élevée sur un pont de pierre, la statue de *Ai-ʒen ô* s'occupant de la doctrine secrète (गुह्यधर्म

---

1. « Celui qui est venu comme (ses prédécesseurs) ; » grec : ὁ διάδοχος.

2. « Le Maître de la Médecine. »

3. « Le principe de l'intelligence, germe de la terre. » — Les *bôd'isattva* ou « êtres unis à l'intelligence » (en tibétain: བྱང་ཆྱུབ་སེམས་དཔའ་ *byaŋ-č'ub-sems-pa*) sont ceux qui ne s'écartent plus de la voie qui mène à l'état suprême d'un bouddha parfait et accompli. (Foucaux, *Lalitavistara*, chap. I.)

4. Les mots *meô-oŋ* « sons admirables » répondent au sanscrit मञ्जुघोष *mañĵug'oša*, qui est le nom d'un saint bouddhiste, civilisateur du Népâl.

5. « Celui qui n'est pas troublé, l'inébranlable ». Les Tibétains (suivant M. Foucaux (*Libr. cit.*, p. xxxvii), rendent ce mot par འཁྲུགས་པ་ *hk'rugs-pa*, qui signifie au contraire « troublé ». Les mots 不動 qui figurent dans notre texte s'accordent complétement avec le sens du sanscrit *akšob'ya*,.

guhya dharma?). Enfin, dans plusieurs autres chapelles nom-
mées *Hô-sŭ In* (la chapelle de l'Eau de la Loi), *Ge-sŭ In*
(la chapelle de l'Eau de la Transformation), *Mu-ryô-kwô In*[1] (la
chapelle de la Splendeur infinie), il y a des tableaux qui représentent dans les airs *Mi-da Nyo-rai* (sanscr. अमितसू तथागत
amita: tat'âgata), et vingt-cinq bodhisattvas qui viennent recevoir des âmes pour les transporter dans le ciel [2]. Le fils de
Kintsouné y habitait dans une maison appelée *Kita-no Sin-den*.

On lit dans le *Taï-heï-ki*[3] (Histoire de la grande paix recou-
vrée) : « Dans la période *Kô-aŋ*, seconde année (1362), troisième mois, treizième jour, l'empereur vint visiter le monastère de *Saï-oŋ-ʒi*. Comme c'était un endroit que l'empereur
précédent avait visité à l'occasion d'une promenade de l'impératrice, on y admirait des pavillons incrustés de pierres précieuses, la salle de réception qui s'élevait jusqu'aux nues, ainsi
que la chapelle *Myô-in Dô* peinte en bleu et en rouge, et la
chapelle *Hô-sŭ In* couverte de cristaux de couleur. »

Par ce passage, on peut comprendre combien étaient admirables ces bâtiments, dont les vieux vestiges se retrouvent encore aujourd'hui à la pagode de *Roku-oŋ-ʒi*, à Kitayama. Le

---

1. Les mots *mu-ryô-kwô* répondent au sanscrit अमित प्रभा *amita-
prab'a.*

2. 虛空 en sanscrit शून्य *çûnya* « le vide, les espaces célestes ».

3. Cet ouvrage très-célèbre renferme le récit des guerres qui eurent lieu au Japon, entre les années 1320 et 1393 de notre ère. On y
trouve également l'histoire de la campagne entreprise contre la Corée
par la fameuse impératrice *Zin-gu*, la Sémiramis de l'extrême Orient,
et celle de l'inutile tentative de conquête du Japon par l'empereur
mogol *Kubilaï-k'âŋ*, en 1281. — Le *Taï-heï-ki* est considéré comme un
des chefs-d'œuvre de la littérature historique des Japonais. Il se
compose de quarante livres.

temple est actuellement transporté à *Kyo-gokŭ*, dans le quartier de *Ko-yama-gutsi*. Parmi les statues du temple, celle d'Amida Bouddha, ainsi que celle de *Dʒi-ʒô*, etc., existent encore.

Les habitants disent que les murailles du monastère de Saïonzi se retrouvent encore aujourd'hui à l'est de *Roku-oʒʒi*, au nord du village de *Oho-kita-yama*.

Le douzième mois de la troisième année de l'ère impériale *Kwan-ki* (1231), le poëte Kintsouné, à la suite d'une maladie, se fit bonze et prit en religion le surnom de *Kak-ku*. Il avait alors 68 ans. Il fut le chef de la nouvelle famille de *Saï-oʒʒi* et de celle de *Tô-in*.

III

ZAK-KA

POÉSIES DIVERSES

PRÈS avoir donné quelques spécimens de la vieille Collection des Dix mille feuilles et du Recueil des Cent poëtes, l'anthologie *Si-ka-ʒen-yô* nous fournit une série de petites pièces appartenant à une époque généralement plus moderne et à des genres très-différents les uns des autres. A côté de distiques qui rappellent la manière du *Ḻyakŭ-nin-is-syu,* on a placé des chants populaires écrits à peu de chose près dans le style même de la

conversation. On y trouvera aussi quelques sen-
tences ou proverbes, et une pièce qui a du rap-
port avec ce que les Grecs nommaient βουστροφηδόν.
C'est un morceau qui se lit d'abord de haut en bas
et ensuite de bas en haut sans discontinuer et à
l'imitation des sillons d'un champ. Dans la pièce
japonaise en question, ce jeu littéraire présente
en outre cette particularité que les deux vers,
lus en sens inverse, fournissent non-seulement le
même sens, mais encore les mêmes mots et le
même ordre phraséologique, de sorte qu'il est
indifférent de les lire en commençant par le
commencement ou en commençant par la fin.
Enfin cette série se termine par la chanson de
l'alphabet (*iroha-no uta*), c'est-à-dire par quatre
vers qui réunissent les quarante-sept lettres du
syllabaire japonais dans l'ordre qui leur est
communément affecté par les lexicographes
indigènes.

J'y ai joint la traduction de quelques pièces
extraites des recueils composés sur le plan du
Ayakŭ-nin-is-syu et dont il a été question plus
haut [1].

---

1. Voy. p. 26.

LE SOIN DE LA VIE

かゝるときさ
こそいのちの
れをからめ
かねてをき
みとれもひ
そらずは

Kakaru toki sa-koso inotsi-no osi-karame
Kanete naki mi to omo'i sirazŭ-va [1].

ELUI qui ne réfléchit point à l'avance à la fragilité de l'existence tient (seul) à conserver sa vie dans une telle circonstance.

Cette pièce a été composée par *Oho-ta-seï-syô-ken-dô-kwan-kô.* On lui doit la construction du *Tsi-yo-da,* forteresse du Syôgouns, à Yédo.

---

1. 英雄三十六歌仙 *Yeï-yû San-ziû-rokŭ ka-sen,* f⁰ 26, r⁰.

MOURIR ENSEMBLE!

もろともに
へあつるこそ
うれしけれ
をくれさきだ
つならひふ
るよふ

Morotomo-ni hi-ye atsŭru koso uresi kere
Okure saki datsŭ nara'i-naru yo-ni [1].

Q u'il est doux de s'éteindre et de mourir
ensemble, en ce monde où d'ordinaire
l'horloge qui marque l'heure suprême
retarde pour l'un, tandis que pour l'autre elle
avance [2].

Cette pièce a été composée par la femme de *Bes-syo Ko-
sabŭrô Naga-haru*, qui mourut en combattant avec son époux

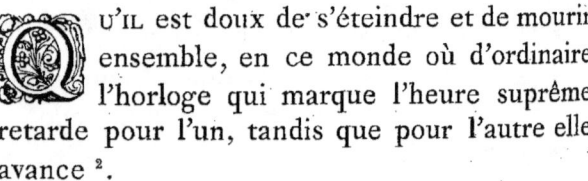 1. 義烈百人一首 *Gi-retsŭ ſyakŭ-nin-is-syu*,
fᵒ 34, vᵒ.

2. Littéralement : « En ce monde où l'usage est de retarder ou
d'avancer (s. e. l'heure suprême). »

pour la défense du château fort de *Mi-ki*, dont il était commandant [1], le premier mois de la huitième année de l'ère impériale *Ten-seô* (1580), sous le règne du CVIIe mikado *Oho-ki-matsi-no In*.

Le recueil intitulé *Gi-retsŭ Ƙyakŭ-nin-is-syu* nous fournit à ce sujet la petite notice qui suit :

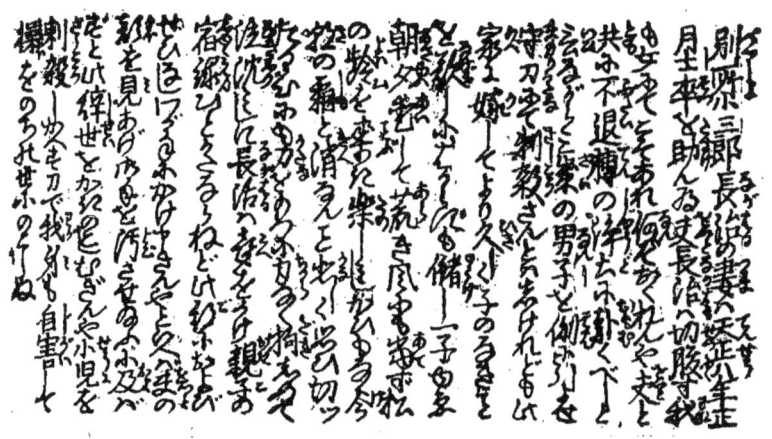

Bes-syô Ko-saburô Naga-haru-no tsŭma-wa Ten-syô hatsi nen syô-gatsŭ si-sotsŭ-wo tasŭken tame, otto Naga-haru-wa seppuku-su, waré-mo onna-nite koso are nanʒo okuren-ya. Otto-to tomo-ni fu-taï ten-no ʒyô-do-ni omomuku besi-to i'u nagara san-saï-no nan-si-wo soba-ni Ƙiki-yose mamori gatana ɲite sasi-korosaɲ-to-wa; sikeredomo kono iye-ni kasite-yori hisasiku ko-no naki-koto-wo nagaki sini hakaradʒŭ mo môkesi is-si yŭye asa-yŭ aï-site araki kaʒe-ni mo ateʒu matsŭ-no yoha'i-wo koto buki tanosimi-si. Kaï-mo naku kesa no simo-to kiye naɲ koto

---

1. *Nippoɲ-ô-daï-itsi-raɲ*, vol. VII, fo 58, vo.

kanasiku omo'i kittaru kokoro-ni mo katana-wo motsŭ-ni tsikara-
naku, daki-simete naki-sidʒŭmi-si-ni Naga-haru-wa koye-wo
kake : oya ko-no syukŭ-yen ʎito kata naranedo, kono go-ni
oyobi ʒe-ʎi nasi : waga te-ni kake môsan-ya to iyeba, otto-no kao-
wo mi-age o te-wo yo-go sase tamô-ni oyobaʒŭ to kono ʒi-sei-
wo kaki-nokosi muʒaɲ-ya seô-ni-wo sasi-korosi kayesŭ gatana
de waga-mi mo ʒi-gai site misaho-wo notsi-no yo-ni nokosinu.

La femme de *Bes-syo Ko-saburô Naga-haru*, le premier
mois de la huitième année de la période *Ten-seô*, perdit son
époux qui se donna la mort[1] en voulant porter secours à ses
troupes! « Bien que je sois une femme, dit-elle, pourquoi
resterais-je en arrière? Allons avec mon époux au paradis
éternel ! » En disant ces mots, elle fit approcher son enfant,
âgé de trois ans, et voulut le tuer avec son poignard. Cependant elle avait donné le jour à cet enfant, après avoir longtemps pleuré sa stérilité durant son séjour dans la maison de
son mari; elle l'avait chéri du matin au soir, elle l'avait
garanti des intempéries du climat, elle avait espéré qu'il par-
viendrait à la longévité des pins. Elle était donc désespérée
de voir qu'il allait disparaître comme la gelée blanche du
matin. Aussi ne se sentit-elle point la force de tenir son poignard, et en serrant (convulsivement) son enfant embrassé, elle
le baigna de ses larmes.

Nagaharu poussa un cri, et dit : « Quelle que soit l'im-
portance du lien providentiel qui unit le père et le fils, dans
la situation où nous sommes, il est indispensable que je tue
mon enfant de ma propre main. Voyant alors les traits (défi-
gurés) de Nagaharou, sa femme lui dit : Il n'est point néces-

1. Litt.: « Il s'ouvrit le ventre. »

saire que vous souilliez vos nobles mains. » C'est alors qu'elle écrivit et laissa ce suprême distique [1]. Hélas! elle tua alors son petit enfant, et en se donnant ensuite la mort avec le même glaive, elle transmit la mémoire de sa vertu [2] aux générations futures.

---

1. En japonais : 辭世 *çi-seï* « poésie composée au moment de mourir ».

2. En japonais : 操 *misaho*. On désigne par ce mot la chasteté et toutes les vertus conjugales d'une femme qui ne contracte jamais qu'une seule alliance dans sa vie.

LA RECONNAISSANCE

かゝるときそへてめ
ぐみふむくひばハゑ
ふゑきものとひと
やみさげむ

Kakaru toki si-site megumi-ni muku'izŭ-va
Yeô naki monoto Ḫito ya mi-sagemu [1].

Ⅼ serait digne de mépris, comme un être inutile, celui qui ne reconnaîtrait pas les bienfaits (dont il a été l'objet) en mourant aujourd'hui pour son bienfaiteur.

Composé par *Oho-Kawa Tomo-ye-moṇ*. Dans un incendie, sans se préoccuper du danger, il sauva le trésor de son maître.

---

1. 武藝百人一首 *Bu-geï Ḫyakŭ-nin-is-syu*,
f° 34, v°.

L'HOMME

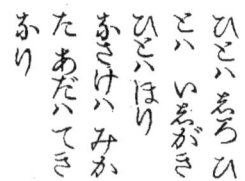

Ꮷito-va siro, Ꮷito-va isi-gaki, Ꮷito-va hori
Nasake-va mi-kata, ada-va teki nàri [1].

'HOMME est la véritable forteresse,
l'homme est la muraille, l'homme est le
fossé ;

Le bienfait, c'est l'ami ; le méfait, c'est
l'ennemi.

Cette pièce a été composée par un guerrier japonais nommé
Take-da Daï-ʒen-no Daï-bu Haru-nobu A-soŋ, qui vécut sous
les règnes de *Nara II* et de *Oho-ki-matsi.* Il tomba malade au
milieu d'un camp, la troisième année de l'ère impériale *Gen-
ki* (1572), et mourut l'année suivante à l'âge de cinquante-
trois ans.

みかた *mi-kata* signifie « un ami, un partisan. »

---

1. *Yei-yù san-ʒiû-rokŭ ka-sen,* p. 29.

EPIGRAMME

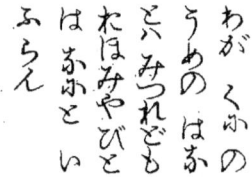

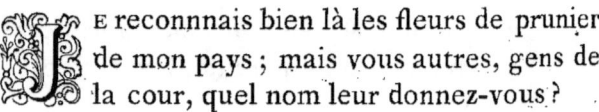

Wa-ga kuni-no ume-no hána to-wa mitsŭre-domo
Oho-miya bito-wa nani to i'u raṇ [1].

E reconnnais bien là les fleurs de prunier de mon pays ; mais vous autres, gens de la cour, quel nom leur donnez-vous ?

A-be-no Mune-tó, qui comptait parmi ses ancêtres des *Aïno* [2] ou anciens autochthones de l'Archipel japonais, avait fait la guerre au Mikado et avait été battu. Les courtisans le représentaient comme un sauvage, étranger à tous les usages et à toutes les choses du Japon. C'est pour répondre à leurs railleries qu'il composa l'épigramme ci-dessus.

---

1. *Yeï-yu fyakŭ-nin-is-syu*, pièce xvi.

2. Le mot アイノ *aïno*, en langue de Yéso, signifie « homme ». On l'emploie généralement pour désigner cette population extraordinairement velue qui habite aujourd'hui Yéso, Karafto, les îles Kouriles et une partie de la côte orientale de la Tartarie toungouse.

TOUTE TERRE PEUT PRODUIRE DES FLEURS

うへてみよ
はなのそだ
くぬさとハな
そ
こゝろ　から
こそ　みハいや
をけれ

Uyete mi-yo hána-no sodatanu sato-va nasi
Kokoro kara koso mi-va iyasi-kere [1].

 LANTEZ ! il n'est point de hameau qui
ne puisse produire des fleurs ; c'est à
cause (des imperfections) de notre cœur
que notre personne est (parfois) méprisable [2].

---

1. *Si-ka-zen-yô*, p. 39.
2. Voici une imitation libre de cette petite pièce de vers :

> Tout sol peut produire une fleur,
> Si l'on y soigne la semence.
> Dans une inutile existence,
> Le vrai coupable, c'est le cœur.

On trouve, dans le *Faust* de Goethe (II⁰ partie), cette même pensée
exprimée en ces termes :

> Man säe nur, man erntet mit der Zeit

13

On veut dire par là que tout homme peut, avec de la bonne volonté, obtenir des résultats utiles. S'il ne les obtient pas, c'est à la nonchalance volontaire de son esprit, bien plus qu'aux défauts inhérents à sa nature, qu'il doit son insuccès.

うえてみよ *uyete-mi-yo*, littéralement « en plantant voyez ! » est une forme de l'impératif dans laquelle le verbe *miru* « voir » remplit en réalité une fonction d'auxiliaire.

こそ *koso* est une explétive du style élégant qui peut se rendre par « en vérité, certainement ».

---

et dans un autre passage du même poëme :

> Der Bauer, der die furche pflügt,
> Hebt einen Golbtopf mit der Scholle.

Enfin un auteur arabe a dit :

A force d'efforts et de soins, l'homme peut arracher les montagnes de leur place.

(Alexandre Handjéri, Recueil de proverbes de l'Orient musulman, dans la *Revue orientale et américaine*, t. II, p. 330.)

EN REGARDANT LA LUNE

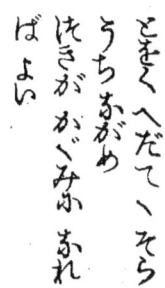

Tôku hedatete sora utsi-nagame,
Tsŭki-ga kagami-ni nareba yoï[1]!

ÉPARÉE, loin de toi, je contemple la voûte céleste.

Qu'il serait charmant, pour moi, si la lune devenait un miroir[2]!

---

[1]. *Si-ka-ʒen-yò*, p. 40.

[2]. Cette pièce a été imitée de la manière suivante :

> En ce morne séjour, loin de ma douce amie,
> Je cherche dans les cieux son image chérie.
> Lune, astre des amants, que ton disque argenté,
> Comme un riant miroir, reflète sa beauté!

On trouve une pensée analogue à celle qui préside à cette ode japo-

Cette chanson a été composée par une courtisane de Naga-saki. Elle exprime le vœu que la lune soit pour elle un miroir sur lequel puisse apparaître l'image de son amant.

ふがめる *nagameru* « regarder longuement » est un verbe dont la traduction française est impuissante à rendre la force et la couleur. Il entraîne l'idée de contempler une chose nonchalamment et avec amour.

---

naise dans une poésie chinoise de Tchang-jo-hou. Voy. D'Hervey-Saint-Denys, *Poésies de l'époque des Thang*, p. 255.

Virgile, de son côté (*Énéide*, VI), a dit, à propos de Didon :

> . . . adgnovitque per umbram
> Obscuram, qualem primo qui surgere mense
> Aut videt, aut vidisse putat per nubila lunam...

Enfin on peut rapprocher les deux vers suivants empruntés au re-cueil des *Chants populaires de la Grèce moderne*, de Fauriel (t. II, p. 176) :

> Χρυσὸν, λαμπρὸν φεγγάρι μου, ποῦ πᾶς νὰ βασιλέψῃς,
> Χαιρέτα μου τὸν ἀγαπῶ, τὸν κλέφτην τῆς ἀγάπης.

LA TRACE DES PAS DANS LA NEIGE

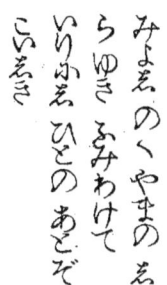

Mi-yosi-no-no yama-no sira-yŭki fumi-wakete,
Iri ni si ʎito-no ato ʐo koïsiki [1].

JE pense amoureusement aux vestiges de l'homme qui a pénétré dans la montagne de Miyosino, en se frayant un chemin au milieu de la neige qu'il foulait des pieds [2].

---

1. *Si-ka-ʒen-yô*, p. 41.
2. Voici une imitation de cette pièce en vers français :

> Je l'aime ; et sur la neige apercevant ses pas,
> Dans la montagne désolée,

Ces vers ont été composés par une maîtresse de *Yosi-tsŭne*.

Yosi-tsŭne, frère du lieutenant impérial *Yori-tomo* (1186-1201 de notre ère), s'étant brouillé avec celui-ci, fut obligé de quitter la cour et alla se réfugier dans la montagne de *Mi-yosi-no*. Yoritomo, qui avait établi sa capitale à *Kamakura*, ancienne résidence taïkounale située près de Yédo, voulant savoir où son frère s'était caché, fit venir *Sidʒŭka Goʒen*, sa maîtresse favorite, à son palais, pour l'interroger à ce sujet. Celle-ci obéit; et, comme elle était très-jolie et faisait agréablement de la musique, il lui ordonna de chanter des vers à l'occasion de la fête de *Hatsi-maŋ*, le dieu de la guerre. C'est alors que la jeune femme composa la pièce qu'on vient de lire.

Antérieurement le lieutenant impérial ayant envoyé à Kyôto des soldats pour se saisir de la personne de Yositsouné, Sidzouka Gozen défendit son amant avec courage et tua plusieurs des guerriers chargés de l'arrêter.

Je songe en frémissant à ses mâles appas
Et mon âme expire affolée.

Un poëte russe a dit :

I vtaporɪ Marinyeʒza byedu staɫo :
Braɫa ona slyedɪ goryačie, moɫodetskie...

Et, dans ce temps, Marina, en proie à une violente passion, — Recueillit les empreintes chaudes (encore des pas) du héros. (Sakharov, *Skazania Ruskago naroda*; t. II, part. IV, p. 34.)

LES TROIS LIEUTENANTS IMPÉRIAUX

(SYÔGOUNS)

ふかずんば ふくとき きかふ
ほどくきす
ふかずんば ふかせて みせよ
ほどくきす
ふかずんば ころそて そまえ
ほどくきす

Nakazumba naku-toki kikô hototo-kisŭ.
Gon-gen-sama.
Nakazumba nakasete mise-yo hototo-kisŭ.
Kide-yosi-kô.
Nakazumba korosite si maë hototo-kisŭ.
Nobu-naga-kô [1].

SI le coucou ne chante pas, j'attendrai qu'il chante.
(Le lieutenant général GON-GEN-SAMA.)

Si le coucou ne chante pas, je le ferai chanter.
(Le lieutenant général HIDE-YOSI.)

Si le coucou ne chante pas, je le tuerai.
(Le lieutenant général NOBOU-NAGA.)

---

1. *Si-ka-zen-yô,* p. 42.

Cette pièce a été composée pour mettre en parallèle le caractère de trois syôgouns célèbres du Japon : Gonghen-sama, cité pour sa patience ; Hidéyosi, pour son habileté et pour sa ruse ; Nobounaga, pour l'énergie parfois cruelle de son esprit.

Nobu-naga, daïmyô ou prince féodal d'Owari, se rendit fameux par de nombreuses victoires. En 1573, il livra bataille au syôgoun *Yosi-aki*, avec lequel il s'était brouillé, et le força à renoncer à son titre et à entrer en religion. Nobounaga s'était signalé dans ses guerres par une extrême sévérité qui, en plusieurs circonstances, prit le caractère d'une barbarie révoltante. Maintes fois il fit mettre à mort ses ennemis vaincus, et un homme qui avait tiré sur lui fut scié vif avec une scie de bambou.

Hide-yosi, plus connu en Occident sous le nom de *Taïko-sama*, est une des plus grandes figures de l'histoire politique du Japon. Sorti des classes infimes de la société, il sut s'élever par son mérite au rang de lieutenant général de l'empire, et reçut du mikado, qu'il avait relégué à Myako dans une sorte de captivité fastueuse, le titre le plus élevé qui ait jamais été conféré à un syôgoun. Taïkosama est également célèbre dans l'histoire par la mémorable campagne qu'il entreprit contre les Coréens, et dans laquelle il eut à combattre les troupes chinoises venues pour les secourir.

Iye-yasŭ, autrement appelé *Goŋ-gen-sama*, fut le premier lieutenant impérial de la dernière dynastie. Élevé au rang de *syô-goun* la 8e année du règne de l'empereur *Go Yo-ʒei In* (1603), il prétendait descendre du cinquante-sixième mikado *Sei-wa Ten-ô*. Né à *Oka-saki*, le 26e jour du 12e mois de la 11e année de l'ère impériale *Ten-bun* (1542), il mourut à *Sŭru-ga*, le 17e jour du 4e mois de la 2e année de l'ère impériale *Gen-wa* (1616). Ce prince fut celui qui auto-

risa primitivement les Hollandais de la Compagnie des Indes
à venir faire le commerce au Japon. Habile politique, il sut
profiter de la condition d'impuissance dans laquelle Taïko-
sama avait placé les mikados du Japon, pour concentrer entre
ses mains les rênes du gouvernement de l'empire. Un grand
nombre de *daï-myô* ou prince féodaux refusèrent de se sou-
mettre à la suprématie de Iyéyasou, mais il ne tardèrent pas
à abaisser leurs prétentions. Quelques-uns furent soumis à ses
ordres par la force des armes; d'autres vinrent d'eux-mêmes
adhérer aux lois nouvelles qu'il avait décrétées et qui, connues
sous le nom d'Ordonnances de Gonghensama[1], ont servi en
quelque sorte de constitution au Japon jusqu'au renversement
définitif du syôgounat, dans ces dernières années.

---

1. L'attention des Européens sur ces importantes Ordonnances
n'ayant pas été attirée dès l'origine de leurs nouvelles relations avec le
Japon, il est survenu des difficultés graves qui ont abouti à la dernière
révolution de cet empire et a la restauration récente de l'autorité des
mikados. Voy. notamment *An open Letter to the Representatives of
the Western Nations at Yedo* (Yokohama, Japan, 1862; in-8, p. 12).

LA FONTE DES CLOCHES

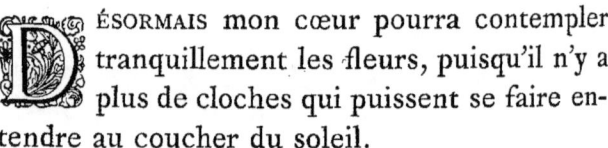

*Kyô-yori-wa kokoro sidʒŭka-ni hána-wo min
Iri-aï tsŭguru kane-no nakereba* [1].

ÉSORMAIS mon cœur pourra contempler
tranquillement les fleurs, puisqu'il n'y a
plus de cloches qui puissent se faire entendre au coucher du soleil.

Ces vers, célèbres au Japon, ont été composés par *Saki-no
tsiu-nagoɲ*, prince de Mito et père du dernier lieutenant impérial *Ꝁitotsŭ-basi*, à l'époque où il fit fondre toutes les cloches des monastères de son pays pour en faire des canons.

Les cloches des couvents sonnent ordinairement le soir,

---

1. *Si-ka-ʒen-yô*, p. 43.

au moment où le vent se lève et fait tomber les fleurs. Le
poëte, par une fiction, insinue que dès le moment où il n'y a
plus de cloches, le vent ne songera plus à se lever, et les
fleurs, maintenues sur leurs tiges, pourront être admirées
tranquillement à la chute du jour.

L'AMITIÉ

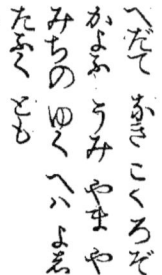

Hedate-naki kokoro zo kayô umi yama ya
Mitsi-no yuku-he-va yosi tôku tomo [1].

 UELQUE longue que soit la route qui conduit dans votre pays, nos cœurs qui n'ont rien à se cacher sauront bien se réunir.

Cette pièce de vers a été composée par *Saï-tô Daï-no-zin,* officier de la cour du lieutenant-général du Japon.

---

1. *Si-ka-zen-yò,* p. 44.

A L'OMBRE DES SAPINS

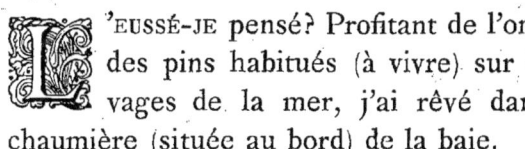

Omo'i ki ya iso nare matsŭ-no kage karite
Ura-no toma-ya-ni yŭme musŭbu to va[1].

L'EUSSÉ-JE pensé? Profitant de l'ombrage des pins habitués (à vivre) sur les rivages de la mer, j'ai rêvé dans une chaumière (située au bord) de la baie.

Vers composés par *Kuri-moto Tei-ʒi-rô*, officier de la marine du lieutenant-général du Japon (*syô-gun*).

---

1. *Si-ka-ʒen-yô*, p. 45.

LES OIES SAUVAGES

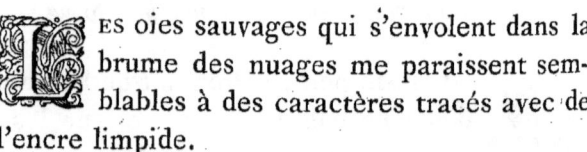

Usŭ-ʒŭmi-de kaku tama-dʒŭsa to miru kana!
Kumoru kasŭmi-ni kayeru karigane [1].

ES oies sauvages qui s'envolent dans la brume des nuages me paraissent semblables à des caractères tracés avec de l'encre limpide.

Cette pièce a été composée par le docteur *Matsu-ki Kô-aŋ*, sujet du prince féodal de *Satsŭ-ma*. Après avoir été attaché à la diplomatie du lieutenant-général de Yédo, Matski fut envoyé en Europe pour préparer le mouvement insurrectionnel

---

1. *Si-ka-ʒen-yô*, p. 46.

qui devait aboutir à la chute du pouvoir des taïkouns (*syô-gun*). Il profita de son séjour en Occident pour se perfectionner dans la pratique des sciences naturelles et médicales qu'il avait étudiées dans son pays, à l'aide de quelques ouvrages hollandais. Doué d'un esprit vif et ardent, il recherchait avec zèle tout ce qui pouvait l'initier aux découvertes modernes. Poëte, il décrivait en termes pittoresques les impressions les plus vives que produisait notre civilisation dans son esprit. Un jour qu'il avait pris quelques leçons de photographie dans l'atelier d'un maître habile, il écrivit sur un carnet la définition suivante de la belle invention de **Daguerre** :

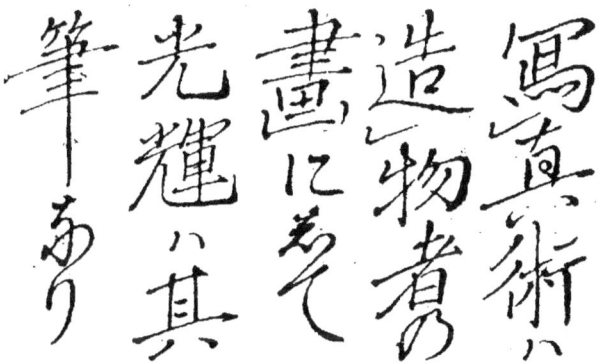

*Sin-sya ẓitsŭ-va butsŭ-ẓô-sya-no gwa-ni site,
kwô-ki-va sono fude nari.*

La photographie est une peinture du Créateur, dont le pinceau est la lumière.

A la suite de la révolution qui a rendu au mikado les rênes du gouvernement japonais, Matski fut appelé à diriger

le département des Affaires étrangères de Yédo, et reçut en
même temps le nom de *Tera-ʒima Tô-ʒô* et le titre de *Gaï-
kokŭ-dʒi-mon-haŋ-ʒi*. Il avait pris le nom d'*Idʒŭmi*, pendant le
temps qu'il passa en Europe au service du prince féodal de
Satsouma.

LA VIE DU VOYAGEUR

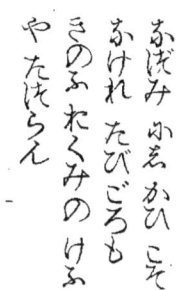

Nadẓŭmi nisi ka-'i koso nakere tabi-goromo
Kinô okumi-no keô ya tatsŭraṇ [1].

 ELUI qui revêt l'habit du voyageur vou-
drait en vain contracter les liens de
l'amitié : hier c'était le séjour, aujour-
d'hui c'est le départ !

On peut trouver un jeu de mots dans cette pièce, l'auteur
ayant choisi pour se rattacher à *tabi-goromo*, « habit de
voyage », l'expression *oku mi*, qui signifie tout à la fois « la
personne qui demeure, qui séjourne », et « la bande qui se
coud sur le devant des pardessus japonais ». On peut en dire
autant du mot *tatsŭ*, qui veut dire « départ » et en même
temps « tailler des vêtements ».

---

1. *Si-ka-ẓen-yô*, p. 47.

LE BRUIT DU NAVIRE

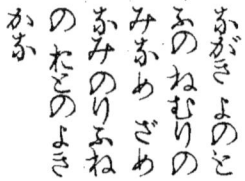

Nagaki yo-no tô-no nemuri-no miname-ʒame
Nami nori fune-no oto-no yoki kana[1]*!*

OMBIEN est agréable le bruit du navire s'élevant sur la vague, alors qu'il nous réveille d'un sommeil prolongé pendant une longue nuit!

Ces vers peuvent se lire indifféremment en commençant par la première ou par la dernière syllabe, pourvu que l'on tienne compte des règles de la phonologie japonaise; et, des deux façons, ils fournissent identiquement les mêmes mots et le même sens.

A la deuxième nuit de janvier, les Japonais ont l'habitude de mettre une copie de ces vers à la tête de leur lit; et alors si l'on fait un bon rêve cette nuit-là, on en tire le pronostic qu'on sera heureux toute l'année.

---

1. *Si-ka-ʒen-yò*, pp. 58 et 59.

LA CHANSON DE L'ALPHABET

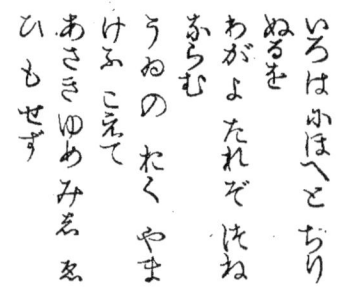

Iro-va nihoye-to tsiri nuru-wo.
Wa-ga yo tare-ʒo tsŭne naram?
U-ï-no oku-yama keô koyete,
Asaki yŭme misi eʎi mo seʒŭ [1].

ES charmes et les parfums (de la vie) se dissipent en vérité;

Dans notre monde, est-il quelque chose qui dure toujours?

En la profonde montagne de l'existence, le jour présent s'abîme,

Et n'est plus même, hélas! une fragile image de songe [2].

---

1. *Si-ka-ʒen-yô*, p. 48.
2. Cette chanson a été traduite en vers français par un de mes

いろ *iro* (色), littéralement « couleur », signifie en outre « le plaisir sensuel [1] ». — « Quand les femmes sont belles, dit un lexicographe japonais [2], les hommes les appellent de ce nom; c'est pourquoi, dans les anciens livres canoniques, on nomme les femmes en disant 色 *iro*. »

ふほへ *nihoye* (香), littéralement, « parfum » signifie « l'ivresse amoureuse ».

ちりぬる *tsiri-nuru* (散) « s'éparpiller, se disperser ».

うゐ *u-ï* (有為) litt. « le avoir l'existence » [3].

élèves de l'École spéciale des langues orientales, de la manière suivante :

> Plaisir et volupté, tout ici-bas s'efface!
> Est-il rien d'éternel en ce monde chétif?
> Au gouffre de la vie, hélas! chaque jour passe,
> Et ce n'est même pas un songe fugitif.

Un autre de mes auditeurs a traduit la même pièce comme il suit dans la langue de son pays :

> Short liv'd is pleasure's trance, a rose hipp'd in its bloom,
> What lovely thing of earth escapes stern Fate's decrees?
> Down life's abyss, sweet day! thou vanishest in gloom,
> Thou wast a dream alas! a shed that flits and flees.

1. Comparez ce mot au portugais *cor*, qui veut dire en même temps « couleur, désir, envie ».—L'expression « couleurs et parfums d'ici-bas » a été également employée par un poëte persan, mais, suivant son savant interprète, il faut entendre par là « les illusions et les fictions » de la vie. Nicolas, *Les Quatrains de Khèyam*, pp. 68-69.

2. Makinosima Téroutaké, dans son *Syo-gen-ʒi-kô* (Examen des caractères et des mots des livres).

3. On a essayé de faire quelque chose d'analogue pour la série des lettres de notre alphabet, mais avec bien moins de succès : « Abbé, cédez; eh! f....., j'ai hache. Ijikaël aime Éno; (le chef) Péku est resté. (Brave) Uveï! que six Grecs aident. » (!!) *Revue orientale et américaine*, t. VIII, p. 201.

LES DERNIÈRES FEUILLES

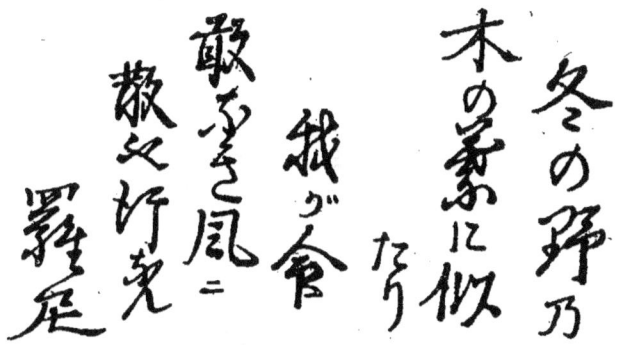

TRANSCRIPTION EN LETTRES HIRAKANA.

ふゆののゝ
このはふた
りわがいのち
あゑをきかぜ
ふちりやゆ
きなん

*Fuyu-no nó-no ko-no ha-ni nitari wa-ga inotsi
Aȩ-naki kaȥe-ni tsiri ya yuki naŋ.*

MA vie, semblable aux feuilles (desséchées que) l'hiver (n'a pas encore fait tomber) des arbres de la campagne, s'en ira emportée par le moindre vent.

Cette petite pièce, que le traducteur s'est permis d'ajouter au *Si-ka-ʒen-yô*, ne fait pas partie de l'Anthologie. Elle est offerte humblement au lecteur comme un premier essai de versification japonaise tenté par un Européen.

IV

HA-OUTA

CHANSONS POPULAIRES

ES chansons populaires japonaises dont l'Anthologie *Si-ka-ʒen-yô* nous fournit quelques spécimens appartiennent à un style très-différent à tous égards de celui des pièces diverses qui ont été données dans les sections précédentes. Le langage qu'on y emploie est à peu près complétement celui dont le peuple fait usage dans les circonstances ordinaires de la vie. Les mots de la langue an-

cienne, qui sont considérés comme un ornement des poésies de trente et une syllabes, sont
presque sans exception bannis du style de ces
chansons; et on y trouve cette surabondance
d'auxiliaires qui, pour le linguiste, établit une
ligne de démarcation des plus tranchées entre
l'idiome de la littérature et l'idiome vulgaire.

Les Japonais lisent avec plaisir les recueils
de chansons composées dans les genres dits
ha-uta, do-do-itsŭ, etc., et ils en apprennent par
cœur les pièces qui leur semblent les plus originales et les plus amusantes. Mais ils affectent
de ne parler qu'avec un certain mépris de ces
compositions auxquelles ils se refusent d'ac-
corder une place quelconque dans le domaine
de leur littérature nationale.

Pour nous autres Européens, qui n'avons
pas les mêmes raisons de goûter exclusivement
ce qu'une vieille convention fait admirer sans
partage aux Japonais, les chansons populaires
peuvent quelquefois nous intéresser, parce que,
mieux que toutes les autres œuvres de l'esprit
indigène, elles nous révèlent les péripéties de
la vie des peuples jusque dans leurs manifestations les plus intimes. C'est à ce titre qu'elles
ont été admises à occuper une petite place
dans le cadre de cette Anthologie.

L'ARRIVÉE DES CHAISES A PORTEURS

Ota-vo-wa, yo'i-wa sawaïde, magire mo seô
ga, fukete kuru hodo sin-sin-to, mo-haya, ʒi-
kokŭ-to omô utsi, goŋ-to tsŭki-dasŭ yama-no
kane, mosie, o kago-ga maïri-masita, e-e-maa
munekina kago-ya saŋ, tama-tama ôno-wo
siri-mo sede [1].

L A dernière fois que nous nous sommes
rencontrés, c'est à peine si, à la suite
d'une soirée agitée par le plaisir, j'avais
retrouvé le calme avec la nuit devenant de plus
en plus profonde, que déjà je pensais au moment où nous allions être obligés de nous séparer. Et sonore sonna la cloche sur la montagne. Votre chaise à porteurs, n'est-ce pas,
est arrivée? Les détestables porteurs, hélas! ne

---

1. *Ha-uta keï-ko-hoŋ*, p. 5 v°; *Si-ka-ʒen-yô*, p. 33.

savent point combien sont rares les jours où
nous nous voyons.

Yama-no kane, i. e. « Montis campana », mons de quo
in istis versibus agitur, celeberrimum urbis Yedo lupanar
designat.

AVEC CELUI QUE J'AIME

Omae-to is-syo-ni kurasŭ-nara, mi-yama-no oku-no wabi-ʐŭmaï, sibakaru te-waʐa, ito-gu-ruma, hoso tani-gawa-no nuno sarasi, nui-hari si-goto itoyasenu [1].

POURVU que nous vivions ensemble, il ne m'en coûtera point d'habiter une misérable cabane au fond de la montagne profonde, de couper de l'herbe, de filer la quenouille, de laver le linge dans la rivière de la petite vallée, et de m'occuper de couture.

---

1. *Ha-uta keï-ko-hoɴ*, p. 1 r⁰ ; *Si-ka-ʐen-yò*, p. 34.

L'OPINION DES HOMMES

Wasi-ga omo'i-wa san-gokŭ itsi-no Fuzi-no
mi-yama-no sira-yuki tsŭmori ya suru tomo
toke wa senu; ukina tatsŭkaya, tatsŭkaya
ukina, ima-wa uki-na-no tatsŭ-no mo uresi,
Ḣito-no kokoro-wa aï-en ki-en is-setsŭ karada-
mo yaru-ki-ni nattawa ina [1].

ES désirs sont semblables à la blanche
neige qui, sur le Fouzi, la plus célèbre
des hautes montagnes des trois provinces, s'accumule (sans cesse) et ne fond
jamais. Eh bien, que je sois ou que je ne sois
pas l'objet d'une mauvaise réputation, je serai
fière que cette mauvaise réputation vienne à se
répandre. L'opinion des hommes est que notre
amour ne peut se comprendre. (Que m'importe !) Je suis même arrivée à l'idée de lui
donner complétement mon corps.

---

1. *Ha-uta keï-ko-hoŋ*, p. 10 v°; *Si-ka-ɤen-yô*, p. 35.

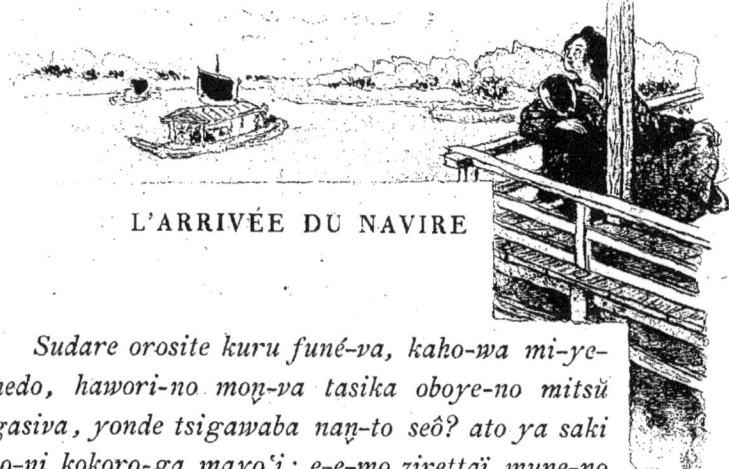

L'ARRIVÉE DU NAVIRE

Sudare orosite kuru funé-va, kaho-wa mi-ye-
nedo, hawori-no moŋ-va tasika oboye-no mitsŭ
gasiva, yonde tsigawaba naŋ-to seô? ato ya saki
to-ni kokoro-ga mayoʻi; e-e-mo ʒirettaï mune-no
utsi [1].

IEN que je ne puisse apercevoir sa figure à travers la jalousie baissée du vaisseau qui va venir, les trois feuilles de chêne des armoiries de son manteau attireront sans doute ma pensée. Si cependant en l'appelant j'allais me tromper, que deviendrais-je? L'une et l'autre supposition troublent mon cœur. Hélas! combien y a-t-il d'agitation dans mon sein!

L'usage des armoiries paraît remonter au Japon à une époque fort reculée. Toutefois je n'ai rien pu trouver sur

---

1. *Ha-uta keï-ko-hoŋ*, p. 4 vᵒ; *Si-ka-ʒen-yò*, p. 36.

leur origine ni sur les règles qui ont présidé à leur composition. Je me bornerai donc à dire que non-seulement les
membres de la noblesse japonaise conservent avec un religieux
respect les blasons de leurs ancêtres, qu'ils font reproduire sur
tous les objets qui leur appartiennent et jusque sur leurs
vêtements, mais aussi que les indigènes de toutes les castes
participent à ce droit. Même chez les *Yeta*, cette classe de
parias japonais reléguée loin des habitations des autres insulaires et sans cesse exposée au mépris public, on fait usage
de blasons.

Les armoiries japonaises sont essentiellement personnelles,
et les membres de la famille à laquelle elles appartiennent ont
seuls le droit de les porter. On a vu cependant le syôgoun et
quelques daïmyôs donner en présent des vêtements de leur
garde-robe à des sujets qu'ils voulaient honorer et qui obte-
naient en conséquence le droit de s'en vêtir. Ces vêtements
d'honneur ont alors un caractère analogue à celui de nos dé-
corations.

On trouvera, dans les planches lithographiques jointes à ce
volume (pp. 25, 30 et 31), la reproduction en or des deux
blasons de la famille impériale des mikados. L'un d'eux se
compose de trois feuilles de Paulownia avec cinq et sept fleu-
rons, cinq, sept et cinq; l'autre, d'un chrysanthème à seize
pétales.

HA-OUTA.

CHANSON A BOIRE

Tsŭki-yo garasu-ni futo me-wo samasi, a'i-tasa ʒirettasa-ni muri-na-koto i'ute, wa-sya kami idʒiri, aïtaï yama'i-va kaŋ-seô-no seï-ka sake-de sinogasŭ ku-no se-kaï-ʒiya [1].

JE me réveille par hasard aux cris des corbeaux qui croassent pendant la nuit à la clarté de lune; je prie les Génies en disant des paroles insensées que fait naître en mon cœur l'impatience de me rencontrer avec lui. Est-ce là l'effet de la maladie de mes nerfs? C'est seulement avec du vin qu'on peut supporter cette triste existence.

---

1. *Ha-uta keï-ko-hoŋ*, p. 4 r°; *Si-kɯ-ʒen-yô*, p. 37.

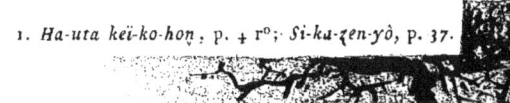

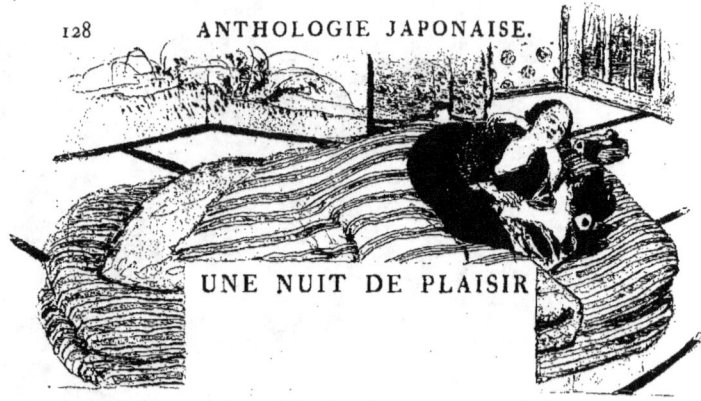

UNE NUIT DE PLAISIR

*Hototogisŭ naki-akasi, ne-sasenu kokoro, nenu
kokoro, hanasi togirete sŭya-sŭya-to makŭra-ni
sase-si te-mo sibire, itsŭ-ka sikaresi aŋ-dô-no
mawaru, rô-ka ya naï-seô-no seô-ẓi akŭ-ma mo
sewaṣi-naï* [1].

L E coucou ne cesse point de chanter
toute la nuit. *Ils* ont l'intention de ne
pas se laisser dormir; ils ont l'intention
de ne pas dormir eux-mêmes. Après avoir in-
terrompu leur conversation (amoureuse), pendant un doux sommeil sa main engourdie lui a
servi de traversin. La lampe a été emportée
sans qu'elle s'en soit aperçue. Elle est ahurie
au point de ne pas même trouver le temps d'ouvrir la porte qui conduit au bureau placé au
(bout du) corridor.

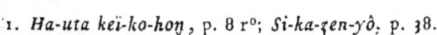

1. *Ha-uta keï-ko-hoŋ*, p. 8 r°; *Si-ka-ẓen-yô*, p. 38.

Japonensium prostibulorum more, meretrices primo mané lenonem adire debent, ut illi narrent omnia quæ noctu egerunt, utque ab eo accipiant triginta duo *moŋ*, scilicet ictuum quos provocaverunt mercedem, cui insuper additur chartæ fasciculus *misŭ-gami* dictæ (qua sibi pudenda abstergant) [1]. Ista puella oblita videtur horæ, quâ stipendium, suæ erga viros lasciviæ præmium, petere debebat, et ob istam moram vehementi metu exagitatur.

Hototogisŭ, le coucou (le loriot, en russe *ivolga*, suivant M. Gochkievitch), est un oiseau très-populaire au Japon, et fréquemment cité dans les poésies du pays. On le trouve souvent mentionné dans les chansons galantes, où son nom paraît s'allier avantageusement avec les pensées érotiques, comme ceux du *vent*, de la *lune* et de l'*automne*, dans les vers chinois. Les Japonais auraient-ils connu les particularités de la vie de ces oiseaux, particularités qui n'ont guère été constatées chez nous que dans ces derniers temps par un habile observateur, M. Florent Prévost, du Muséum d'histoire naturelle? Les coucous sont polygames ; mais, contrairement à ce qui a lieu chez les autres oiseaux, où les mâles ont plusieurs femelles, ce sont les femelles au contraire qui ont plusieurs mâles. Tandis que ces derniers ont des demeures fixes, les femelles n'en ont point, et visitent successivement les localités où résident les mâles. Elles restent avec ceux-ci un jour ou deux et se livrent avec fureur aux plaisirs de l'amour ; leur

---

1. Japonicè : *Iro-ʒato-no foŭ-nite, yoku-teô, sono syu-ʒin-ni ya-tsiu arisi koto-wo hanasŭ tame-ni, syu-ʒin-no he-ya-ni yŭki, makura-no baŋ-su-ni yotte, itsi-do san-ʒyŭ-ni moŋ tsŭtsŭ-no syô, oyobi itsi-ʒyô-no misŭ-gami-wo uke-toru nari.*

accouplement est souvent répété trente fois et plus dans vingt-quatre heures. Les Chinois ont remarqué, comme nos naturalistes, que les coucous ne faisaient point de nids : ils pondent par terre et transportent ensuite leur œuf dans le nid d'une  autre espèce d'oiseau qu'ils chargent de le couver sous leur surveillance.

Andô désigne une sorte de lampe ou veilleuse dont on voit la représentation ci-contre, d'après le vocabulaire imagé *Dô-gu ʒi-biki dʒŭ-kai*.

Rô-ka signifie corridor, vestibule, galerie.

Naï-syo, qui tire son origine d'un mot double signifiant « privé, secret, intime », désigne ici une sorte de bureau ou de comptoir ordinairement placé au rez-de-chaussée des maisons de thé.

V

NIPPON SI-ZEN

POÉSIES SINICO-JAPONAISES

LES pièces de vers comprises dans cette cinquième section appartiennent au genre classique appelé *si*. Elles sont composées suivant les règles de la prosodie chinoise, mais elles se lisent à la manière japonaise, ainsi qu'on pourra en juger par les transcriptions placées en tête de chacune d'elles. Leur caractère est essentiellement différent de celles qui dépendent du genre dit *uta*,

et elles comportent un développement phraséologique qui est le plus souvent interdit à ces
dernières. J'ai joint à l'une de ces pièces la
notation musicale de l'air sur lequel elle est
chantée, dans le but de donner une idée de la
psalmodie japonaise des poésies.

SUR LA LUNE

Ges-syu mu-syo-wo utsŭsi
Fu-syu ka-ʎin-ni ukabu.,
Taï-syô tsyô-riu ʎikari
Siu-tsiu sin-ḳyo rin.
Sui-ka sya-ïn kudake
Dẓyu-hen siu-kô arata-nari.
ʎitori seï-kaŋ-no kagami-wo motte
Kayette un-kaŋ-no tsŭ-ni ukabu [1].

E croissant de la lune [2] se meut sur le lac des brouillards [3];

La gaffe en bois de sycomore [4] flotte sur le rivage des nuages rouges [5];

Au-dessus de la tour [6] elle brille sur la voie pure (qu'elle parcourt).

---

1. *Si-ka-ẓen-yô*, p. 63.
2. Littéralement « le bateau de la lune ». Les bateaux appelés *syu* sont des sortes de pirogues qui ont la forme d'un croissant.
3. C'est-à-dire : sur la voûte céleste.
4. Autre expression pour désigner « la lune ».
5. C'est-à-dire : au firmament coloré par le halo.
6. C'est-à-dire sur l'empirée.

Le disque (de la lune) vient se réfléchir dans le vin [1] (de ma tasse) [2];

L'ombre oblique se brise [3] au fond des eaux;

Auprès des arbres l'éclat de la lune d'automne est frais [4];

Seule, miroir au milieu des étoiles,

Elle flotte de nouveau sur le gué de la voie lactée [5].

Cette pièce a été composée par l'empereur *Buntoků*, qui régna de 851 à 858 de notre ère. Ce prince cultiva la poésie et fut le protecteur des écrivains de son temps.

---

[1]. Stolberg a dit :

Schamröthend erhebet
Sich Luna und bebt
Auf östlichem Meer.

[2]. Le texte de ce vers me semble incorrect, et je crois qu'il y a une transposition de signes. Je n'ai cependant pas osé y introduire une correction de ce genre.

[3]. Les ombres que produit le clair de lune semblent brisées par suite du mouvement des eaux dans lesquelles elles se reflètent.

[4]. Milton, dans sa charmante description du jardin d'Éden (*Paradise lost*), attribue au contraire aux zéphyrs du printemps les frais parfums qui s'exhalent sous la feuillée tremblante :

. . . . airs — vernal airs,
Breathing the smell of field and grove, attune
The trembling leaves. . . . .

Le même poëte a dit ailleurs (*Paradise lost*, v, 42) :

. . . . . now reigns
Full orb'd the moon, and with more pleasing light
Shadowy sets off the face of things.

[5]. C'est-à-dire : au ciel. — La même image se retrouve dans le *Râmâyana*, v, 11.

A LA GUERRE

Simo dʒin-yeï-ni mitsite, syu-ki kiyosi,
Sû kô-no ka-gaŋ tsŭki san kô.
Yetsŭ-ʒaŋ Nô-siu-no keï-wo avase yetari.
Samo-araba-are ka-kyô-no yen-seï-wo omô [1].

LA gelée blanche remplit le camp[2]; l'air de l'automne est pur;

On voit passer des bandes d'oies sauvages, lorsque la lune indique la troisième veille;

La vue du pays de Noto me rappelle le Yetsigo, ma patrie;

Mais laissons là ce souvenir : ma famille songe aux combats qui m'attendent dans des contrées lointaines.

Cette pièce a été composée par *Uye-sŭgi Ken-sin*[3], prince de *Yetsi-go*, célèbre pour ses talents militaires.

---

1. *Si-ka-ʒen-yô*, pp. 50-51.
2. Horace (*Odes*, IV, 4) a dit :
. . . . prata canis albicant pruinis.
3. 謙信.

Nô-siu désigne la province de Noto.

L'expression 莫遮 *Samo-araba-are* signifie « arrive que pourra ». On la retrouve, avec ce sens rare et souvent embarrassant, dans plusieurs pièces de poésies modernes de la Chine. Le Manuel japonais de la poésie chinoise des dynasties des Thang et des Soung [1] cite plusieurs vers chinois où cette même expression est écrite 從敎.

---

1. *Tô-Sò Ren-ꝣyu si kakŭ*, vol. II, f⁰¹ 45-46.

LOIN DE MON PAYS

Yu-ga yamaï-wo itaïte, seô saï-ni fu-su,
Ɑin-ƺi ro-tsiu, kot-totsŭ atatamaru,
Kakŭ-si kayeran to hossite, imada kayeri yeƺŭ :
Tô-fû-ra kayette, ko-kyô-yori kitaru [1].

Tandis que je chantais dans ma solitude, la maladie est venue me surprendre, et je me suis couché dans mon petit réduit;

Je n'ai pour me réchauffer que le charbon de mon fourneau [2].

L'étranger voudrait retourner sur ses pas, mais le retour n'est pas possible encore;

Car le vent de l'est, contraire à ses vœux, souffle de son pays natal.

---

1. *Si-ka-ƺen-y-ô*, pp. 52-53.

2. Littéralement « le fourneau (qui ressemble) au caractère 品 », c'est-à-dire « un fourneau à trois ouvertures ».

MOURIR POUR SON PRINCE!

Ko-gun, yen-ʒes-site, fu-siu-wo ikaɲ ;
Kun-oɲ-wo ko-neɲ sureba, nan-da onodʒŭkara na-
Ip-pen-no taɲ-tsiu yoku setsŭ-ni si-sŭ ; [garu.
Suï-rô sen-ko, kore wa-ga sɵmó [1].

ÒTRE troupe est sans chef, tout se-
cours est intercepté ; il est inévitable
de tomber prisonniers ;

Je pense aux bienfaits de mon prince, et
mes yeux se remplissent de larmes.

Le cœur brisé, je n'ai plus qu'à mourir fidèle
à mon devoir ;

Je deviendrai le compagnon des antiques
défenseurs de Souïyang.

Ko-gun, littéralement « une armée orpheline », signifie un
corps de troupes qui a perdu son chef, ou simplement des

---

1. *Si-ka-ʒen-yô,* pp. 54-55.

troupes isolées et qui n'ont plus de communication avec le reste de l'armée.

Ip-pen est un déterminatif spécifique ou particule numérale des choses brisées.

On ignore le nom de l'auteur de cette pièce.

Voici, sur la défense de Souiyang, quelques détails que j'emprunte au grand dictionnaire chinois intitulé *Peï-wen-yu'n-fu*[1] :

« SOUÏYANG : On lit dans la *Géographie de l'histoire des Han : Sui-yaŋ* était une ville principale de l'État de Liang. Ce fut un endroit où Weitsze fut établi prince, dans l'ancien royaume de Soung.

« Dans l'*Histoire de Tchangsun des Annales des Tang*, on dit : La seconde année de l'ère impériale *či-teh*, An King-siu envoya le général In Tszeki, à la tête d'une armée de plus de cent mille hommes, pour attaquer Souïyang. Tchangsun fortifia le courage des soldats et défendit opiniâtrément la place. Les vivres étant venus à manquer et les troupes auxiliaires n'arrivant pas, il tua sa maîtresse bien-aimée, en même temps que Hiuyouen mettait à mort ses esclaves et ses domestiques, afin que les soldats pussent se nourrir de leur chair. Les ravitaillements du dehors une fois coupés, le siége devint de plus en plus terrible. Enfin la place tomba au pouvoir des ennemis, et ils furent tous mis à mort.

« Antérieurement à cela, l'empereur Hiaotsoung avait ordonné à Tchanghao, sous-secrétaire d'État, de prendre le commandement de quatre corps d'armée, afin d'attaquer l'avant-garde et l'arrière-garde des ennemis et de secourir la

---

1. *Peï-wen-yu'n-fu*, vol. XXII, part. 1, p. 6.

ville de Souïyang. Tchangsun était mort depuis trois jours lorsque Tchanghao y arriva. Le dixième jour, Kouang Ping-wang reçut la soumission de la capitale de l'Est.

« On dit généralement que Tchangsun paralysa les forces des rebelles sur les bords du Kiang, du Hoaï et du Tsou. Dans l'empire, il n'est pas possible d'oublier ses services. On lui a élevé un monument à Souïyang. Jusqu'à nos jours on fait des sacrifices dans ce monument, qu'on appelle le double tombeau (parce que son corps et celui de son compagnon d'armes y ont été inhumés à côté l'un de l'autre). »

L'ART DE GOUVERNER

Dô-tokŭ ten-kun-wo ukete,
Em-baï sin-saï-ni yo-su;
Hadzŭraku-wa kam-bu-no ʒitsŭ naki koto-wo,
Idʒŭkun-ʒo yokŭ si-kaï-wo noʒomaṇ [1].

P AR la voie et la vertu, on reçoit les enseignements du Ciel,
Les bons conseils dépendent d'un ministre sincère [2];
Je me sens confus de mon peu d'aptitude à gouverner l'empire;
Comment pourrais-je régner sur l'univers?

Cette pièce appartient au genre qui exige quatre vers comprenant chacun cinq caractères, et a été composée par le prince impérial *Oho-tomo-no O-ʒi.* Elle présente d'assez sérieuses difficultés, et serait même absolument inintelligible si

---

1. *Wa-kan San-saï dʒŭ-ye,* t. XVI, f⁰ 5 r⁰; *Si-ka-ʒen-yô,* p. 60.
2. Littéralement : « Le sel et la prune reposent sur le ministre sincère. » Voy. le commentaire qui suit la traduction ci-dessus.

l'on ne se rappelait un passage du Livre sacré de l'histoire auquel sont empruntés les deux mots 鹽梅 (littéralement sel-prune) du second vers.

Voici ce passage :

鹽非後得惟酒後麴志上說
梅麴成中鹽　成蘖若曰命
不蘖羹然梅若多麴作爾下
和不　梅塩作聆多酒惟
成○多多和得太醴訓
羹曰范則則羹中苦爾于
非酒氏酸鹹爾然蘖惟朕

« L'empereur dit : O vous, éclairez mon esprit. Soyez pour moi ce que la drêche (jap. *kôdzi*) et les bourgeons (jap. *kikobaye*) (dont on fait le ferment) sont pour le vin; soyez pour moi ce que le sel (jap. *siwo*) et la prune (jap. *mûme*) sont pour le bouillon. » COMMENTAIRE : Si l'on fait usage de trop de drêche, le vin est trop amer; si l'on fait usage de trop de bourgeons, le vin est trop doux. En employant ces ferments dans une mesure moyenne, le vin est parfait. Si l'on y met trop de sel, le bouillon est trop relevé; si l'on y met trop de prune, il est trop âcre; en employant ces condiments dans une mesure moyenne, le bouillon est parfait. (*Sŭ-kiŋ kiu'-kiaï*, chap. *Yueh-miŋ*, 3e partie.)

De là vient l'acception des mots *em-baï* (sel-prune), qui,

.dans la pièce de vers ci-dessus, signifient « de bons conseils ».

J'ai traduit, à l'exemple de nos sinologues, les mots *dô-tokŭ*, qui sont empruntés au langage philosophique de l'école chinoise des taosse, par « la voie et la vertu ». Le sens du premier mot, dans la doctrine de Laotsze, chef de cette école, a été l'objet de longues disputes scientifiques parmi les orientalistes européens. Suivant Abel-Rémusat (*Mémoire sur Lao-tseu*, p. 19-24), *tao* (en sinico-japonais : *dô*), désigne « la raison primordiale, l'intelligence qui a formé le monde et qui le régit comme l'esprit régit le corps. Ce mot semble ne pas pouvoir être bien traduit, si ce n'est par le mot λόγος, dans le triple sens de *souverain être*, de *raison* et de *parole*. C'est évidemment le λόγος de Platon, qui a disposé l'univers, la *raison* universelle de Zénon, de Cléanthe et des autres stoïciens ; c'est cet être qu'Amélius disait être désigné sous le nom de *raison de Dieu* par un philosophe qu'Eusèbe croit être le même que Saint Jean. » M. Julien ne croit pas pouvoir admettre cette interprétation ; et, en s'appuyant sur l'autorité de plusieurs auteurs chinois, il représente le *tao* comme « dépourvu d'action, de pensée, de jugement, d'intelligence, » et le rapproche du mot *nature*, que certains philosophes ont employé « pour désigner *une cause première*, également dépourvue de pensée et d'intelligence. » (*Le Livre de la voie et de la vertu*, p. XIII.)

Les mots *Si-kaï* (四 海), littéralement « les quatre mers », désignent tout ce qui est renfermé entre les Océans des quatre points cardinaux, c'est-à-dire « le globe, l'empire ».

LA CHASSE

Asa-ni san-nô-no si-wo erabi,
Yube-ni baṇ-ki-no musiro-wo ſiraku.
Sisi-mura-wo kuratte tomo-ni hogaraka
Saṇ-wo katamukete tomo-ni tô-ẓen.
Gek-kiu kokŭ-ri-ni kagayaki
Un-seï reï-ẓen-ni haru,
Gi-kô sude-ni yama-ni kakuru.
Sô-si katsŭ ryu-ren[1].

LE matin, on choisit les hommes qui possèdent les trois genres de capacités,

Le soir, on étend la natte des dix mille cavaliers.

Tous se réjouissent en mangeant la venaison,

Tous se laissent aller à la joie en vidant leur coupes.

---

1. *Wa-kan San-saï dẓŭ-ye*, t. XVI, fº 5 rº; *Si ka-ẓen-yô*, p. 61.

Le croissant de la lune illumine l'intérieur de la vallée,

Les banderoles des nuages se développent devant les montagnes,

Le soleil empourpré s'est déjà caché derrière les collines[1].

C'est l'heure où les vaillants compagnons font la grande halte[2].

Cette pièce a été composée par le prince impérial *Oho-tsŭ-no ô-ʒi*.

---

1. Voici une imitation de cette pièce en vers français :

> Au point du jour, les chasseurs étaient prêts...
> Le soir, pour eux, mille nattes s'étendent.
> Tous sont gaillards et fêtent les apprêts
> Du grand festin. Dans les airs se répandent
> Les cris joyeux des buveurs enivrés.

> Le soleil d'or a fini sa carrière ;
> Au sein des monts, par ses feux empourprés,
> Il s'est caché. Sur la vallée entière,
> L'astre des nuits verse ses flots d'argent.

> Buvez encore, et fêtez la journée,
> Vaillants chasseurs, dans un moment
> La grande halte est terminée.

2. Gessner (*Idylles*, X) a dit :

Ich kam hieher zu sehn, wie schön der Abend die Berge röthet.

PENSERS D'AUTOMNE

Seï-wo uru tokoro-wo siraŋ to hosseba,
Zin-tsi-no ʒ yô-wo raï-ʒin-su.
Ki-sawayaka de san-sen uruwasiku ;
Kaʒe takô site buk-kô kô basi ;
Yen-sô ka-syokŭ-wo ʒi-si.
Gaŋ-syo siu-seï-wo kiku.
Kore-ni yotte tsikŭ-rin-no tomo
Eï-ʒyokŭ aï-odoroku koto nasi [1].

I vous désirez connaître l'endroit où s'acquiert la nature rationnelle,

Allez la chercher dans le sentiment de l'humanité et de la sagesse.

L'air est pur, les collines et les cours d'eau sont gracieux ;

Le vent est haut, la nature est parfumée ;

---

1. *Wa-kan San-saï-dʒŭ·ye,* t. XVI, fº 5 rº ; *Si-ka·ʒen·yò,* p. 62.

Les nids d'hirondelle ont perdu leur couleur
d'été;

Les oies sauvages sur leur étang font entendre des chants d'automne.

Inspirés par cette nature [1], les amis des fo-
rêts de bamboux [2]

Sont indifférents à l'estime aussi bien qu'au
mépris du monde.

Cette pièce de vers de cinq pieds a été composée par le
moine bouddhiste *Tsi-zô*.

Le mot *seï* (ch. *sen*), que je traduis par « nature rationnelle », est emprunté au langage philosophique de l'école de
Confucius. Il désigne les facultés intellectuelles et morales que
le Ciel donne à l'homme à sa naissance. C'est ainsi du moins
qu'il est défini dans le *Čun-yun*, ou livre de l'Invariabilité
dans le Milieu. J'ai reproduit le passage où se trouve cette
définition, en chinois, en japonais et en mandchou, avec une
double traduction, latine et française, dans mon *Introduction
à l'étude de la langue japonaise* (Paris, 1856, in-4°), p. 62.

---

1. Cette traduction rend l'idée de l'original, et relie ces derniers
vers à ceux qui précèdent. Le texte porte simplement *kore-ni yotte*,
« à cause de cela, c'est pourquoi ».

2. C'est-à-dire les hommes qui ont renoncé à toute fonction pu-
blique et qui ne se préoccupent plus de la politique.

SUR LA RIVIÈRE DE YOSINO

Baŋ-ʒyô-no sô-gaŋ kedʒütte syu-wo nasi.
Seŋ-ʒin-no so-tô sakasima-ni nagare-wo utsŭ
Syô-tsi et-taŋ-no ato-wo towaŋ to hosseba,
Riu-reŋ bi-tô sa-siu-ni ô[1].

ES rochers de cent mille pieds de haut font l'ornement (du paysage) avec leurs cimes aiguës ;

A l'encontre la blanche vague de mille toises vient se briser.

Si l'on veut visiter l'étang de la Cloche et les ruines de Yettan,

On rencontre l'île des Barques et l'on s'arrête longtemps auprès de ses charmantes rizières.

Cette pièce a été composée par *Ki-no o-ʌito*. Elle appartient au genre qui exige quatre vers de sept caractères chacun.

---

1. *Wa-kaŋ Saŋ-saï dʒŭ-ye*, t. XVI, fᵒ 5 vᵒ; *Si-ka-ʒen-yô*, p. 64.

VI

CHANSONS POPULAIRES

SINICO-JAPONAISES

ES chansons populaires sinico-japo-naises, dont on trouvera ci-après deux spécimens, diffèrent de celles qui figurent dans cette Anthologie sous le titre collectif de *ha-uta,* en ce sens qu'elles sont composées suivant les règles particulières de la poésie chinoise et avec le concours d'une foule de mots empruntés à la littérature du Céleste-Empire. Ces chansons présentent de la sorte une extrême variété de style et une richesse d'expression d'autant plus grande que leurs auteurs peuvent y introduire toutes les locutions imagées qui sont à la disposition des poëtes de la Chine. Il en résulte, il faut le dire, que leur

intelligence précise n'est pas toujours possible pour les Japonais qui n'ont point fait d'études littéraires supérieures; mais le peuple se contente d'en comprendre le sens général et de goûter la cadence des notes sur lesquelles il a l'habitude de les fredonner.

C'est surtout dans les parties des villes spécialement consacrées aux filles de joie que ces sortes de chansons sont l'objet d'une grande faveur; et la plupart de celles qui sont parvenues à ma connaissance ont été recueillies dans le Sin-Yosiwara de Yédo.

Sin-yosiwara, ou le Nouveau Yosiwara, est le quartier de la capitale du Japon affecté par la police à la résidence des courtisanes. Jusque dans ces derniers temps, il était assez difficile aux Européens d'y pénétrer; mais il était fréquenté jour et nuit par des hommes appartenant à toutes les classes de la société indigène.

Les femmes qui passent leur vie dans l'enceinte de Yosiwara se livrent toutes plus ou moins au commerce de leurs charmes; mais il serait inexact de les comparer aux prostituées de nos pays européens; et il n'est pas rare d'en rencontrer qui joignent à une éducation des plus soignées, à des talents de toutes sortes, un caractère digne de les faire plaindre et estimer. Plusieurs d'entre elles sont, de nos jours, célè-

bres par leur connaissance étendue de la littérature nationale et par leur habileté à composer
des poésies.

Voici, sur les femmes de Yosiwara, une bou-
tade composée en style vulgaire à l'occasion des
premiers Européens qui ont pu pénétrer dans
ce domaine réservé de la galanterie japonaise :

L'ÉTUDE DES FLEURS A YOSIWARA

よみはぢめ

〇このはなのうへふ きれいなてうの つがいを
たみ ふさい・なぜ このてうハ つがね はなれぜふ
とびあるき ますか・てんきが よいから はなの かふ
よりて ぶらつくので ございません・わたくゑども
も あの てうの とうり はなを ただねふ まいり
ませう・あなたハ はなの ことをよく ごぞんぞで
ございますか・わたくゑハ よゑわらの ある よい
せんせいから けいこ いたゑまゑた・けいこハ たく
さん かねが かかり ますか・みせさきから よあけ
まぢが さんりやうから よりやうで ございます・
どうか けいこの ため わたくゑを そこゑ それにれ
ふすつて くださいまゑ・これが れはもんでございます この
ますが そんならば ふかゑを ひあかゑ ませう
ちやへふ ざんぞ やすみ ませう こんばんハ どうか・

えぐき　いゝせんせいを　ふたり　せわを　ゑて　たくんふさらんか・　あなたがたハ　れふゑゝ　ふゑゝ

みハ　ございませぬか・　こむらきがふぞみで　ございます・　ごいつゑよふそこえまへり

ませう・　わたくゑも　いつゑよそこのうちえまへり　ませうか・　それハすこゑ　むつか

そう　ございます・　そこでハわたくゑハ　日本の　ことばが　よく　できませぬから　まこと

ふこまり　ます・　このこほんを　もつて　れいで　ふさいませ・　すこゑもれ　こまり　ふさる

ことん　ございませぬ・　それハ　まこふ　ありがたう　ございます・　うすぐも　せんせいを

だゑて　たくんふさい・　かゑこまり　まゑた・　ふかいゑれいで　ふさいませ・　こゝすこゑ

れまち　くだゝいまゑ・　れいらんが　たぐいまふいらつゑやい　ます・　せんせいが　ふがく

またせ　ますが　ふんだか　さつはり　わかり　ませぬ・　よゑわらのせんせいハけゑようふ　むげ

かゑいから　たいそう　ひまがかゝり　ます・　まゝ　だいいちふ　かみのゆぬかた　ゑもむらの

あぶらふ　ちやうぞやの　もとゆね　かけやまふらを　このむ　あり・ゑまだを　のぞむ　あり・

たいまいの　くゑふ　こぶ　だまの　かんざゑふ　いぜれも　せんきんを　ゐげうつて　ゑやく

きんの　ふゑるゑ　ゑらげ・　かれ　れゑろね　えり　れゑろね　くちべふ　れはぐろの　たぐいふ

いたる　まで　いぜれも　ぜいたく　ゑらずといふこと　ふゑ・　ゑばらく　あつて　せんせいが

ゑゝげん　ありゑ　ところ　まこふ　びれいゐて　さだかく　ゑて　あぬけうあり・　まゆふ

「ゑぐき」ゑんざんの かすみを ゑがき めふ ゑゆ はの ぎやうをよせ・はるすぢたかく

くち もと ちいさく はの ゑろきは ふぞ やまの ゆきを あざむき・はだえの たゑ

あるは はるの のへ やおぎふ ふたり・くろびろどふ きんゑふて ひりやうの

ぬい あるうちかけふ・きんらんの たびゅて ごぶも すかざる いでたちふて いり

きたれり・ゑいらん わたくゑは はの がくもんが ゑゆふゑん ゆへ みぎふ

ゑき・あゑたど ごさう だん いたゑ とう ございます・ゑかゑながら あゑたは この

がくもんは まことふ むぼかゑう ございます・ことを ごぞんぢゑ でございますか・もゑ

あゑたの ごきりよくが ごぢうぶんで ございませぬ ならば・たはぢめ ゑぢらぬ

かたが よろゑう ございまゑやう・わたくゑは この がくもんを ゑきりふ のぞみます

ゆゑ・さらふ ほねはれ とハぞんぢ ませぬ・かほ ちゅうとで やめます のみ ならず

たびたび くりかへ そて けいこ いたすりやうけんで ございます・あゑたの れも

くろみを れやめ ふさい まゑ・あゑたの ごゑよう こく ゅふは この くふ より

はるか ぎょずふ せんせいが いくらも ございまゑやう・あゑたは あゑたの ごゑやう

こくより へたの せんせいふ けいこふさる わけふ まゐり ますまい・ゑふとぞ わたくゑの

ねがいを かなゑて くださいまゑ・いちどが ひやくどふ ゑさり ます・さやうならばれ

20

〔ぜき〕のぞみ だうりふ いたゑ まゑやう・ わたくゑの へやふれ いで ゐさい まゑ・ へや

のやうす ハ みゑさま ごぞんぞ ゆゑ べれ だん いふ れよばず・ ろくぞようの ざゑき

この まふ ハ ほういれの かちやうの さんぶくつる すごろくばん ごばん ちやの ゆ

だうぐこ ゑやみ せん こきうまで ならべたて かたわらふ ある ゑよ だふふ むら

さき ゑきぶの げんぞ ものがたり より ためふが ゑゆんすぬ の ゑやれ ばんまで ある

ある べ ゑ・さて れい らん ふどめふ まへり ゑ ところ この たびハ こいりの いゑよう

ふて ひぢり めんの だう ぎの うゑふ むらさき ぞすふ きんゑ ふて ぼたんふ

ゑ へ のぬ おはる いゑよう を はたり・うゑろふ たれゑ くろがみ せんゆんの こころ

も れ ふき こめ べく・わずふ みゑる はだ ゑふ ハ ゑらゆき も ふゑ はぜ べゑ・ばいかの

ゑみを ふくみ ゑすがた かい だうの あめを れびだる あり さま ふて はふ ま

ことふ よわね もので ございます から どうぞ たびたび みゑを れかけ ゐさい まゑ と

いて・もくの はふ ハ ゆふひの ごとく あかく なり まゑた・はふ ハ あつふ ゑよれ まゑ・

はやく みゑを れ かけ ゐさい ませぬ ならば・はふ が れ そばふ かれ まゑやう・

みぜの こう のふて はふ ハ ふたくび さきかり いろかを まゑ まゑ・はふ ハ

あふたの はうふ ゑたり かへりて みぜを ふを のみ たがる やうふ みゑ まゑ・

【はくき】どのかけ
みぜふてはぬふは
かのはぼみまで
さきかへりやよの
はるふことからず.
いまハねどきふて
はなも ちやうの
くるゐふはかれまど
ろみます. あなた
もみやうゆちの
れけいこが ごさい
ますから はなの
そばふれやずみ
ふさいまー

Kono hána-no uye-ni kireï-na teô-no tsŭgaï-wo o-mi-
nasaï. — Naʒe kono teô-va tsŭgaï-hanareʒŭ-ni tobi-aruki-masŭ
ka? — Ten-ki-ga yoï-kara hána-no ka-ni yotte buratsŭku-no
de goʒaï-maseô. — Watakŭsi-domo mo ano teô-no tôri-ni hána-
wo tadʒŭne-ni maïri-maseô. — Anata-va hána-no koto-wo yokŭ
go ʒoŋ-ʒi de goʒaï-masŭ ka? — Watakŭsi-va Yosi-wara-no aru
yoï sen-seï-kara keï-ko itasi-masita. — Keï-ko-ni-va takŭ-san
kane-ga kakari-masŭ ka? — Mise-saki-kara yo-ake made-ga,
san-ryô-kara yo-ryô de goʒaï-masŭ. — Dô ka keï-ko-no tame
watakŭsi-wo sokoye o-tsŭre-nasutte kudasaï-masi. — Kore-ga
ôho-moŋ de goʒaï-masŭ-ga, soŋ-naraba naka-wo ki akasi-maseô.
— Kono tsya-ya-ni ʒaŋ-ʒi yasŭmi-maseô.

— Koŋ-baŋ-va, dô-ka ii sen-seï-wo futari sewa-wo site
okun nasaraŋ ka? — Anata-gata-va o-naʒimi-va goʒaï-masen
ka? — Ko-murasaki-ga naʒimi de goʒaï-masŭ. — Go is-syo-
ni sokoye maëri-maseô. — Watakŭsi-mo is-syo-ni soko-no
utsi-ye maëri-maseô ka? — Sore-va sŭkosi mutsŭkasiu goʒaï-
masŭ. — Sore-de-va watakŭsi-va Nippoŋ-no kotaba-ga yokŭ
de-ki masenŭ-kara makoto-ni komari-masŭ. — Kono ko-hoŋ-wo
motte o-ide nasaï-masi, sŭkosi-mo o-komari nasaru-koto-va
goʒaï-masenŭ.

— Sore-va ma-koto-ni ari-gatô goʒaï-masŭ.

— Usŭ-gumo sen-seï-wo dasite okun nasai. — Kasiko-
mari-masita, ni-kaï-ye o-ide nasaï-masi. — Koko-ni sŭkosi o-

matsi kudasaï-masi. — O iraŋ-ga tada-ima-ni irassyaï-masŭ.
*— Sen-seï-ga nagaku matase-masŭ-ga, naŋ daka sappari wa-
kari-masenŭ.*

　*— Yosi-wara-no sen-seï-va ke-syô-ni mudʒŭkasiï-kara, taï-
sô ƙima-ga kakari-masŭ. Madʒŭ daï-itsi-ni kami-no yuï-kata
Simo-mura-no abura-ni Tsyô-ʒi-ya-no moto yuï, Katsŭ-yama
fŭ-wo konomu ari, Simada-wo noʒomu ari. Taï-maï-no kusi-ni,
go-bu dama-no, kaŋ-ʒasi-ni-va idʒŭre-no sen-kin-wò nageutte
syakŭ-kin-no fuyeru-wo siradʒŭ. Kao-wo o-siroï, eri o-siroï,
kutsi-be-ni o ha-guro-no taguï-ni itaru-made idʒŭre-mo ʒeï-
taku naraʒu to i'u-koto-nasi.*

　*Sibaraku atte sen-seï-ga sitsŭ-gen ari-si tokoro má-koto-ni
bi-rëï nite, ki-dakaku site aï-keô ari. Mayŭ-ni heŋ-ʒaŋ-no
kasŭmi-wò egaki, me-ni syu-ha-no ʒyô-wo yose, hána-sŭʒi
takaku, kutsi-moto tsiisaku, ha-no siroki-va Fu-ʒi yama-no
yŭki-wo aʒamuki; hadaye-no taye-naru-va haru-nò no-no
yanagi-ni nitari, kuro-birôdo-ni kin-si nite, ƙi-ryô-no nui-aru
utsi-kake-ni, Kin-raŋ-no obi-nite go-bu mo sŭkaʒaru ide-ʒatsi
nite iri-kitareri.*

　*— Oïraŋ watakŭsi-va hána-no gakŭ-moŋ-ga siŭ-sin yuye
migi-ni tsŭki, anata-to go sô-dan itasi-tô goʒaï-masŭ. —
Sikasi-nagara anata-va kono gakŭ-moŋ-va ma-koto-ni mudʒŭ-
kasiŭ goʒaï-masŭ koto-wo go ʒoŋ-ʒi de goʒaï-masŭ ka? Mosi
anata-no go ki-ryokŭ-ga go ʒyu-bun de goʒaï-masenŭ-ñarabà,
o hadʒime naʒaranu-kata-ga yorosyu goʒaï-masyô. — Watakŭsi-va kono gakŭ-moŋ-wo sikiri-ni noʒomi-masŭ yŭye, sara-ni
hone-hore to-va ʒoŋ-ʒi-masenŭ; katsŭ tsyu-to de yame-masŭ
nomi-naraʒu tabi-tabi kŭri-kaye-site, keï-ko itasu ryô-ken de
goʒaï-masŭ.*

　*— Anata-no omo-kuromi-wo o-yame nasaï-masi. Anata-no
go-syô-kokŭ-ni-va kono kuni-yori haruka ʒyoʒŭ-na sen-seï-ga
ikura-mo goʒaï-masyô. Anata-va anata-no go-syô-kokŭ-yori
he-ta-no sen-seï-ni keï-ko nasaru wake-ni maëri-masŭ-maï.*

— Nani-toʒo watakŭsi-no negaï-wo kanayete kudasaï-masi. Itsi-do ga Ƙyakŭ-do-ni masari-masŭ. — Sayô-naraba, o-noʒomi dôri-ni itasi-masyô; watakŭsi-no heya-ni o-ide nasaï-masi.

He-ya-no yô-sŭ-va mina-sama go ʒoɳ-ʒi yŭye betsŭ-dan i'u-ni oyobaʒŭ : rokŭ-ʒyô-no ʒasiki toko-no ma-ni-va Hô-itsŭ-no ka-tsyô-no sam-buku-tsuï, sugo-roku-baɳ, go-baɳ, tsya-no yu dô-gu koto, sya-mi-sen, ko-kiu made, narabe-tate katawara-ni aru syo-dana-ni-va Murasaki Siki-bu-no Genʒi mono-ga-tari-yori Tame-naga syun-sui-no syare-boɳ made aru naru besi. Sate o-iraɳ ni-do-me-ni maëri-si tokoro kono tabi-va toko-iri-no i-syô nite Ƙiʒiri-men-no dô-gi-no uye-ni murasaki ʒi-sŭ-ni kin-si nite bo-taɳ-ni si-si-ɲo nuï-haru i-syô-wo haori, usiro-ni tare-si kuro-gami-va, sen-nin-no kokoro-mo tsŭnagi tome beku, waʒŭka-ni miyeru hadaye-ni-va sira-yŭki mo nawo hadʒŭ-besi; baï-ka-no emi-wo fuku-mi e sŭgata, kaï-dô-no ame-wo obitaru ari-sama nite...

— Hána-va ma-koto-ni yowaï mono de goʒaï-masŭ kara, dôʒo tabi-tabi midʒŭ-wo o kake nasaï-masi to i'ité, momo-no hána-va yŭ-Ƙi-no gotokŭ akaku nari-masita. Hána-va atsŭsa-ni syore-masŭ; hayakŭ midʒŭ-wo o kake nasaï-masenŭ-naraba, hána-ga o so-ba-ni kare-masyô.

Midʒŭ-no kô-nô nite, hána-va futa-tabi saki-kakari, iro-ka-wo masi-masŭ.

— Hána-va anata-no hô-ni sidari-kakarite, midʒŭ-wo nawo nomi-tagaru yô-ni miye-masŭ; do-do-no kake midʒŭ nite tsuï-ni hána-no tsŭbo-mi-made saki-kayeri ya-yoï-no haru-ni koto naraʒŭ.

Ima-va ne-doki nite hána-mo tsyô-no kuruï-ni tsŭkare mado-romi-masŭ; anata-mo myô-nitsi-no o keï-ko-ga goʒaï-masŭ kara, hána-no soba-ni o yasŭmi nasaï-masi.

TRADUCTION.

OYEZ donc, sur cette fleur, ces deux jolis papillons. Pourquoi voltigent-ils ainsi sans se séparer?

— C'est sans doute parce que le temps est beau et qu'ils se sont enivrés du parfum des fleurs.

— Nous aussi, allons, comme ces papillons, visiter les fleurs.

— Avez-vous étudié la science des fleurs?

— Je l'ai étudiée sous la direction d'un excellent maître de Yosiwara.

— Cette étude coûte-t-elle beaucoup d'argent?

— De l'ouverture de l'établissement jusqu'à l'aube du jour, on donne de trois à quatre taëls[1].

— Je vous prie de vouloir bien m'y conduire pour étudier.

— Voilà la grande porte[2]; entrons-y donc. Nous irons nous reposer un peu dans cette *Maison de thé.*

---

1. De 25 à 30 francs environ de notre monnaie.
2. Cette porte est à l'entrée du quartier de Yosiwara.

— Bonsoir; voulez-vous avoir l'obligeance de nous procurer deux aimables professeurs?

— N'en connaissez-vous aucun?

— Je connais (le professeur) Komourasaki (Pourpre-foncée).

— Nous irons ensemble.

— Pouvons-nous y entrer tous les deux?

— Cela est un peu difficile.

— J'en suis vraiment (fort) ennuyé, car je ne sais pas bien la langue japonaise.

— Prenez avec vous ce petit livre, et vous ne serez pas le moins du monde embarrassé.

— Je vous en remercie beaucoup.

— Veuillez faire venir le professeur Ousougoumo (Nuages-légers).

— Je suis à vos ordres; veuillez monter au premier étage.

— Veuillez attendre un peu ici; le professeur va venir.

— Le professeur se fait attendre bien longtemps; je ne comprends absolument pas pourquoi.

— Les professeurs de Yosiwara perdent beaucoup de temps à cause des complications de leur toilette. D'abord ils aiment à employer

pour l'arrangement de leur coiffure la pommade
de Simomoura et les cordonnets [1] de Tsyôzi. Il
en est qui adoptent la mode de Katsouyama;
d'autres préfèrent celle de Simada. Ils ne
s'aperçoivent pas que leur peigne d'écaille
et leurs aiguilles de tête en corail, pour lesquels ils dépensent mille livres, augmentent
leurs dettes. Poudre de riz pour le visage, poudre de riz pour le cou, fard pour les lèvres, et
jusqu'à du noir pour les dents [2]; il n'y a rien
chez eux qui ne décèle la prodigalité.

Un instant après le professeur se présente.
En vérité, il est très-joli, distingué, aimable. A
ses sourcils se dessine la brume des montagnes
lointaines; à ses yeux s'attachent les frémisse-
ments des vagues d'automne [3]; son profil est
élevé, sa bouche petite, la blancheur de ses
dents fait honte à la neige du mont Fouziyama [4]; les charmes de son corps rappellent le

---

1. En japonais : *moto-yui*. C'est une espèce de petit cordon à l'aide
duquel les Japonais attachent leurs cheveux.

2. En japonais : *ha-guro*. On désigne ainsi une sorte de poudre à
l'aide de laquelle certaines femmes japonaises ont l'habitude de noircir
leurs dents.

3. Le mot « automne », dans les poésies japonaises comme dans
celles des Chinois, entraîne généralement une idée d'amour et de
volupté.

4. Le *Fuzi-yama* ou mont Fouzi est considéré comme une des mer-
veilles du Japon. Les artistes de ce pays se sont exercés à l'envi à en

saule des champs durant l'été[1]. Son vêtement de dessus est orné de dragons volants brodés en fils d'or sur du velours noir; elle porte une ceinture en brocart d'or; en un mot, sa toilette est irréprochable.

— Je suis venu m'entretenir avec vous à l'effet d'entreprendre l'étude des fleurs.

— Mais (monsieur), avez-vous bien réfléchi combien est fatigante cette étude? Si vos forces n'étaient pas suffisantes, il vaudrait mieux ne pas commencer.

— Comme j'ai constamment aimé cette science, non-seulement je ne pense pas épuiser mes forces, mais encore j'ai l'intention de me livrer souvent à son étude.

— Veuillez renoncer à votre projet. Vous avez, dans votre pays natal, bien des professeurs plus parfaits que ceux d'ici : vous n'irez pas vous livrer à l'étude avec un maître inférieur à ceux de votre pays.

— Je vous en prie, veuillez accéder à mes

---

reproduire par le pinceau les aspects les plus remarquables, en même temps que les poëtes cherchaient à en décrire toutes les beautés qui frappaient leur imagination.

1. Un auteur arabe a dit, dans les *Mille et une Nuits* : « Sa taille était un affront pour les branches du saule d'Égypte. » (Kazimirski, *Enis el-Djelis*, pp. 8-9.)

vœux : donner de suite vaut mieux que donner cent fois [1].

— Eh bien ! je me conformerai à vos désirs. Veuillez venir dans ma chambre.

———

La description de ces chambres étant connue de tout le monde, il est inutile d'en parler en détail. Sur l'estrade [2] disposée pour recevoir six nattes, on a suspendu trois stores du peintre Hôïtsou [3], représentant des fleurs et des oiseaux. On y a rangé le jeu de sougorokou [4], le jeu de go [5], des ustensiles pour faire chauffer le thé, une harpe, une guitare et un violon. A côté, dans une bibliothèque, on trouve depuis (la célèbre) Histoire des Ghenzi, de Mourasaki Sikibou [6], jusqu'aux romans de Taménaga Siounsoui.

———

1. Ceci rappelle le passage suivant de Cervantès (*Don Quichotte*, chap. XXXIV) :

   Y aun suele decirse que el que luego da, da dos veces.

2. Dans les habitations japonaises, il y a une partie des chambres surhaussée et où se placent d'ordinaire les nattes qui servent de lit.

3. Peintre célèbre de Yédo.

4. Espèce de jeu de trictrac, pour lequel on fait usage de dés.

5. Sorte de jeu de dames très-compliqué, et qui consiste à gagner du terrain, tout en faisant le plus de prisonniers possible à l'adversaire. On y emploie des jetons de deux couleurs.

6. En japonais : *Gen-ʒi mono-gatari*. C'est l'histoire romanesque de la célèbre famille de Ghenzi ou Minamoto, qui tire son origine

Or donc, lorsque le professeur se présente pour la seconde fois, il est habillé de ses vêtements de lit, comprenant une casaque de crêpe rouge, surmontée d'une robe de nuit de satin violet ornée de pivoines et de lions brodés avec des fils d'or. Il laisse tomber en arrière ses noirs cheveux[1], capables d'enchaîner le cœur de mille hommes, et permet d'apercevoir un corps dont la blancheur mortifierait la neige[2] elle-même. Sa figure, au sourire de prunier, est semblable aux fleurs de poirier[3] émaillées de gouttes de pluie.

— La fleur (monsieur) est faible; de grâce, arrosez-la souvent.

En parlant ainsi, la fleur de pêcher a rougi comme le soleil lorsqu'il se couche.

---

des filles du mikado Saga (810 à 823). — L'auteur, *Mura-saki Siki-bu*, qui vivait sous le règne d'Itsi-deô (987-1011), était une des femmes les plus recherchées de la cour tant pour sa beauté que pour son talent. (Voy. *Revue orientale*, 2e série, t. II, p. 179.)

1. Milton a dit (*Paradise Lost*, iv, 496):

. . . . . . half her swelling breast
Naked met his under the flowing gold
Of her loose tresses hid. . . . . . .

2. Un poëte crétois a dit :

Μαῦρα 'ναι τὰ ματάχια σου, ξανθὰ 'ναι τὰ μαλλιά σου,
Μαῦρο τὸ χιόνι στῆς κορφαῖς ἔμπροσθα στὴ ἀφεντειά σου.

Noirs sont tes jolis yeux, blonde est ta chevelure, et la neige de nos cimes est noire en comparaison de toi, ô ma bien-aimée. (Traduction de M. Em. Legrand.)

3. En japonais : *kaï-dô* (Pyrus spectabilis, Ation).

— La fleur est desséchée par la chaleur ; si
vous ne l'arrosez pas vite, elle mourra à votre
côté.

— Par la vertu de l'arrosage, la fleur
s'épanouit de nouveau ; ses couleurs et son
parfum augmentent d'intensité. Penchée de
votre côté, elle semble de nouveau vous de-
mander à boire.

Par de fréquents arrosements, à la fin le
bouton de fleur s'épanouit à son tour, et il
n'est pas moins joli qu'au troisième mois de
l'année (au printemps).

— C'est maintenant l'heure du sommeil. La
fleur, fatiguée des baisers du papillon, s'as-
soupit. Vous aussi (monsieur), reposez-vous
à côté d'elle, afin que demain vous soyez prêt
à étudier de nouveau.

FLEUR OU JEUNE FILLE?

CHANSON.

Sakŭ-ya kaï-do arata-ni ame-wo obu;
Bi-ʒin akatsŭki-ni okite ram-bô-wo idʒŭ.
Hána-wo ori kagami-ni taï-site sin-sô-wo kisô [1].
Rô-ni tô : hána yoki ka? syô-no kambase yoki ka?
Rô i'u : hána-no yô-tsyô-taru-ni sikaʒŭ.
Bi-ʒin go-wo kiite, seï-ni sin-wo hatsŭsŭ,
Hána-wo ori, momi kudaite, rô-no mae-ni nage-
Si-ka-no katsŭ-ʒin-ni masaru-wo sin-seʒŭ. [utsŭ :
Kimi mosi hána-no yoki-wo siraɲ-to hosseba,
Kô rô koɲ-ya hána-wo tomonôte nemure [1] !

A nuit dernière, la fleur de pêcher a été humectée par la pluie [2] ;
A la chute du jour, la jolie fille se lève et sort de sa chambre.

---

1. Cette pièce de vers ne fait pas partie de l'Anthologie *Si-ka-ʒen-yò*; elle est très-populaire au Japon, et fréquemment chantée par les jeunes gens.
2. Voy., pour le double sens de cette expression, la pièce suivante.

Elle cueille une fleur, et se place devant son miroir pour disputer d'éclat avec elle.

Elle demande à un jeune homme : — Qui l'emporte en beauté de cette fleur ou de l'humble fille?

Le jeune homme répond : — La beauté de la fleur est incomparable.

La jolie fille, en entendant ces paroles, se met gentiment en colère,

Elle froisse la fleur, la roule entre ses mains et la jette aux pieds du jeune homme :

— Je ne pense pas (dit-elle) que cette fleur morte soit comparable à une personne vivante.

(Toutefois), Seigneur, si vous désirez apprécier les charmes de cette fleur,

Je vous engage à aller passer la nuit avec elle.

L'INVITATION

CHANSON.

Kiu-siu daï-itsi-no mŭme,
Koŋ-ya kimi-gà tame-ni Airaku.
Hána-no sin-gi-wo siraŋ-to hosseba,
Sàn-kô tsŭki-wo funde kitare [1].

A première fleur de prunier de l'île de Kiousiou,
        Cette nuit, pour vous, Seigneur, s'ouvrira.

Si vous désirez que tous les charmes de cette fleur vous soient connus,
        Venez en chantant à la lune [2], à l'heure de la troisième veille.

---

1. *Si-ka-ʒen-yô,* pp. 56-57.

2. Ainsi que j'ai déjà eu l'occasion de le remarquer, le mot *lune,* dans les poésies japonaises et chinoises, entraîne presque toujours l'idée d'*amour.* C'est de même qu'en provençal, les mots *blad de luno*

Cette petite chanson est attribuée à une courtisane de Nagasaki. Tous les Japonais la savent par cœur et se font un plaisir de la répéter. Voici la notation musicale d'un des airs sur lesquels elle se chante :

Ad libitum. Forte.

きうゑう だい いち の むめ こん
Ki-u si-u da-i ɪ-tsi- no mŭ-me, | Koŋ

p dolce.

や きみ が ため ふ ひらく はふ
ya ki-mı- ga ta-me- ni hi-ra-ku | Há-na-

Forte.

の ゑんぎをゑらんとほせせば さん
no sin- gı- wo si- raŋ to nɔs-se- ba, | Saŋ-

Secco.

こうきき を ふん できたれ
kô ts'-kı- no jun- de ki-ta- re.

« blé de lune », par exemple, signifient les amoureux larcins, notamment dans ces vers du *Mireille* de Mistral (chant v) :

. . . . Es ansin, éli dous,
Que semenavon à la bruno
Soun blad, soun poulit blad de luno.

Kiu-siu (九 州) littéralement « les neuf arrondisse-
ments », est la plus méridionale des cinq grandes îles de
l'Archipel japonais.

Sin-gi (眞 僞) signifie littéralement « le vrai et le
faux », c'est-à-dire les sentiments intimes.

Funde (踏) veut dire « se promener en chantant ».

Parmi les fautes d'impression les plus importantes, nous signalerons celles qui suivent :

Page	30,	ligne	2,	au lieu de	*tsŭne-ni,*	lisez	*tsŭne-ni-mo.*
—	31,	—	4,	—	1799.	—	1199.
—	33,	—	23*,	—	łauguźéliu,	—	łanguźéliu.
—	51,	—	14,	—	pièce LIV,	—	pièce LII.
—	93,	—	24,	—	Nagaharu,	—	Nagaharou.
—	163,	— dernière,		—	Ation,	—	Aiton.
—	179,	—	3,	—	松	—	頌
—	200, col. 2, liv. 39,			—	*kouanq,*	—	*kouang.*

* Dans quelques exemplaires seulement.

APPENDICE

 orsque j'ai entrepris l'étude des recueils de poésies japonaises que j'avais à ma disposition, dans le but de publier cette Anthologie, j'ai recherché tout d'abord les ouvrages originaux qui pouvaient me fournir quelques renseignements sur la prosodie des insulaires du Nippon et sur son histoire. La grande Encyclopédie japonaise [1] a été la source la plus précieuse à laquelle il m'ait été donné de recourir. Parmi les documents que j'ai traduits à

---

[1] 和漢三才圖會

cette époque, il en est plusieurs qui m'ont semblé de nature à intéresser les orientalistes, et
qui seront en tout cas utiles aux personnes qui
font du Japon l'objet spécial de leurs investi-
gations. Je les ai réunis dans cet Appendice.

I

ES Japonais font remonter l'origine de leur poésie
nationale jusqu'aux temps mythologiques de leurs
annales. C'est en effet à Izanaghi, le dernier des
génies célestes [1] de leurs dynasties antéhistoriques, et à son
épouse Izanami qu'ils attribuent la composition de leurs premiers vers.

Voici d'ailleurs comment s'exprime, au sujet des origines
de la poésie, l'auteur de la grande Encyclopédie japonaise [2] :

« Les annales du Japon intitulées *Nippoŋ ki* disent : « La
« déesse *I-ʒa-nami-no mikoto* s'écria la première :

---

1. Les historiens japonais rapportent qu'*I-ʒa-nagi-no Mikoto*, ayant
contemplé d'un regard lascif les formes gracieuses d'*I-ʒa-nami-no
Mikoto*, son épouse, suivit l'exemple d'un oiseau qu'il avait vu, un
instant auparavant, s'accoupler avec sa femelle. Il connut donc Izanami, et dès lors elle enfanta et fut soumise à la loi générale de l'humanité. Aussi les successeurs de ces deux génies célestes cessèrent-ils
d'appartenir à la race excellente dont ils descendaient pour donner
naissance à la dynastie des génies terrestres. Voyez mon *Mémoire sur la
chronologie japonaise*, précédé d'un Aperçu des temps antéhistoriques,
page 7.

2. *Wa-kaŋ San-saï dʒŭ-ye,* vol. XVI.

男ニ 美マシ 遇アイタ 喜アナニ
少イ 可ウ 哉カ

Ana-ni heya, u-masi otoko-ni aïnu!

« — Quelle joie de rencontrer un aussi beau jeune
« homme ! »

« Le génie masculin fut mécontent, et dit :

« — Je suis le mâle ; il est raisonnable que je parle le
« premier. Comment une femme, au contraire, parlerait-elle
« tout d'abord ? Cela ne s'expliquerait pas. »

« Ils résolurent alors de tourner autour d'une colonne de
« cuivre. Puis les deux génies se rencontrèrent de nouveau.

« Cette fois *I-ȝa-nagi-no mikoto,* le génie mâle, parla le
« premier :

女メ 美ニ 遇 喜
少イ 可 哉

Ana-ni heya, umasi otome-ni aïnu!

« — Quelle joie de rencontrer une aussi jolie fille ! »

« Ces paroles furent l'origine de la poésie japonaise. »

On possède ensuite deux pièces de vers de la sœur d'*Adȝi-
süki-taka-ᴷiko-ne-no kami,* qui s'appelait *Simo-teru-ᴷime;*
mais le nombre de pieds qui doivent composer les distiques
n'était pas encore fixé.

Puis on cite une pièce de vers composée par *Sosa-no ono-
mikoto* [1] à l'occasion d'un palais qu'il fit construire dans un

---

1. J'ai donné le texte et la traduction de cette pièce dans l'Introduction de ce volume, p. x.

lieu sacré de la province d'*Idʒŭ-mo*. C'est de cette pièce que date le nombre de trente et un pieds fixé pour les distiques japonais ; elle donna naissance au genre de poésies dites *uta*.

La chanson que le célèbre *O-nin*, du pays de *Paik-tse* (en Corée), composa pour complimenter l'empereur *Nin-tokŭ* est dite « le père de la poésie » ; celle que *Sô-dʒyo*, du pays de *Mitsi-no-oku*, offrit au prince impérial *Katsŭra-gi* est dite « la mère de la poésie ».

Il y a six espèces de poésies japonaises, qui répondent aux six espèces de vers chinois. En voici la liste :

1. *Soye-uta* [2], pièces sur les mœurs.

2. *Ka-soye-uta* [3], pièces sur des choses véritables.

3. *Nasŭraye-uta* [4], pièces à comparaisons.

4. *Tatoye-uta* [5], pièces offrant des exemples (variété du genre précédent).

5. *Tada-goto-uta* [6], pièces sur des choses véritables (plus longues que celles mentionnées au n° 2).

6. *Iva'i-uta* [7], pièces de compliment.

Le *Si-deô dăï-na-goŋ Kin-tô* a choisi neuf espèces de poésies japonaises qui ont paru dans l'ouvrage de *Kiyo-sŭke* intitulé *Oku-gi-seô*.

---

2. En japonais : そへうた *soye-uta* (ch. 風).

3. Jap. かそへうた *ka-soye uta* (ch. 賦).

4. Jap. ふずらへうた *nasŭraye-uta* (ch. 比).

5. Jap. たとへうた *tatoye-uta* (ch. 興).

6. Jap. たべごとうた *tada-goto-uta* (ch. 雅).

7. Jap. いひうた *iva'i uta* (ch. 頌).

WA-KA-NO SAN-ZIN. Les trois divinités de la poésie japonaise sont :

Tama Tsŭ-sima-no kami. C'est une divinité de *Waka-no mura,* département de *Um-be,* dans la province de *Ki-siu* (*Ki-i*) ;

Sŭmi-yosi daï-myô-ʒin [1], du département de *Sŭmi-yosi,* dans la province de *Ses-syu* (*Setsŭ*) ;

Kaki-no moto-no Kito-maru, de *Oho-kura-dani,* dans le département d'*Aka-si,* province de *Ban-syu* (*Harima*).

Les grands génies dits *Sŭmi-yosi daï-myô-ʒin* sont : *Soko-dʒŭtsŭ-wo, Naka-dʒŭtsŭ-wo, Uwa-dʒŭtsŭ-wo.* On les vénère ainsi que l'impératrice *Zin-gu kwô-gu,* qui est le quatrième génie de cette série. Ils sont considérés comme les génies de la navigation, parce qu'à l'époque où l'impératrice Zingou fit la guerre aux *Saŋ-kaŋ,* ils apparurent sur l'Océan et firent arriver rapidement les vaisseaux au pays de *Sin-ra.* Telle est la cause de la vénération dont ils sont l'objet. Quant à leur désignation comme génies de la poésie, il faut voir là une tradition des poëtes du Japon.

Le grand génie qui porte le titre de *Tama Tsŭ-sima myô-ʒin* fut une femme nommée *Soto-ori Kime.* Elle était sœur cadette de l'impératrice *Osi-saka Oho-naka Kime,* et épouse de l'empereur *In-kyô Ten-ô* (412-453 de notre ère), qui, à cause de sa beauté sans pareille, la prit comme femme secondaire et lui fit construire un palais dans la province de Yamato, où elle se fixa. L'empereur alla lui faire de fréquentes visites dans cette résidence. (La première année de l'ère impériale ʒin-ki (724 de notre ère), sous le règne de l'empereur *Seï-mu Ten-ô,* Tama Tsousima Myôzine fit une apparition dans la province de Kii. C'était l'esprit de Sotoori Himé. — (COMMENTAIRE.)

---

1. Sous ce nom, on a désigné, ainsi qu'il est dit plus loin, trois génies différents.

Quant au grand génie *Kito-maru daï-myô-ʒin*, on le désigne, dans l'ouvrage intitulé *Sakŭ-sya-bu-rui*, sous le titre de
mafuki-datsi (titre au-dessus du cinquième rang) de la famille
Kaki-no moto. Suivant le *Seï-si-rokŭ*, il était descendant de
Ama-no Taru-Kiko Osi-bito-no Mikoto. — Dans la pièce que
Atsŭ-mitsŭ composa au sujet de la statue de Hitomarou, il
est dit : Hitomarou fut fonctionnaire public sous les deux
règnes de l'impératrice *Dʒi-tô* (687-696 de notre ère), et de
l'empereur *Bun-bu* (697-707). C'était un homme du pays
d'*Iva-mi*. (On peut trouver des renseignements à ce sujet
dans les temples d'*Iva-mi* et de *Hari-ma*. — COMMENTAIRE.)
Les pièces qu'il a composées durant sa vie sont toutes excel-
lentes. (On les retrouve en grand nombre dans la collection
des poésies japonaises dite *Man-yô-siú*. — COMMENTAIRE.)

DE LA TRADITION. — La tradition nous a conservé
le secret des Trois-oiseaux (*saŋ-teô*), des Six-arbres (*rokŭ-
bokŭ*), etc., pour la composition des poésies du genre du *Ko-
kin-siú*; et elle nous désigne, au moyen âge, *Tô-no dʒyô-en*
pour le père de cette sorte de vers, ainsi que *Sô-gi*, *Sane-taka*
de *Syô-yô-in*, *Kin-yeda* de *Syô-myô-in*, *Sane-dʒŭmi* de *Saŋ-
kô-in*, *Hoso-kawa Gen-sï Hô-in* [1] (lequel a succédé à *Hatsi-
deô-den Naka-no In-dono Karasŭ-maru*).

Le premier (Sôghi) nous a transmis les deux genres de
poésies appelés Fleurs de pivoine (*bo-taŋ-k'a*), et de cyprès
(*syo-bakŭ*). C'est ce qu'on appelle la tradition de *Sakaï*. Il a
également transmis à la pâtisserie de *Nan-to* le mode appelé
Nara.

---

1. *Hoso-kawa Gen-si Hô-in* est l'aïeul du prince actuel de Higo.
Assiégé par *Aketsi Mitsŭ-Kide*, il perdit la bataille et se vit condamné
à mort. Mais, comme il possédait le secret d'un genre particulier de
poésie, le mikado lui envoya un ambassadeur pour lui rendre la liberté
en échange de ce secret.

II

L E *Syakŭ-meï* dit : La poésie est le langage du sentiment.

Le *Gakŭ-syo* (Livre de la Musique) dit : La musique de *Fuk-ki* (Fouhhi[1]) s'appelle *riu-seï;* la musique de *Sin-nô* (Chinnoung[2]) s'appelle *ka-bô.* Cette musique, à n'en pas douter, était rattachée à des paroles. Les paroles de la musique, c'est ce qui s'appelle « poésie ». En conséquence, la poésie commence à l'époque de Fukki, et les auteurs des trois cents pièces de vers de la dynastie des *Siu* (Tcheou) sont considérés comme les pères de la poésie. Arrivé à la dynastie des *Tô* (Thang), on voit s'établir pour la première fois des règles fixes (de versification). Les grands siècles de la poésie sont ceux des dynasties des Thang et des Soung.

Or quiconque veut apprendre l'art de faire les vers doit fixer son attention sur les quatre tons et connaître (le rôle) des accents *ʎyô* (平) et *sokŭ* (仄). Tantôt le système de composition du premier vers (起) ou exorde repose sur le ton *ʎyô,* tantôt sur le ton *sokŭ;* il y a, en outre, les (mesures de) cinq pieds et de sept pieds, celle des poésies dites *tsyô-hen* (longue pièce), des poésies dites *ris-si* (composées de quarante caractères lorsqu'on fait usage des vers de cinq pieds, et de cinquante-six lorsqu'on écrit en vers de sept pieds), des *ʒek-ku*

---

1. Premier empereur de la période semi-historique de l'histoire de Chine, dont on reporte le règne au xxxvᵉ siècle avant notre ère.

2. Chinnoung « le divin laboureur » est donné comme le successeur de l'empereur Fouhhi. On place son règne vers l'an 3200 avant notre ère.

(composées de vingt caractères pour les pièces en vers de cinq pieds et de vingt-huit pour celles en vers de sept pieds), etc.

La figure ci-dessous présente un exemple de la composition des ɀek-ku :

o indique le ton *piɳ* ; ● le ton *tse* ; ◑ les syllabes douteuses, c'est-à-dire celles qui peuvent être indifféremment choisies au ton *piɳ* ou au ton *tse*.

C'est le second caractère du premier vers qui détermine l'ordre des tons. Peu importe que ce caractère soit au ton *piɳ* ou au ton *tse*, pourvu qu'il ne soit pas au même ton que le quatrième mot du vers, mais bien au même ton que le sixième. Telles sont les règles adoptées pour les *san-ren*, ou trois agencements [1].

DES SIX PRINCIPES DE PROSODIE APPELÉS 義 gi.

Les six principes poétiques sont : le 風 *fu*, le 賦 *fŭ*, le 比 *ʎi*, le 興 *kyô*, le 雅 *ga* et le 松 *syo*. On préfère généralement, parmi ces principes, le *fu*, le *ʎi* et le *kyô* [1].

Dans les trois cents pièces de vers de la dynastie des Tcheou (*Ŝi-kin*), il en est beaucoup où les règles de versification dites *kyô* et *ʎi* sont plusieurs fois usitées au commencement des poésies.

Dans les pièces de vers de l'époque des Thang, il y en a beaucoup où l'on fait le *keï-ren*, suivant les règles *ʎi* et *kyô*.

Dans les anciennes poésies, on fait usage des règles *ʎi* et *kyô*, tantôt pour le premier vers, tantôt pour le quatrième, et tantôt pour le troisième.

Fŭ, *ga* et *syo* représentent trois genres de vers (qui sont la *chaîne* de la poésie); ils sont composés suivant les trois règles dites *fŭ*, *ʎi* et *kyô* (qui sont la *trame* de la poésie).

La règle du *fŭ* a pour effet d'exposer le sujet de la pièce et de l'énoncer directement (sans métaphore). C'est pourquoi on l'appelle *fŭ*.

La règle du *ʎi* veut qu'on compare une chose avec une autre, et que la chose qu'on veut montrer soit toujours en dehors des mots employés pour la désigner. Le *ʎi* a un sens qui est exprimé directement; mais il manque de profondeur. Le sens du *kyô*, au contraire, est détourné, mais il a une saveur durable.

---

1. Le *fŭ*, le *ga* et le *syo* sont des genres particuliers de poésie; le *fŭ*, le *ʎi* et le *kyô* sont des règles spéciales de versification.

La règle du *kyô* consiste dans l'emploi de mots détournés de leur sens habituel, à l'aide desquels l'auteur arrive à l'énonciation de sa pensée. Il ressemble au *ki*, avec cette différence cependant que le *ki* fait usage de termes (métaphoriques) qui se correspondent, tandis que le *kyô* n'est point assujetti à ce principe.

(En d'autres termes, le *ki* consiste à présenter une métaphore qui est maintenue et développée dans tout le cours de la pièce de vers; tandis que le *kyô*, après s'être servi une première fois de la métaphore, cesse ensuite d'en faire usage et rentre aussitôt après dans l'énonciation directe et naturelle des choses qui font l'objet d'un récit.)

BIBLIOGRAPHIE POÉTIQUE

JAPONAISE

NE bibliographie quelque peu détaillée des ouvrages publiés par les Japonais dans les différentes branches des sciences et de la littérature rendrait aujourd'hui un service incontestable aux études des orientalistes. J'ai exposé plus haut les raisons qui ne m'ont pas permis d'en entreprendre la publication. Il m'a semblé néanmoins utile de fournir aux japonistes les renseignements que je possède sur ce sujet et d'en faire l'objet du premier Index de cette Anthologie. Tout imparfaits qu'ils sont, ces renseignements pourront servir, je l'espère, de point de départ à un travail plus complet,

et provoquer peut-être la composition d'une
œuvre bibliographique que le concours de tous
les hommes spéciaux permettrait sans doute de
mener à bonne fin.

J'ai recueilli les titres mentionnés dans la
liste qui suit à la Bibliothèque nationale de
Paris, au Musée britannique de Londres, au
Musée japonais de Leyde [1], à la Bibliothèque
royale de Berlin, au Département asiatique de
Saint-Pétersbourg, etc. J'ai également mis à
profit la riche collection de livres indigènes que
je dois en grande partie à mes amis de Yédo,
et qui s'est enrichie d'une collection formée il
y a quelques années par un savant russe,
M. Markoff. Enfin j'ai emprunté un bon nombre d'indications curieuses aux catalogues des
libraires du Nippon, catalogues dont je possède
plusieurs recueils dans ma bibliothèque.

---

1. Le Catalogue de cette riche collection a été publié sous le titre
suivant : *Catalogus librorum et manuscriptorum japonicorum a Ph.
Fr. de Siebold collectorum,* Annexa enumeratione illorum, qui in Museo
Hagano servantur. Auctore Ph. Fr. de Siebold. Libros descripsit
J. Hoffmann. Lugduni-Batavorum, 1845; in-f°.

BIBLIOGRAPHIE JAPONAISE

OUTA

I

Ko Man-yô-siù. La Collection antique des Dix mille feuilles. *Yédo;* vingt vol. in-4°. [1

Revue orientale, 2ᵉ série, t. II, p. 112. — Édition ponctuée en violet, à l'usage des savants.

Man-yô-siù ryak-kaï. La Collection des Dix mille feuilles, avec explications. Édition publiée par NÁNRYÔ KYÔSYA. *Yédo,* 1856; vingt vol. in-4°. [2

Collection de Rosny, n° 223. — Voy., p. 6 de ce volume, la traduction de la préface de cette grande édition.

Man-yô-siù. La Collection des Dix mille feuilles, entreprise par TATSI- BANA MOROYE († 757), achevée par UDAÏHEN YAKAMOTSI. *Myakò,* 1684-86; trente vol. in-8°. [3

Collection Siebold, n° 387.

Man-yô-yô-zi-kakü. Règles des caractères employés dans la Collection des Dix mille feuilles. *Yédo;* un vol. in-8°. [4

Itsi-yô-syû. Collection de la Feuille unique. *Yédo;* neuf vol., dont quatre de supplément, in-8°. [5

Kin-yô-syû. Collection des Feuilles d'or; recueil de petits poëmes japonais. [6

Cité par M. Dickins.

Man-yô nara-no otsi-ba. Recueil de poésies extraites (?) de la Collection des Dix mille feuilles. *Yédo;* cinq vol. in-8°. [7

Kin-yô wa-ka siù. Recueil de poésies japonaises des Feuilles d'or, composé sous la direction du mikado, par SAKINO MOKOUNO KAMI; un vol. in-8° (ms.). [8

Musée britannique, n° 213.

Ko-kin-syû too kagami. Miroir étendu de la Collection des poésies an-
ciennes et modernes, recueil publié pour la première fois en 905.
Édité par Motoï Noritaké. 1816; six vol. in-8°.   [9
Bibl. de Leyde, n° 383. — Musée britannique, n° 215.

Kasira-gaki ko-kin wa-ka too kagami. Miroir étendu de poésies japonaises anciennes et modernes ; huit vol. in-8''.   [10
Musée britannique, n° 218.

Ko-kin-wa-ka-siû. Collection de poésies japonaises anciennes et modernes, composée par ordre du mikado en l'an 905 et dédiée à ce
prince par Kino Tsourayaki. Un vol. in-8° (ms.).   [11
Musée britannique, n° 208.

Ko-kin wa-ka syû. Collection de poésies japonaises anciennes et modernes. 1780 ; un vol. in-64.   [12
Collection de Rosny, n° 220. — Charmante édition en petits caractères hirakana
et sôsyo.

Ko-kin wa-ka-syû sin-kò-seï. Nouvelle recension de la Collection des
outas japonais anciens et modernes. *Yédo;* deux vol. in-8°.   [13
Catalogues japonais, n° 2. — « C'est une bonne édition du recueil intitulé *Ko-
kin-siû.* »

Ko-kin Wa-ka rokŭ deô Syû tsiu. Explication des six livres d'outas japonais anciens et modernes. *Yédo;* in-8°.   [14

Sin ko-kin wa-ka siû. Nouvelle collection de poésies japonaises anciennes et modernes, composée par ordre impérial, par Sanghi-
yémonno Souké. 1738 ; déux vol. in-8° (ms.).   [15
Musée britannique, n° 209.

Sin-ko-kin-syû mi-nô-no ya-zuto. Nouvelle édition du recueil de
poésies intitulé « Nouvelle collection de poésies anciennes et
modernes ». *Yédo;* cinq vol. in-8°.   [16

Sin ko-kin Wa-ka syu. Nouvelle collection d'outas japonais anciens et
modernes. *Yédo;* deux vol. in-8°.   [17

Sin ko-kin Wa-ka-syu sin-seô. Nouvelle recension de la Collection des
outas japonais anciens et modernes. *Yédo;* quatre tomes en six vol.
in-8".   [18

Siu-i wa-ka-siû. Collection de poésies japonaises, composées principa-
lement à la cour de l'empereur ; un vol. in-8° (ms.).   [19
Musée britannique, n° 211.

Go-sen Wa-ka syû. Nouveau choix de poésies japonaises. *Yédo;* deux
vol. in-8°.   [20

Go-sen-syû sin-seò. Nouvelle recension du recueil dit Collection choisie postérieurement. *Yédo;* quinze vol. in-8°. [21

Go-sen wa-ka-siû. Dernière collection de poësies japonaises choisies (an 947) par ordre de l'empereur; deux vol. in-8° (ms.). [22

Musée britannique, n° 210. — « Tous ces poëmes sont écrits en hirakana, et beaucoup d'entre eux sont du mikado lui-même. »

Si-ka wa-ka-siû. Collection des meilleures poésies japonaises, composée par Sakyono Daïbou, officier de la Cour. [23

Musée britannique, n° 212.

Sen-çaï wa-ka-siû. Collection de poésies japonaises, par Tosinari, officier supérieur de la Cour du mikado. 1187; deux vol. in-8° (ms.). [24

Musée britannique, n° 214.

Man-yò Çyakŭ-nin-is-syu wa-ka-no umi. La mer des poésies japonaises des Cent poëtes et des Dix mille feuilles. Un vol. in-8°, fig. [25

Musée britannique, n° 223.

II

Çyakŭ-nin-is-syu Çito-yo gatari. Récits d'une nuit pour les pièces de vers des Cent poëtes, publiés par Osaki Masayosi, d'Ohosaka. *Kyôto,* 1833; neuf vol. in-4°, fig. [26

Collection de Rosny, n° 66. — Grande édition de la Collection des Cent poëtes, avec un commentaire perpétuel et des notices historiques et littéraires pour chaque pièce.

Hyakŭ-nin-is-syu mine-no kake basi. Écrit par Motoï Noritaké, et publié par Koromogawa Daï-zin. 1806; deux vol. in-8°. [27

Bibl. de Leyde, n° 384.

Ye-hoŋ Çyakŭ-nin-is-syu. Collection illustrée des poésies des Cent poëtes; deux vol. in-8°. [28

Bibl. de Leyde, n° 395.

Hyakŭ-nin-is-syu ko-kwa bun-kò, Bibliothèque du petit grenier des poésies des Cent poëtes. [29

Bibl. de Leyde, n° 392.

Dçyo-gun tama bun-kò, la Bibliothèque des pierres précieuses, pour l'instruction des femmes. Publié par Yekiken Kaïbara. *Yédo;* un vol. in-4°. [30

Collection de Rosny, n° 182. — On trouve dans ce volume les odes des Cent poëtes célèbres du Japon, avec leur portrait.

24

Taï-hô Ḱyakŭ-nin-is-syu momidẓi-no nisiki. Le brocart aux feuilles rouges des poésies des Cent poëtes. *Yédo;* un vol. in-8°. [31

Nisiki Ḱyakŭ-nin-is-syu. Poésies des Cent poëtes dites du brocart. *Yédo;* un vol. in-8°. [32

Wa-Kan yeï-yu Ḱyakŭ-nin is-syu. Poésies des Cent héros japonais et chinois; un vol. in-8°. [33
Musée britannique, n° 226.

Bu-geï Ḱyakŭ-nin is-syu. Recueil de pièces de poésie des Cent poëtes-guerriers. *Ohosaka,* s. d.; in-12, portrait. Ce volume est précédé d'une notice sur les armes en usage chez les Japonais. [34
Collection de Rosny, n° 134.

Yeï-yu Ḱyakŭ-nin is-syu. Recueil de pièces de poésie des Cent héros, publié par AYOKTEÏ KAWAYANAGHI, et illustré par GYOKRANSAÏ SADAHIDÉ. *Yédo,* 1848; in-12, portraits. [35
Collection de Rosny, n° 124. — A la fin du volume, l'éditeur annonce un supplément à cet ouvrage, orné de dessins « par les premiers artistes de Yédo ».

Autre édition du même ouvrage, publiée par LE MÊME; un vol. in-32. [36
Collection de Rosny, n° 68.

Gi-retsŭ Ḱyakŭ-nin is-syu. Recueil de poésies des Cent hommes fidèles, publié par AYOKTEÏ KAWAYANAGHI. *Yédo,* 1850; in-12, portraits. [37
Collection de Rosny, n° 106.

Retsŭ-dẓyo Ḱyakŭ-nin-is-syu. Poésies des Cent femmes célèbres; un vol. in-8°, fig. [38
Musée britannique, n° 224.

Ḱyakŭ-nin-is-syu dẓyo ban-ryo-bâko. Collection de poésies de Cent poëtes, un gros vol. in-4°. [39
Département asiatique, à Saint-Pétersbourg, n° 12.

Gen-ẓi Ḱyakŭ-nin-is-syu. Poésies des Cent poëtes de la maison de Ghenzi. *Yédo;* un vol. in-8°. [40

Tô-kwa Ḱyakŭ-nin-is-syu. Poésies des Cent poëtes dites de la Fleur de pêcher. *Yédo;* un vol. in-8°. [41

Oho-uta-dokoro-no mi Ḱyakŭ-syù. Les Cent pièces impériales composées à Oho-outa-dokoro. *Yédo;* un vol. in-8°. [42

Yedo o-gura Ḱyakŭ-syu. Les Cent pièces de vers de OGOURA, de Yédo; un vol. [43

Hô-gyokŭ Ŝyakŭ-nin-is-sy'u. Collection précieuse des poésies des Cent
poëtes ; un vol. in-12. [44
Bibl. de Leyde, n° 394.

III

Rui-daï Kin-gyokŭ siû. Collection de l'or et du jade de la poésie.
Yédo; quatre vol. in-8°. [45

Haï-kaï Ko-ʒin Go-Ŝyakŭ daï. Recueil de cinq cents pièces de vers
d'anciens auteurs. Yédo ; deux vol. in-8°. [46

Zokŭ Ko-ʒin Go-Ŝyakŭ daï. Supplément au Recueil des cinq cents pièces
de vers d'anciens auteurs. Yédo ; deux vol. in-8°. [47

Syo-tsiu Ko-ʒin Go-Ŝyakŭ daï. Recueil des cinq cents pièces de vers
d'anciens poëtes; édition de poche. Yédo ; un vol. [48

Sin Go-Ŝyakŭ daï. Les cinq cents nouvelles pièces de poésie. Yédo; deux
vol. in-8°. [49

Sin-sin Go-Ŝyakŭ daï. Les cinq cents pièces de poésies très-nouvelles.
Yédo; deux vol. in-8°. [50

Ka-yeï Go-Ŝyqkŭ-daï. Les cinq cents poésies de l'ère Kayeï. Yédo; deux
vol. in-8°. [51

An-seï Go-Ŝyakŭ daï. Les cinq cents pièces de poésies de l'ère Anseï.
Yédo; deux vol. in-8°. [52

Ko-kin Sen-go-Ŝyakŭ daï hok-ku syû. Collection de quinze cents pièces
de vers anciennes et modernes du genre dit hokkou. Yédo ; deux
vol. in-8°. [53

Kon-ʒin Go-Ŝyakŭ daï. Les cinq cents pièces de vers des poëtes contemporains. Yédo ; deux vol. in-8°. [54

Zokŭ Kon-ʒin Go-Ŝyakŭ daï. Supplément aux cinq cents pièces de vers
des poëtes contemporains. Yédo; deux vol. in-8°. [55

Kon-ʒin Ŝyakŭ-ka rui-daï. Poésies des Cent poëtes contemporains.
Yédo ; deux vol. in-8°. [56

Kin-seï Go-Ŝyakŭ daï. Les cinq cents poésies de l'époque actuelle. Yédo;
deux vol. in-8°. [57

Kin-seï ʒyu-ka rui. Poésies des dix poëtes de l'époque actuelle. Yédo;
deux vol. in-8°. [58

Koŋ-ʒin meï-daï syû. Collection des poésies célèbres des hommes contemporains. *Yédo;* deux vol. in-8°.   [59

Meï-ka-rui-daï. Collection de vers des poëtes célèbres. *Yédo;* quatre vol. in-8°.   [60

Syokŭ-ʒan Ʌyakŭ-siu. Les cent pièces de vers de Syokouzan. *Yédo;* un vol. in-8°.   [61

Tsŭra-yuki siû rui-daï. Collection des poésies de Tsourayouki. *Yédo;* deux vol. in-8°.   [62

Yama-ka siû rui-taï. Collection des poésies de *Yamaka* (ville de la province de Tamba), coordonnée par le bonze Saïgvo Syônin. 1813; un vol. in-12.   [63

Collection Siebold, n° 400.

IV

Ziû-maŋ hok-ku siû. Collection des cent mille pièces du genre hokkou. *Yédo;* quatre vol. in-8°.   [64

Daï-rin hok-ku siû. Collection de poésies du genre hokkou. *Yédo;* quatre vol. in-8°.   [65

Hok-ku ko-koŋ sen. Collection ancienne et moderne de poésies dites hokkou. *Yédo;* deux vol. in-8°.   [66

Kon-ʒin hok-ku-syu. Collection de poésies modernes dites hokkou. *Yédo;* deux vol. in-8°.   [67

Hok-ku rui-siû. Collection de poésies dites hokkou. *Yédo;* deux vol. in-8°.   [68

Ba-seô hok-ku ko-kagami. Petit miroir des poésies hokkou de Baseô. *Yédo;* un vol. in-8°.   [69

V

Haï-kaï-syû-sò. Collection de poésies du genre haïkaï. *Yédo;* seize vol. in-8°.   [70

Kwa-yô haï-kaï syû. Collection des poésies haïkaï des Feuilles de millet. *Yédo;* cinq vol. in-8°.   [71

Haï-kaï-si-ki-gusa. Collection de poésies du genre haïkaï sur les quatre saisons. *Yédo;* quatre vol. in-8°. [72

Haï-kaï hok-ku daï-sô. Collection de poésies des genres dits haïkaï et hokkou. *Yédo;* quatre vol. in-8°. [73

Haï-kaï sitsi-bu atsůme. Poëme épique en sept chants. 1774; deux vol. in-12. [74

Collection Siebold, n° 401.

Haï-kaï gyokŭ-yô siů. Collection des Feuilles de jade des poésies haïkaï. *Yédo;* un vol. in-8°. [75

Haï-kaï awase kagami. Miroir des poésies du genre haïkaï. *Yédo;* un vol. in-8°. [76

Haï-kaï te-biki gusa. Introduction à l'étude des poésies dites haïkaï. *Yédo;* deux vol. in-8°. [77

Haï-kaï nen-feô rokŭ. Chronologie des poésies haïkaï. *Yédo;* un vol. in-8°. [78

Haï-kaï ẓin-meï rokŭ. Collection des noms d'auteurs célèbres dans le genre haïkaï. *Yédo;* deux vol. in-8°. [79

POÉSIE SINICO-JAPONAISE (SI).

Tsiu-tô ni-ẓyů ka ẓek-ku. Pièces des vingt poëtes célèbres du milieu de la dynastie chinoise des Thang. *Yédo;* trois vol. in-8°. [80

Tô-sô ren-ẓyu si-kakŭ. Collection de poésies choisies composées sous les dynasties des Thang et des Soung. *Myako;* trois vol. in-12 obl. [81

Collection de Rosny, n° 206.

Ban-tô hyak-ka ẓek-ku. Poésies des cent auteurs du déclin de la dynastie des Thang. *Yédo;* cinq vol. in-8°. [82

Sô san-daï ka ẓek-ku. Pièces de vers des trois grands poëtes de la dynastie chinoise des Soung. *Yédo;* un vol. in-8°. [83

Sô san-ka si-wa. Récits sur les poésies des trois grands poëtes de la dynastie chinoise des Soung. *Yédo;* un vol. in-8°. [84

Sô-meï-ka si-sen. Choix de vers des poëtes célèbres de la dynastie des Soung. *Yédo;* deux vol. in-8°. [85

Sô-si-seï-ʒetsŭ. Choix de poésies composées sous la dynastie des Soung, avec notes grammaticales japonaises. Publié par KAYA-AKI NYO-TEÏ. *Yédo,* 1814; un vol. in-8°. [86
Collection Siebold, n° 407.

Sô-ʒi-so. Fondement des poésies composées sous la dynastie des Soung. Publié par OHO-KOUBO-GYÔ. *Yédo,* 1803 ; deux vol. in-8°. [87
Collection Siebold, n° 408.

Min sitsi-si si-kaï. Explication des vers des sept poëtes de la dynastie des Ming ; un vol. in-4°. [88
Département asiatique, à Saint-Pétersbourg, n° 17.

Daï-ga si-rui syo. Recueil de vers relatifs aux peintures. *Yédo;* deux vol. in-8°. [89

Go-ʒan-dò si-wa. Récits sur les poésies de GOZANDÔ. *Yédo;* cinq vol. in-8°. [90

Ho-ò si-wa. Récits sur les poésies de HOÔ. *Yédo;* un vol. in-8°. [91

Ko-ʒen-saï si-wa. Récits sur les poésies de KOZENSAÏ. *Yédo;* un vol. in-8°. [92

Neï-seï-kakŭ si-syû. Collection des poésies de NEÏSEIKAK. *Yédo;* première partie, cinq vol. Deuxième partie, deux vol. in-8°. [93

Ritsŭ-ʒaṇ si-syû. Collection des poésies de RITSOUZAN. *Yédo;* in-8°. [94

San-taï-si. Poésies chinoises sous trois formes. *Yédo;* un vol. in-8°. [95

San-taï-si ʒek-ku kaï. Explication des poésies chinoises sous trois formes. *Yédo;* trois vol. in-8°. [96

Sin-ʒan-min si-syû. Collection des poésies de SINZANMINE. *Yédo;* un vol. in-8°. [97

Sò mokŭ kwa si. Poésies sur les plantes, les arbres et les fleurs. Deux vol. in-8°, fig. [98
Bibliothèque royale de Berlin, n° 46.

Sò-tò-ba si-syu. Collection des poésies de SOTÔBA. *Yédo;* dix vol. in-8°. [99

Syokŭ-ʒan sen-seï si-syu. Collection des vers du poëte SYOKOUZAN. *Yédo;* un vol. in-8°. [100

Zyo-ʒi-aṇ si-wa. Récits sur les poésies de ZYOZIAN. *Yédo;* un vol. in-8°. [101

Siu-tsin ryakŭ-in daï-seï. Glossaire des mots à tons homophones. Accompagné de phrases de trois mots, avec une explication japonaise; quatre vol. in-8°. [102
Collection Siebold, n° 410.

Si-so gen-kaï. Locutions qui forment la base des poésies, avec une explication japonaise. Publié par MOURASE KAÏBO; un vol. in-8°. [103
Collection Siebold, n° 409.

Zokŭ-si go-siu-kin. Vocabulaire de la langue poétique (*si*); publié par OKOUDA SIKOURĒN. *Kyôto,* 18..; un vol. in-8°. [104
Collection de Rosny, n° 155.

Mô-si hin-bŭtsŭ dʒŭ-kô. Dessins des objets mentionnés dans le Livre sacré des Vers; trois vol. in-8°. [105
Bibliothèque royale de Berlin, n° 26.

RECUEILS DIVERS

Baï-sitsŭ-ka-syû. Collection de poésies de BAÏSITS. *Yédo;* deux vol. in-8°. [106

De-ki-masita go-keï oho-tsŭ-ye. Recueil de chants populaires. *S. l. n. d.;* un vol. in-12. [107
Collection de Rosny, n° 89.

Dʒyû-ni-ka getsŭ maki-mono. Recueil de poésies; un vol. in-8 (ms.). [108
Musée britannique, n° 222.

Fusi-yama hyakŭ-keï kyô-ka syû. Collection de poésies sur les Cent vues (célèbres) du mont Fousiyama. Un vol. in-8°. [109
Musée britannique, n° 235.

Fŭ-ʒokŭ mon-ʒen siu-ï. Recueil de poésies populaires choisies. *Yédo;* deux vol. in-8°. [110

Gyô-taï sitsi-bu-syu. Collection des sept livres de GYÔTAI. *Yédo;* deux vol. in-8°. [111

Ha-uta maki. Petites chansons variées; deux vol. in-12. [112
Musée britannique, n° 228.

Heï kaï syû. Collection de poésies sur les coquillages. *S. l. n. d.;* un vol. in-32 (ms.). [113
Collection de Rosny, n° 5.

Iroha uta ʒya-syô-ben. Discussion sur les sens faux et vrais de la chanson de l'Iroha; trois vol. in-8°.   [114
<small>Catalogue de la librairie Maisonneuve.</small>

Ka-do-meï mokŭ-seô. Art poétique en trois livres, par OUTSIOUHEN SOUKÉMOTSI. 1713; trois vol. in-8°.   [115
<small>Collection Siebold, n° 385.</small>

Kaï-dʒŭkusi ura-no nisiki. Recueil de vers par HAN KWAAN, du pays de Noto; un vol. in-8°.   [116
<small>Collection Siebold, n° 398.</small>

Ka-gawa keï-ʒyu-siû; Katsŭra-no otsi-ba. Collection de poésies; deux vol.   [117

Ka-mo-no ma-butsi ô-ka syu. Recueil de poésies de KAMONO MABOUTSI. *Yédo;* deux vol. in-12.   [118

Ka-rin ʒatsŭ-mokŭ seô. Arbres variés des bois de la poésie; recueil de vers. *Miyako,* 1696; huit vol. in-8°.   [119
<small>Collection Siebold, n° 389. — Vol. I et II, poésies au Printemps; vol. III, à l'Été; vol. IV et V, à l'Automne; vol. VI, à l'Hiver; vol. VII, à l'Amour et à l'Amitié; vol. VIII, Poésies diverses.</small>

Ka-sen-ye-seô. Vers illustrés des Immortels de la poésie. *Yédo;* un vol. in-8°.   [120
<small>Musée britannique, n° 220.</small>

Kem-pô uta-awase. Collection de poésies de l'ère *Kem-pô;* un vol. in-8° (ms.).   [121
<small>Musée britannique, n° 233.</small>

Kin si-ka ʒek-ku. Poésies des quatre poëtes contemporains. *Yédo;* deux vol. in-8°.   [122

Ko-kin bu-yû ka-sen. Poésies des héros célèbres; un vol. in-8°, fig. [123
<small>Musée britannique, n° 234.</small>

Ko-kon-sen. Chrestomathie ancienne et moderne. *Yédo;* trois vol. in-8°.   [124

Kon-sitsŭ-bu-siû. Collection de poésies contemporaines. *Yédo;* deux vol. in-8°.   [125

Kyô-ka Fu-sô siû. Collection d'épigrammes dites du Fousang; deux vol. in-8°.   [126
<small>Collection Siebold, n° 406.</small>

Kyô-ka ga-ʒô sakŭ-sya bu-rui. Recueil de poésies satiriques, avec illustrations; deux vol. in-8°.　　　　　　　　　　　　　[127

Musée britannique, n° 219.

Kyô-ka Kwan-tô hyakŭ-taï siŭ. Collection des cent épigrammes dites de Yèdo, composée par TONTONTEÏ. *Yédo,* 1805; deux vol. in-8°. [128

Collection Siebold, n° 405.

Kyô-ka te-goto-no bana. Fleurs choisies des poëtes épigrammatiques. Publié par BOUNYANO SIGHETADA. 1810; deux vol. in-12.　　　[129

Collection Siebold, n° 403.

Kyô-ka e ʒi-maŋ. Épigrammes ornées de dessins par HOKKEÏ SENSEÏ. Trois vol.　　　　　　　　　　　　　　　　　　　[130

Collection Siebold, n° 404.

Man-yô sin-saï Ʌyakŭ-syu. Nouveau recueil de cent pièces de poésie. *Yédo;* un vol. in-8°.　　　　　　　　　　　　　　[131

Meï-syo sen-daï siŭ. Collection de mille pièces dans des localités célèbres. *Yédo;* trois vol. in-8°.　　　　　　　　　　　[132

O-keï-kô ʒek-ku. Poésies de OKKIKOU. *Yédo;* quatre vol. in-8°.　[133

Ran-setsŭ-ku-syŭ. Collection des poésies de RANSETS. *Yédo;* deux vol. in-8°.　　　　　　　　　　　　　　　　　　[134

Rui-daï wa-ka ho-ketsŭ. Complément de poésies japonaises du genre *uta. Yédo;* six vol. in-8°.　　　　　　　　　　　　[135

San-ʒyŭ-rokŭ uta-no atsŭme. Collection de trente-six poëmes japonais.　　　　　　　　　　　　　　　　　　　　[136

Collection Siebold, n° 399.

San-ʒyu-san-ban ʒyun-reï-uta. Recueil religieux; un vol. in-8°. [137

Musée britannique, n. p.

Sen-kô-baŋ-si. Mille rouge, dix mille violet. Recueil de poésies, composé par SYOKSAN SENSEÏ. 1817; un vol. in-12.　　　[138

Collection Siebold, n° 391.

Si-ba bun-seï-kô den-ka syŭ-sen. Collection de poésies de SIBA BOUNSEÏ-KÔ. *Yédo;* six vol. in-8°.　　　　　　　　　　[139

Si-dʒyŭ-itsi-baŋ uta awase. Collection de poésies différentes sur de mêmes sujets, avec illustrations; un vol. in-8°.　　　[140

Musée britannique, n° 221.

25

Sin-sen si-ka awase. Recueil de poésies *si* et *uta* nouvellement choisies. Yédo ; un vol. in-8°. [141

Sin-rô eï-siû. Nouvelle collection dite *Rô-eï-siû.* Yédo ; un volume in-8°. [142

Sin-sen ha-uta do-do-itsŭ. Nouveau choix de chansons populaires *ha-uta* du genre dit *do-do-itsŭ,* par Ippits-an-eï-zyu. *S. l. n. d.* (Yédo); un vol. in-12. [143

Collection de Rosny, n° 94.

Sin Yosi-yara na iri oho-itsi-ʒa do-do-itsŭ. Recueil de chansons populaires *do-do-itsŭ* du nouveau Yosiwara. *S. l. (Yédo) n. d.;* un vol. in-12. [144

Collection de Rosny, n° 84.

Sitsi-ʒyù-itsi-baṇ uta awase. Recueil de chansons; trois vol. in-8°. [145

Bibliothèque royale de Berlin, n° 20.

Sô-kiu ô ku-siû. Collection des poésies de Sôkiou. Yédo ; deux vol. in-8°. [146

Sô-tsya-ʒaṇ siû. Collection de Sôtsyazan. Yédo ; deux vol. in-8°. [147

Syokŭ-sen-gin Wa-ka-siû rui-taï. Recueil de poésies japonaises. 1800; un vol. in-8°. [148

Collection Siebold, n° 396.

Syô-tetsŭ mono-gatari. Vie et poëmes de Syôtets (mort en 1459). 1790; deux vol. in-8°. [149

Collection Siebold, n° 386.

Siû-gwaï-ka-sen. Recueil de poésies dites *uta.* Yédo ; un volume in-8°. [150

Taïra-no haru-mi ô-ka siû. Collection des poésies de Taïrano Haroumi. Yédo ; deux vol. in-12. [151

Tatsibana-no tsi-kage ô ka siû. Collection des poésies de Tatsibanano Tsikaghé. Yédo ; deux vol. in-12. [152

Uki-yo do-do-itsŭ oho-tsŭ-ye bu-si. Recueil de chansons populaires du genre dit *do-do-itsŭ,* par Sikko Sanzine, illustré par Issensaï Morimits. *S. l. n. d.* (Yédo); un vol. in-12. [153

Collection de Rosny, n° 87.

Wa-ka daï-ʃyakŭ-ʒetsŭ. Les cent pièces de vers faites sur les sujets des *uta* japonais. Yédo ; un vol. in-8°. [154

Wa-ka e-maki-mono. Recueil illustré d'outas japonais; un vol. in-8°
(ms.). [155
Musée britannique, n° 230 et n° 231.

Ya-he-no yama-biko. L'écho octuple. 1804; deux vol. in-8°. [156
Collection Siebold, n° 402.

Yamato uta Rin-ya-siù. Poésies rurales japonaises, par RIOBARANO
OGAZÉ. 1806; douze vol. in-8°. [157
Collection Siebold, n° 388. — Six volumes de ce recueil sont intitulés les Quatre
années de tempête; les autres renferment des poésies érotiques, etc.

Ye-do syokŭ-nin uta-awase. Recueil de chansons relatives aux ouvriers
de Yédo; deux vol. in-8°. [158
Bibliothèque royale de Berlin, n° 29.

Ye-hoŋ Wa-ka awase. Collection de poésies japonaises, avec illustrations. Publié par FOUDZITANI MITSOUYÉ. 1819; un vol. in-8°. [159
Collection Siebold, n°ˢ 396 et 397.

Zokŭ-sen rô-eï siù. Supplément aux poésies intitulées *Ro-eï siù. Yedo;*
deux vol. in-8°. [160

INDEX.

 ᴇꜱ Index qui suivent ont été composés dans l'intérêt des personnes qui font de l'histoire et de la littérature japonaise l'objet spécial de leurs études.

Le premier index fournit la liste de tous les personnages cités dans l'*Anthologie,* ainsi que dans les notes et commentaires joints aux traductions des poésies. J'ai donné autant que possible l'époque où vivait chacun de ces personnages, et çà et là quelques courtes indications biographiques.

Le second index présente le tableau chronologique des auteurs des poésies japonaises renfermées dans ce volume.

Le troisième index réunit les noms géo-

graphiques et topographiques cités dans l'ouvrage.

Enfin le quatrième index comprend la
mention de tous les faits intéressants dont
cette Anthologie renferme l'énonciation. On
y a réuni la liste des sujets qui ont été traités
par les poëtes du *Si-ka-ʒen-yô*.

INDEX

DES NOMS PROPRES DE PERSONNAGES JAPONAIS[1].

---

1. A la suite des noms, on a fait usage des signes suivants : N = né en.....
† = mort en..... F = florissait en..... — Les chiffres entre parenthèses indiquent
la date de l'avénement et la fin des règnes. — Les noms japonais ont été imprimés en
petites capitales. — Quelques noms de personnages chinois, cités dans l'ouvrage, ont
été reproduits ici en *italiques*.

quatrième dynastie des Syôgoun,
N. 1542, †à Sourouga en 1616;
103.

H

HAROUNOBOU (Takéda Daizenno
Daïbou), guerrier et poëte japo-
nais), † en 1573; 95.
HATSÎDEÔDEN NAKANO IN DONO
KARASOUMAROU. Voy. KARA-
SOUMAROU.
Heh-kiu-chi, fondateur du royau-
me de Sinra, en Corée, 73.
Hiaotsoung, empereur de Chine,
139.
HIDÉYOSI (autrement appelé TAÏ-
KOSAMA), syôgoun, 103.
HIROMOTO (Ohoyéno), conseiller
du syôgoun au commencement
du XIIIᵉ siècle, 31, 32.
HITOMARO, poëte et dieu de la
poésie, fils de l'empereur Kôseô
(475-393 avant notre ère), 13, 24,
41, 62, 175.
HITOTSBASI, dernier syôgoun du
Japon, 106.
HÔDEÔ TOKIMASA.Voy.TOKIMASA.
HOÏTSOU, peintre, 162.
HORIKAWA, femme poëte, F. au
milieu du XIIᵉ siècle, 57.
HOSOKAWA GHENSI HÔIN, poëte,
176.

I

IDZOUMI SIKIBOU, femme poëte,
F. 987; 37.
In Tszeki, général chinois, 139.
ISANAGHI, poëte de la période hé-
roïque, 172.
ISANAMI, poëte de la période hé-
roïque, 172.

ISÉ, femme poëte, F. 886; 55.
ITSIDEÔ, empereur (987-1011), 38,
51.
IYÉTADA (le daïnagon), 69.
IYÉYASOU, syôgoun. Voy. GON-
GHENSAMA.

K

KAGHÉTOKI (Kadziwara), ministre,
(XIIIᵉ siècle), 31.
KAMAKOURA (Oudaïzine), autre-
ment dit YORI-IYÉ (voyez ce
nom), poëte japonais, 31.
KAGHÉMORI (Adatsi), chargé de
combattre les brigands; le syô-
goun lui enlève sa femme (XIIIᵉ
siècle), 31.
KAKINO-MOTONO ASON HITOMA-
RO, poëte, dieu de la poésie
japonaise, 13, 24, 41, 175.
KANEFOUSA (Foudziwarano), 61.
KANÉIYÉ, régent en religion (xᵉ
siècle), 59.
KARASOUMAROU (Hatsideôden Na-
kano Indono), 176.
KANÉMORI (Taïrano), poëte, F. 947-
956; 48.
KASOUGA, prince japonais, poëte,
12.
KENTOK-KÔ, poëte, † 972; 67.
KINO OHITO, poëte japonais, 148.
KINYEDA, poëte, 176.
KION-NYÔGO, épouse de Naka-
mouné, enlevée par le mikado
Toba Iᵉʳ (1108-1123), 32.
KINTSOUNÉ, poëte japonais du
XIIIᵉ siècle, 81-85.
KORÉTADA SINÔ, prince impérial,
† 940; 70.
Kouàng Ping-wang reçoit la sou-
mission de la capitale de l'Est,
140.

26

INDEX CHRONOLOGIQUE

DES AUTEURS JAPONAIS

DE POÉSIES CONTENUES DANS CETTE ANTHOLOGIE.

INDEX GÉOGRAPHIQUE[1].

1. Les noms géographiques sans indication de contrée appartiennent tous au Japon.

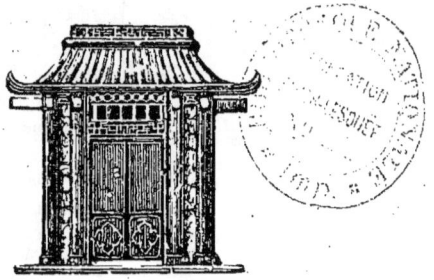

INDEX ANALYTIQUE

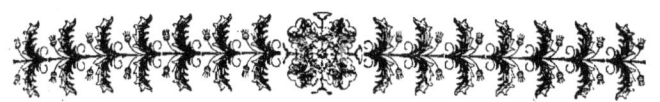

TABLE DES MATIÈRES.

TRADUCTIONS DU JAPONAIS

PAR LE MÊME AUTEUR

TRAITÉ DE L'ÉDUCATION DES VERS A SOIE AU JAPON, traduit pour la première fois du japonais et publié par ordre de S. Exc. le Ministre de l'Agriculture. *Paris, Imprimerie impériale*, 1868. — In-8°, avec XXII planches et II cartes.

2ᵉ ÉDITION. *Nancy*, 1869; in-8°, planches. — 3ᵉ ÉDITION. *Paris, Imprimerie impériale*, 1871; in-8°, pl. — 4ᵉ ÉDITION (Abrégée). *Nancy*, 1870; in-8°, fig. — TRADUCTION ITALIENNE, par Fél. Franceschini. *Milano*, 1870; in-8°, fig.

NOTICE SUR LA PRÉPARATION DU CAMPHRE au Japon, traduite du japonais. *Paris, Revue orientale et américaine*, 1860. — In-8°.

NOTICES SUR LES ILES DE L'ASIE ORIENTALE, extraites d'ouvrages chinois et japonais, et traduites pour la première fois sur les textes originaux. *Paris, Imprimerie impériale*, 1861. — In-8°.

NOTICE SUR LA CARTE DES TREIZE PROVINCES DU JAPON en vue du mont Fouziyama, traduite en français. *Paris, Archives des Missions scientifiques*, 1865. — In-8°.

LES PEUPLES DE L'ARCHIPEL INDIEN, connus des anciens géographes chinois et japonais. Fragments orientaux traduits en français. *Paris, Mémoires de l'Athénée orientale*, 1870. — In-4°; pl.

TRADUCTIONS PRÊTES POUR L'IMPRESSION:

L'ENSEIGNEMENT DE LA VÉRITÉ, ouvrage du philosophe Kôbôdaïsi; publié avec une transcription européenne du texte original, et traduit pour la première fois du japonais.

ETHNOGRAPHIE DES PEUPLES ÉTRANGERS, notices extraites de la grande Encyclopédie japonaise et traduites pour la première fois.

LES HISTORIENS DU JAPON. Morceaux choisis de littérature japonaise, traduits en français.

LE MIROIR DES FEMMES VERTUEUSES DU JAPON. Recueil de petites historiettes transcrites en caractères classiques, chinois et katakana, et publiées à l'usage des élèves de l'École spéciale des langues orientales, avec une traduction française et des notes.

L'ÉCRITURE ET LA LANGUE DES JAPONAIS. Fragments de philologie indigène, traduits en français.

Achevé d'imprimer

LE 27 SEPTEMBRE M DCCC LXXI

PAR J. CLAYE

POUR MAISONNEUVE ET Cie

A PARIS.

www.ingramcontent.com/pod-product-compliance
Lightning Source LLC
Chambersburg PA
CBHW070545030726
47505CB00001B/170

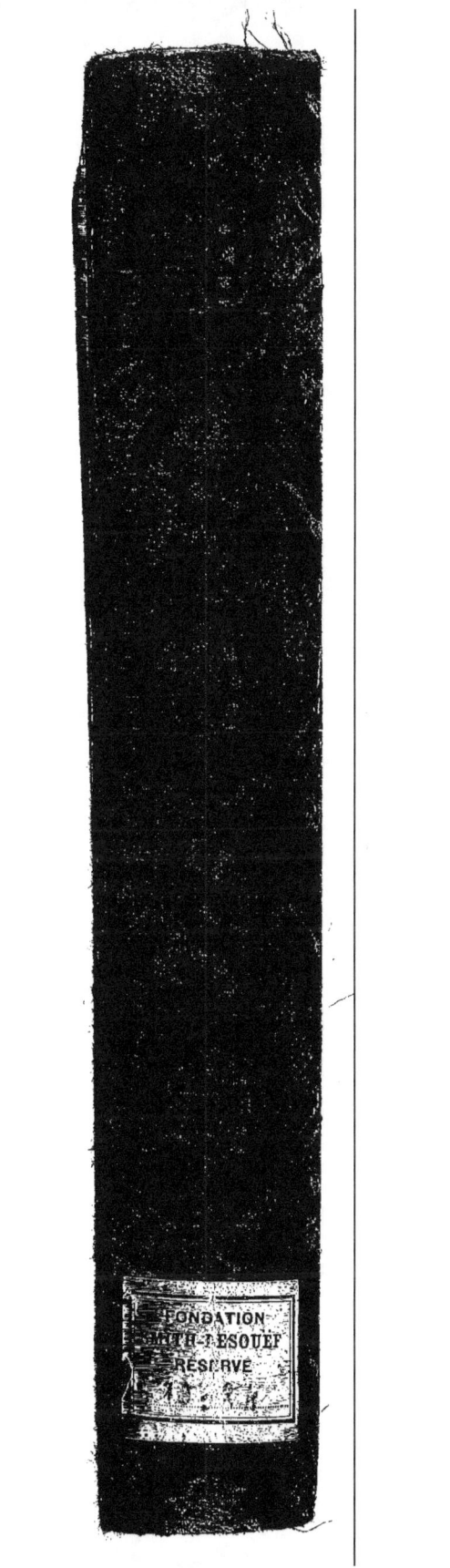

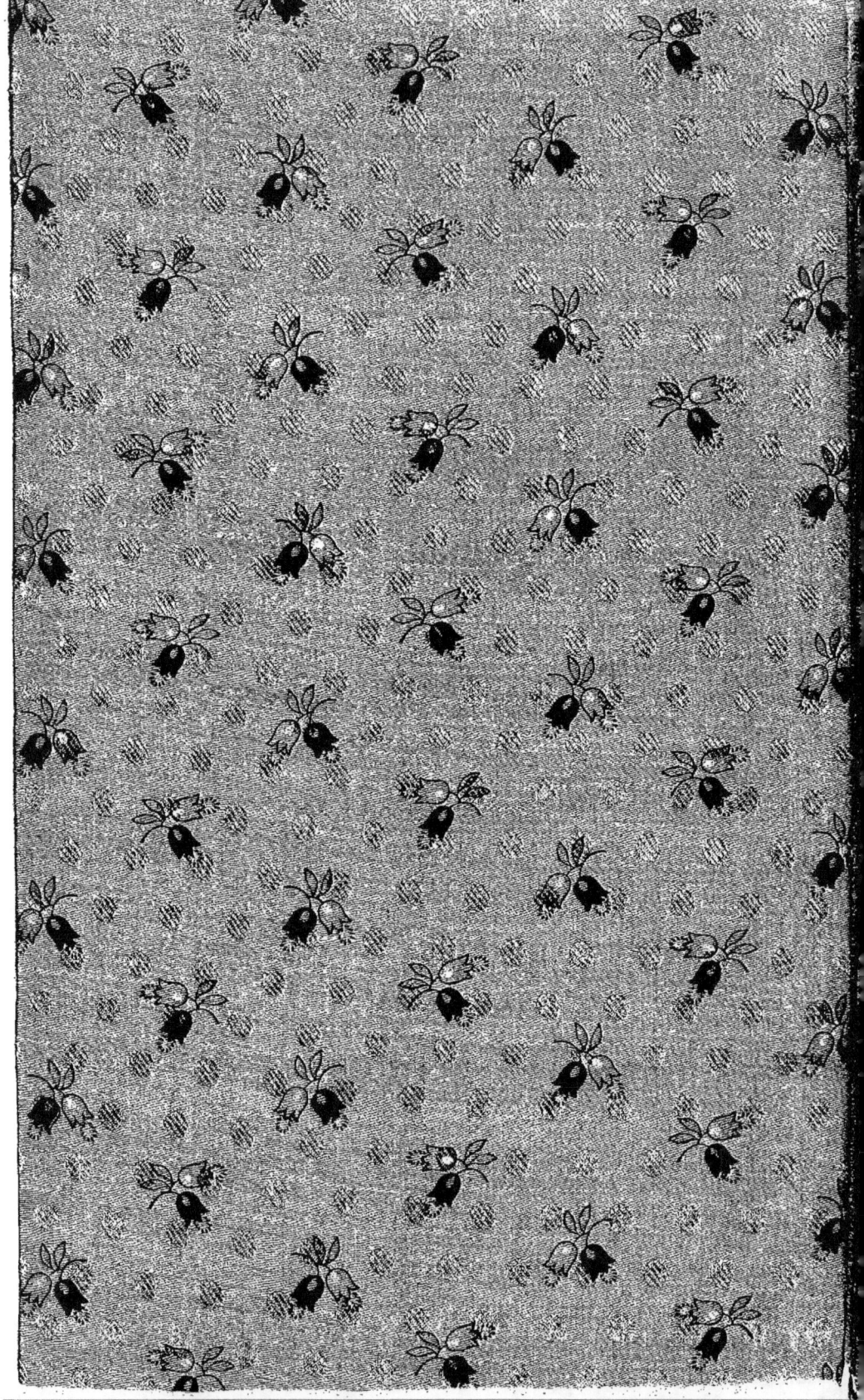

詩歌撰葉

ANTHOLOGIE
JAPONAISE

Traduite en français par **Léon de ROSNY**

Maisonneuve et C.ie libraires-éditeurs.
15, Quai Voltaire à Paris

楓 かえで

p. 4

楓 かえで

やまもみぢ

楓 <ruby>しも<rt></rt></ruby>ぢ

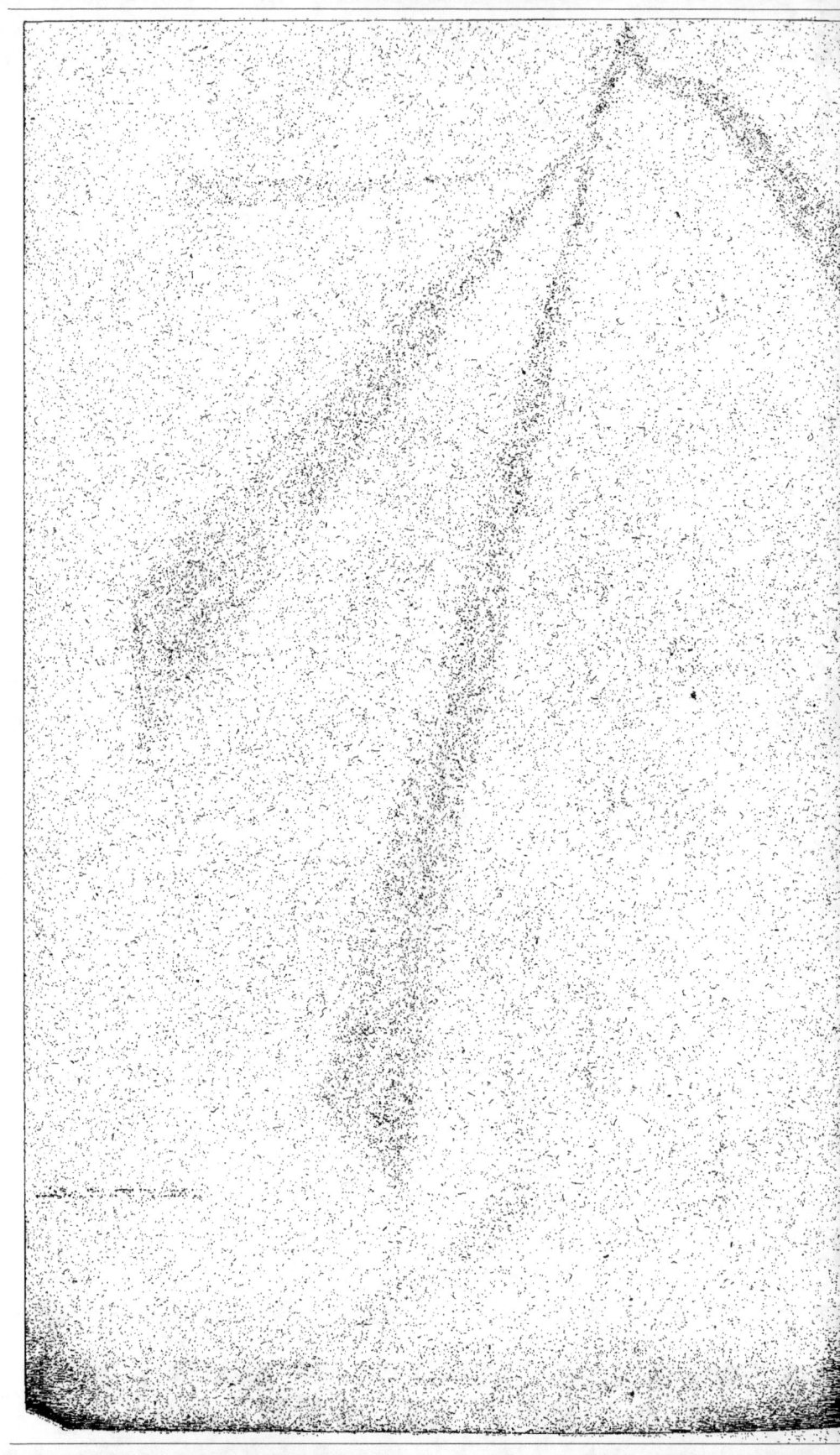

詩歌撰葉

ANTHOLOGIE
JAPONAISE

Traduite en français par **Léon de ROSNY**

Maisonneuve et Cⁱᵉ libraires-éditeurs.
15, Quai Voltaire à Paris

4

天皇御製御歌一首

空蝉師
漠君
手兩
無吾恋君
鵺

朝
者時毛
離朝者
伎賊乃夜夢所見

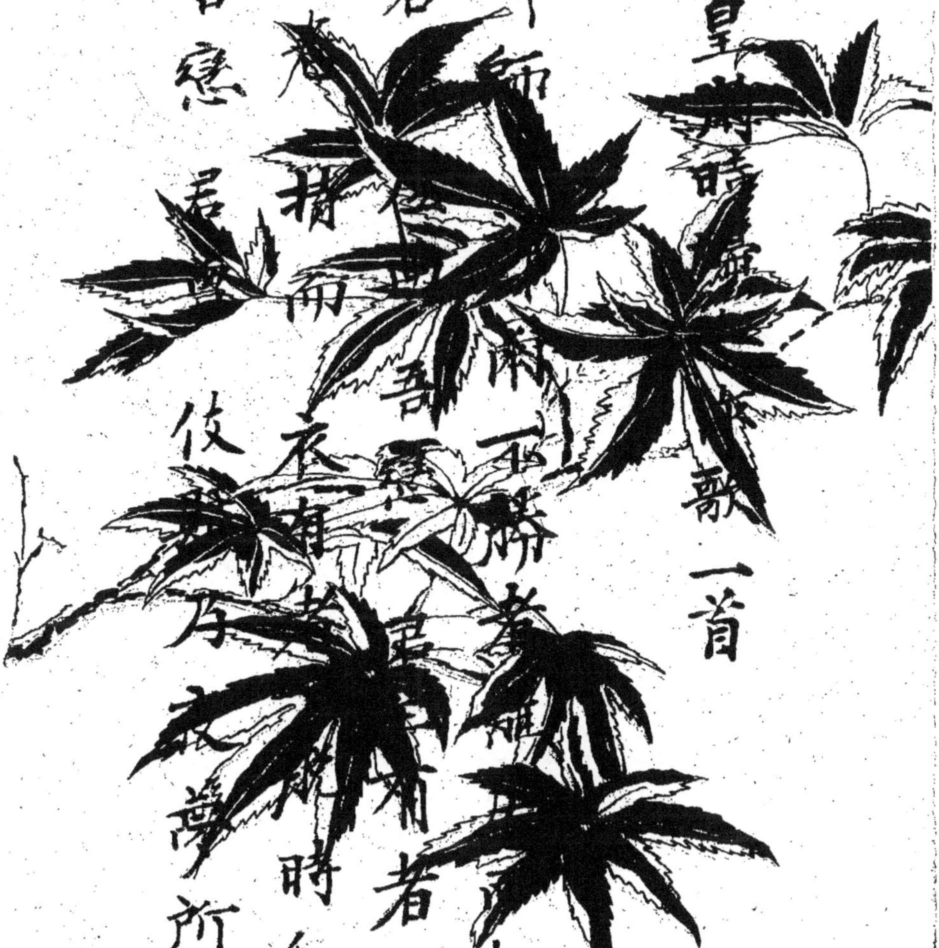

天皇崩之時大后御作歌一首
八隅知之吾大王之夕去者　召賜良之
明来者問賜良之神岳乃山之黄葉乎
今日毛鴨問賜麻思明日毛鴨召賜萬
旨其山乎振放見乍暮去者綾
哀明来者裏佐備晩荒妙乃衣之
袖者乾時文無

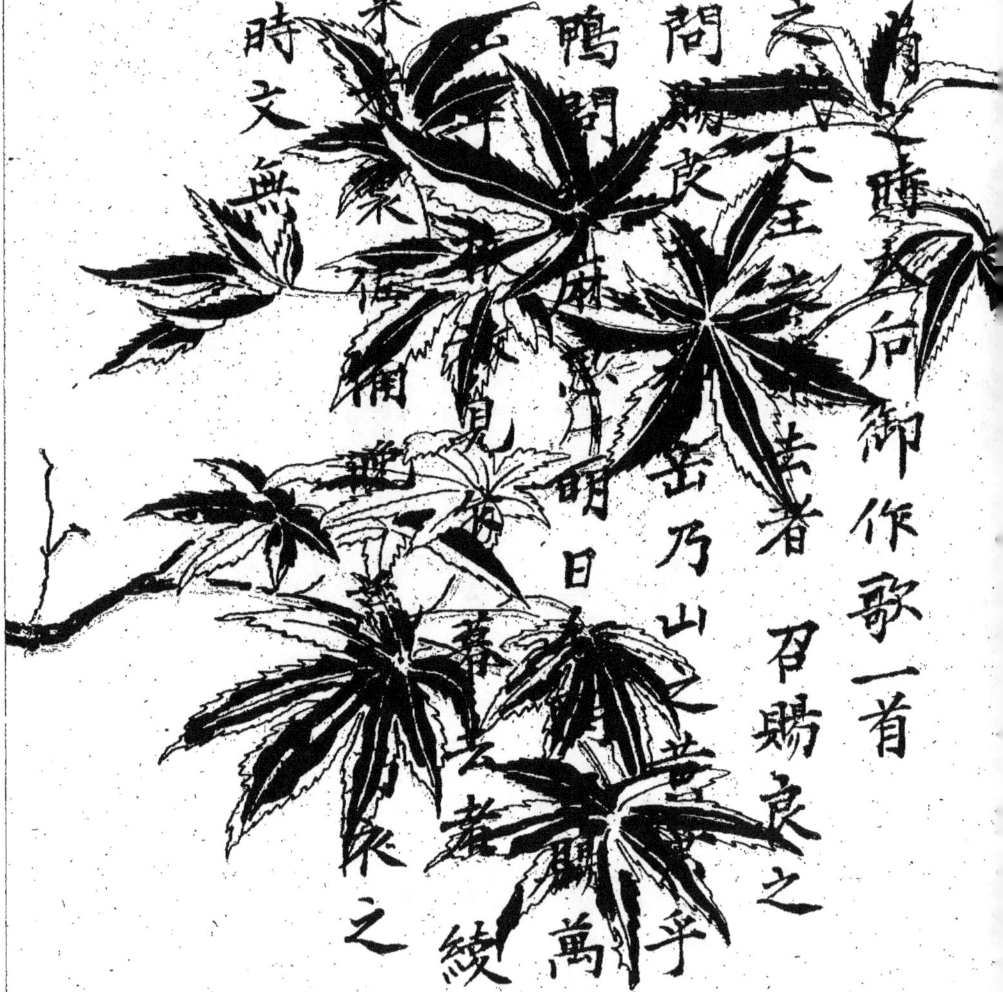

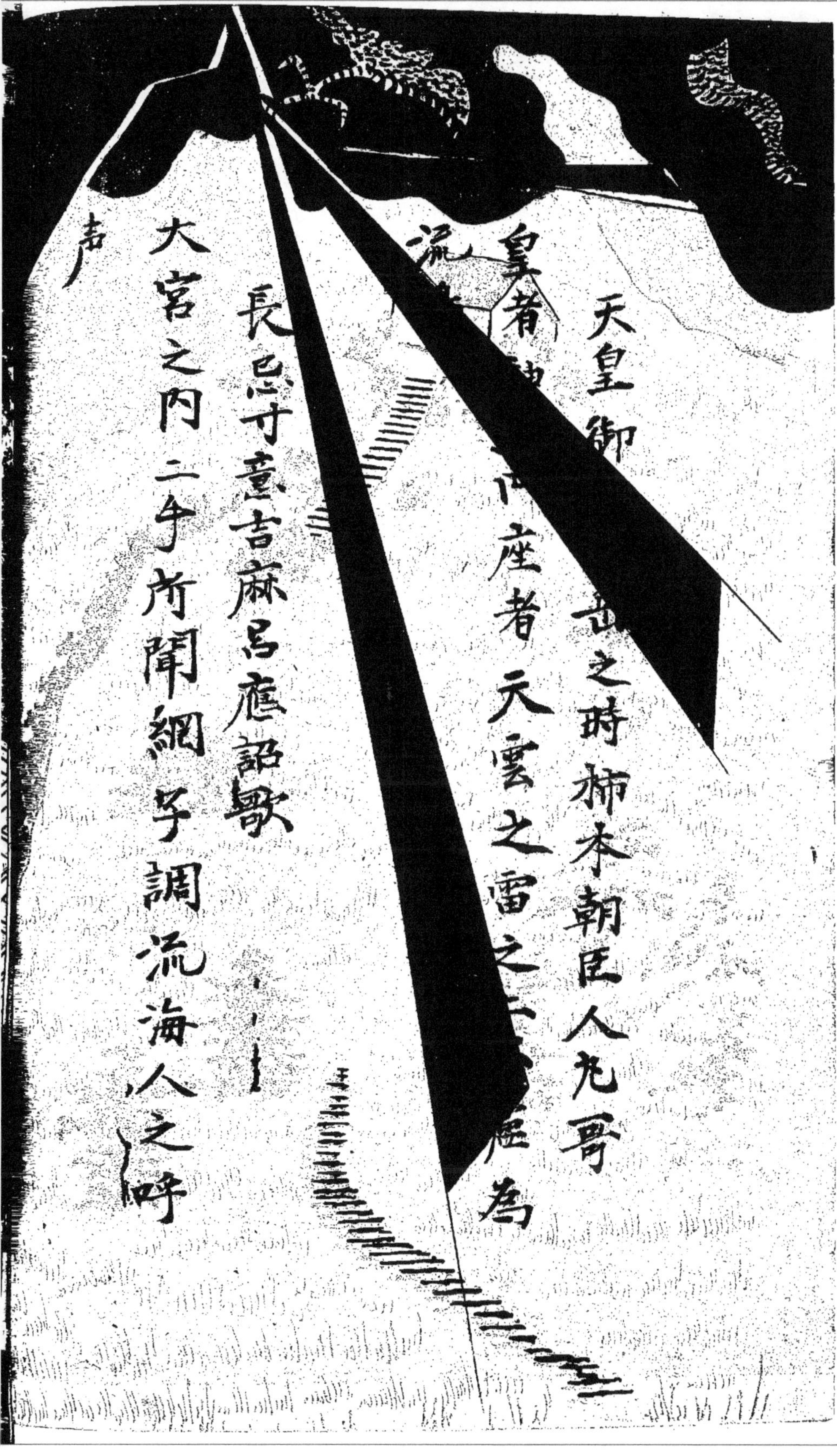

声

大宮之内二手所聞網子調流海人之呼

長忌寸意吉麻呂應詔歌

一一

流

皇者神尓座者天雲之雷之上尓座為

天皇御世之時柿本朝臣人丸哥

ANTHOLOGIE JAPONAISE

Traduite en français par Léon de ROSNY

Maisonneuve et C.ie Libraires-éditeurs.
15, Quai Voltaire à Paris

天皇崩時婦人作歌一首

空蝉師神相不勝者離居而朝

嘆君放屋戸而吾恋君曽

手両巻而寝有者飛時毛

無吾恋君曽昨夜万夜夢所見

鶴

天皇崩之時大后御作歌一首

八隅知之我大王之暮去者召賜良之明来者問賜良之神岳乃山之黄葉乎今日毛鴨問給麻思明日毛鴨召賜萬思其山乎振放見乍暮去者綾哀明来者裏佐備晩荒妙乃衣之袖者乾時文無

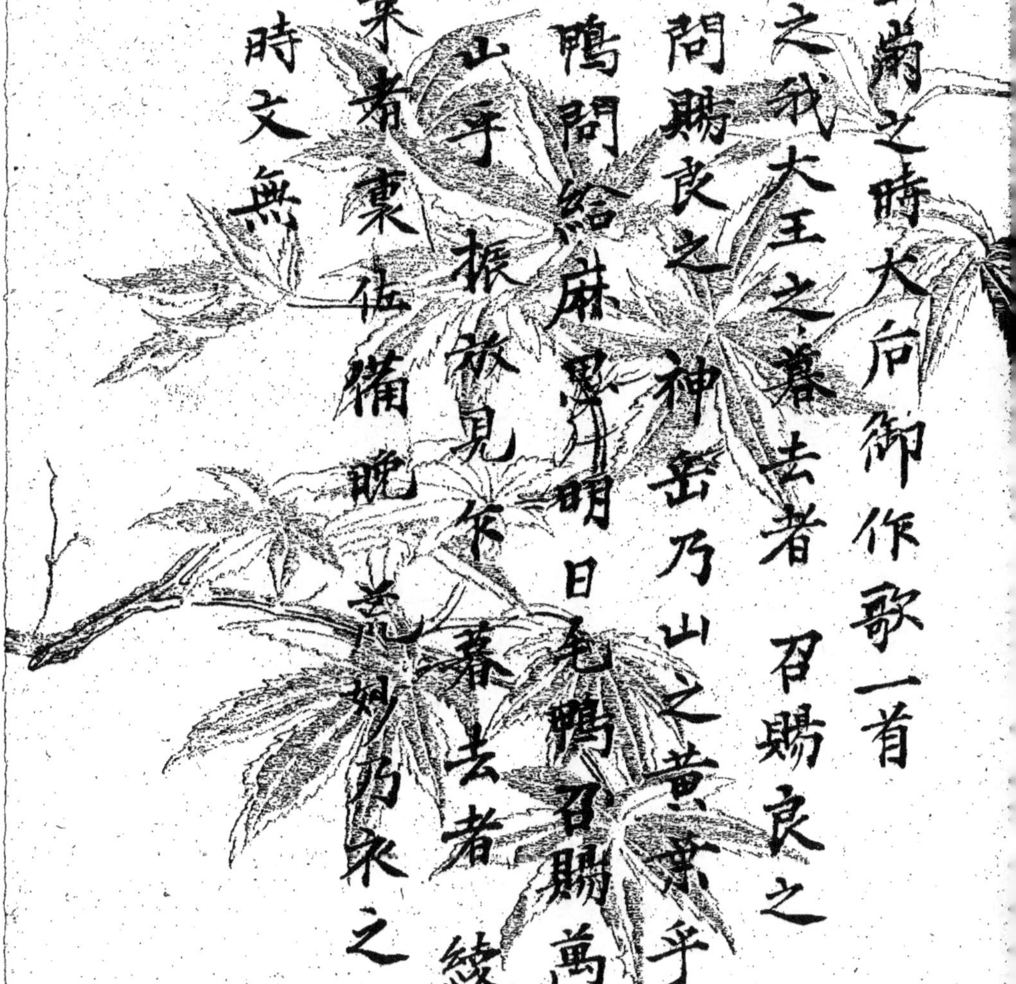

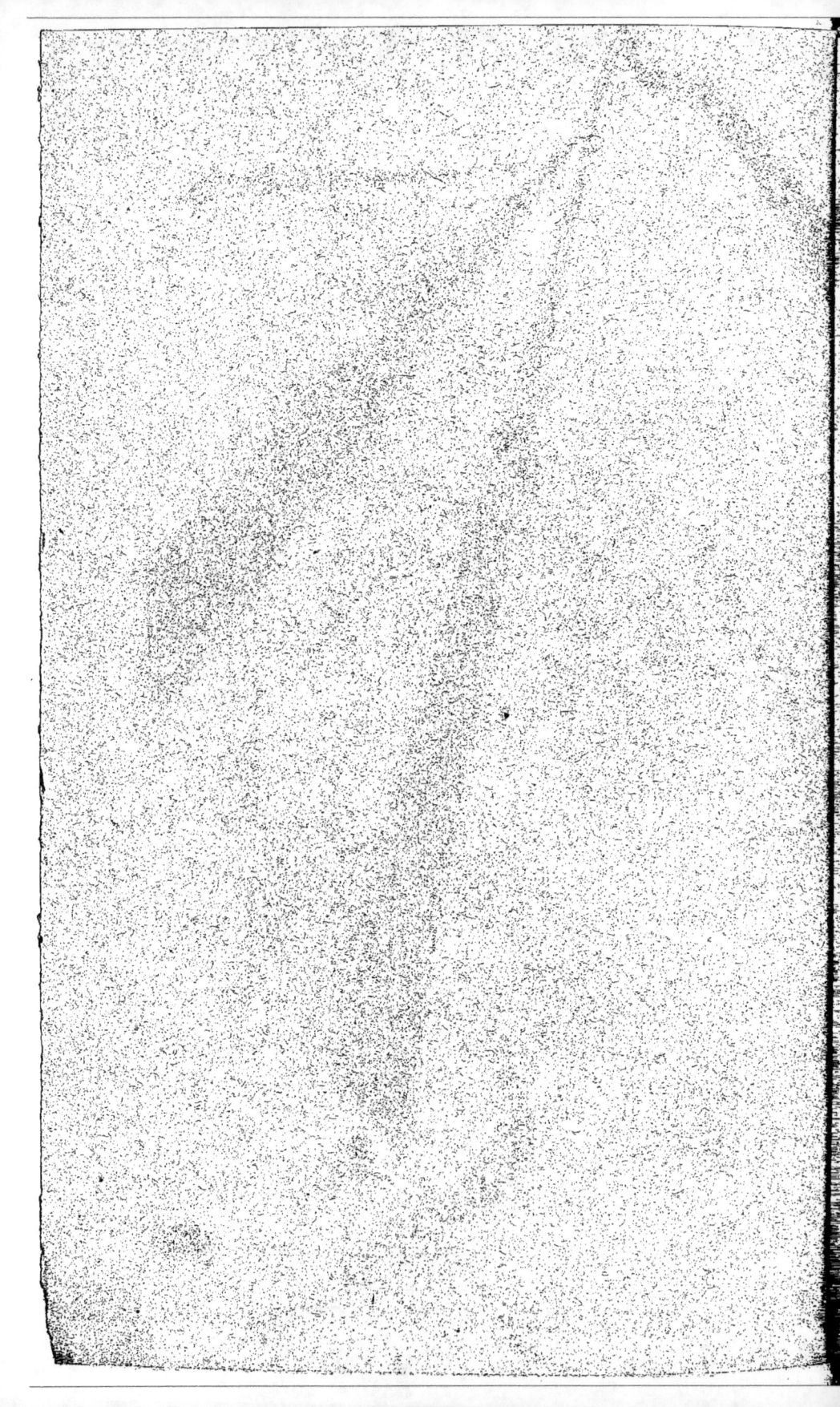

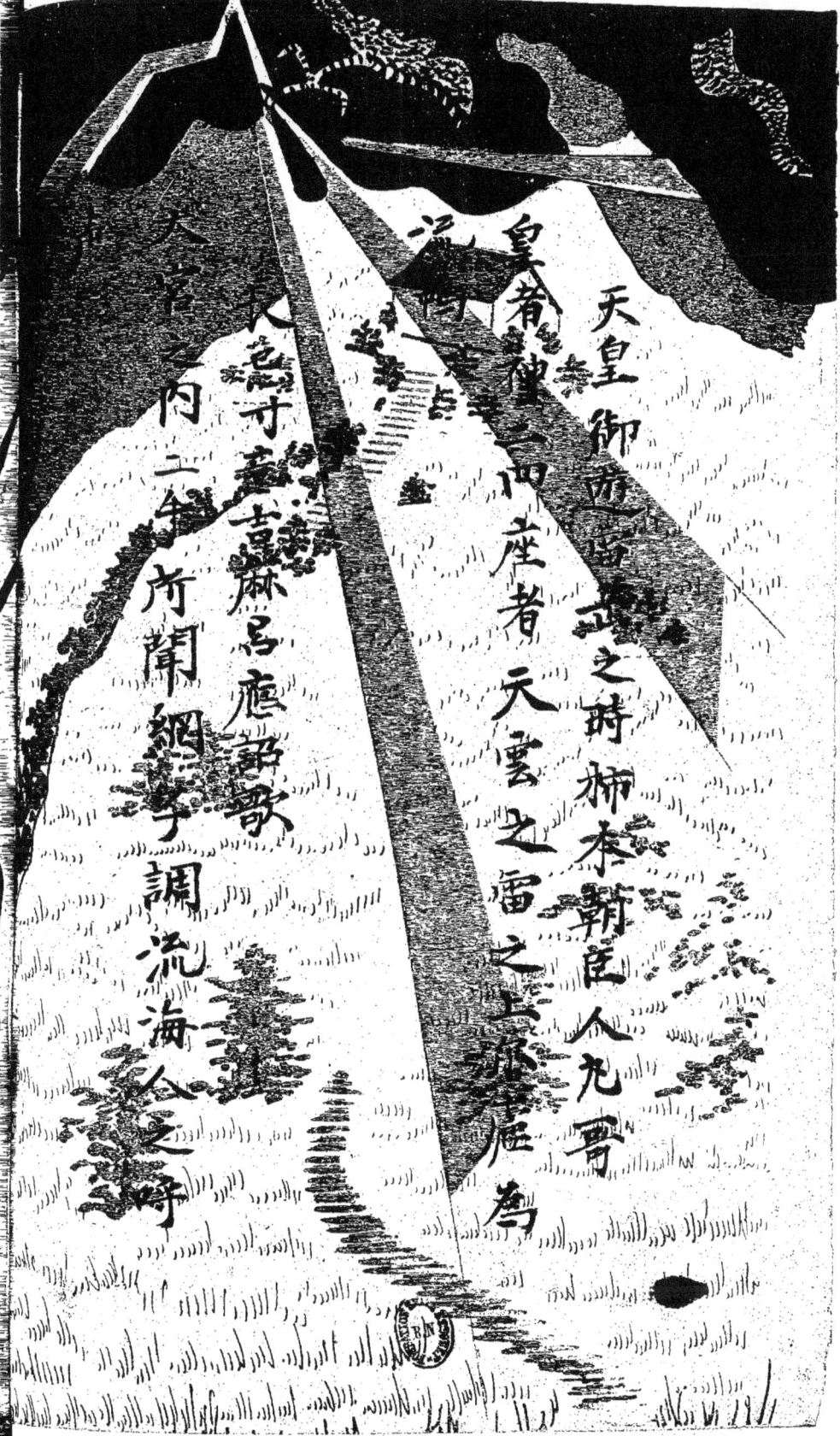

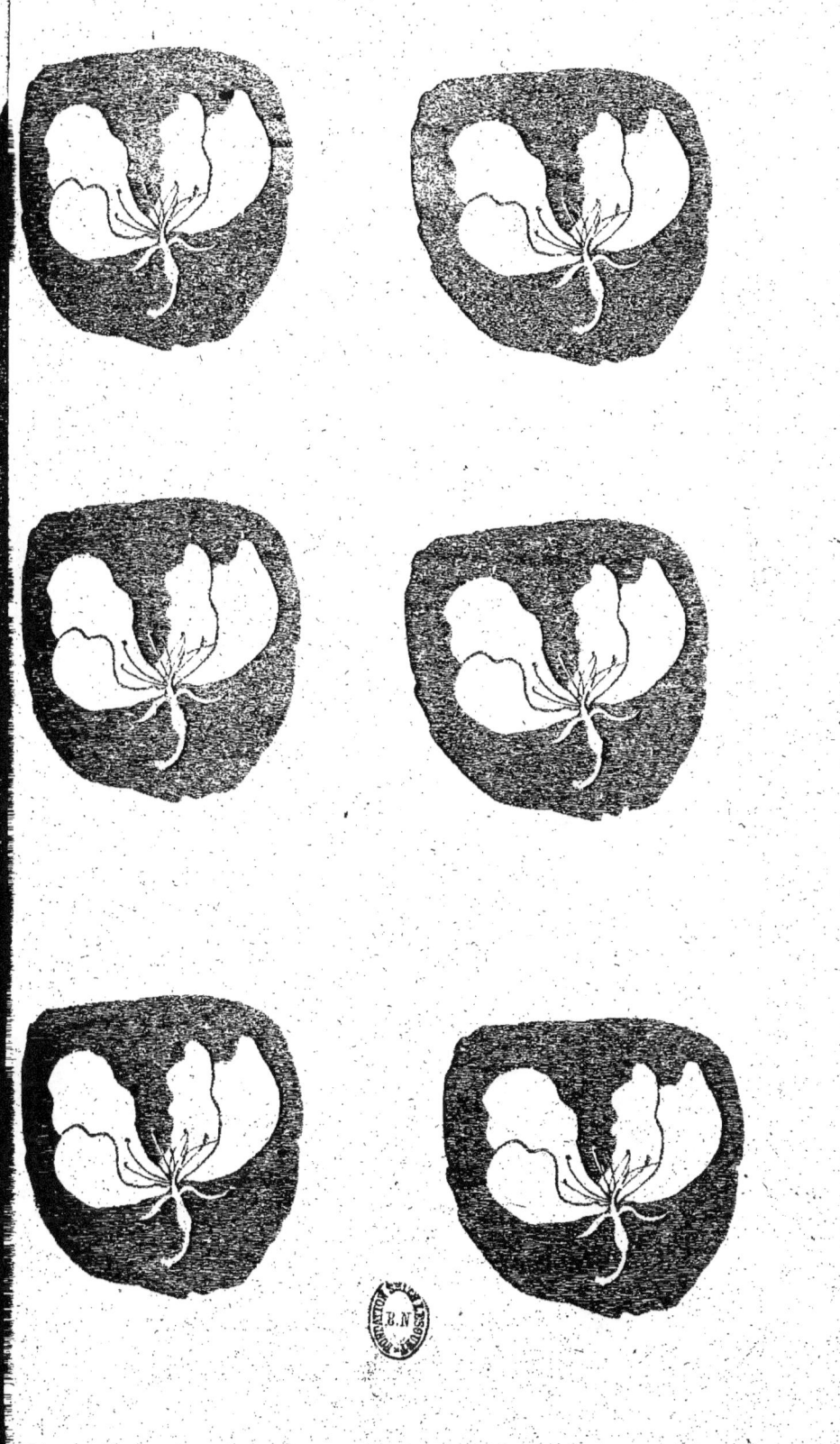

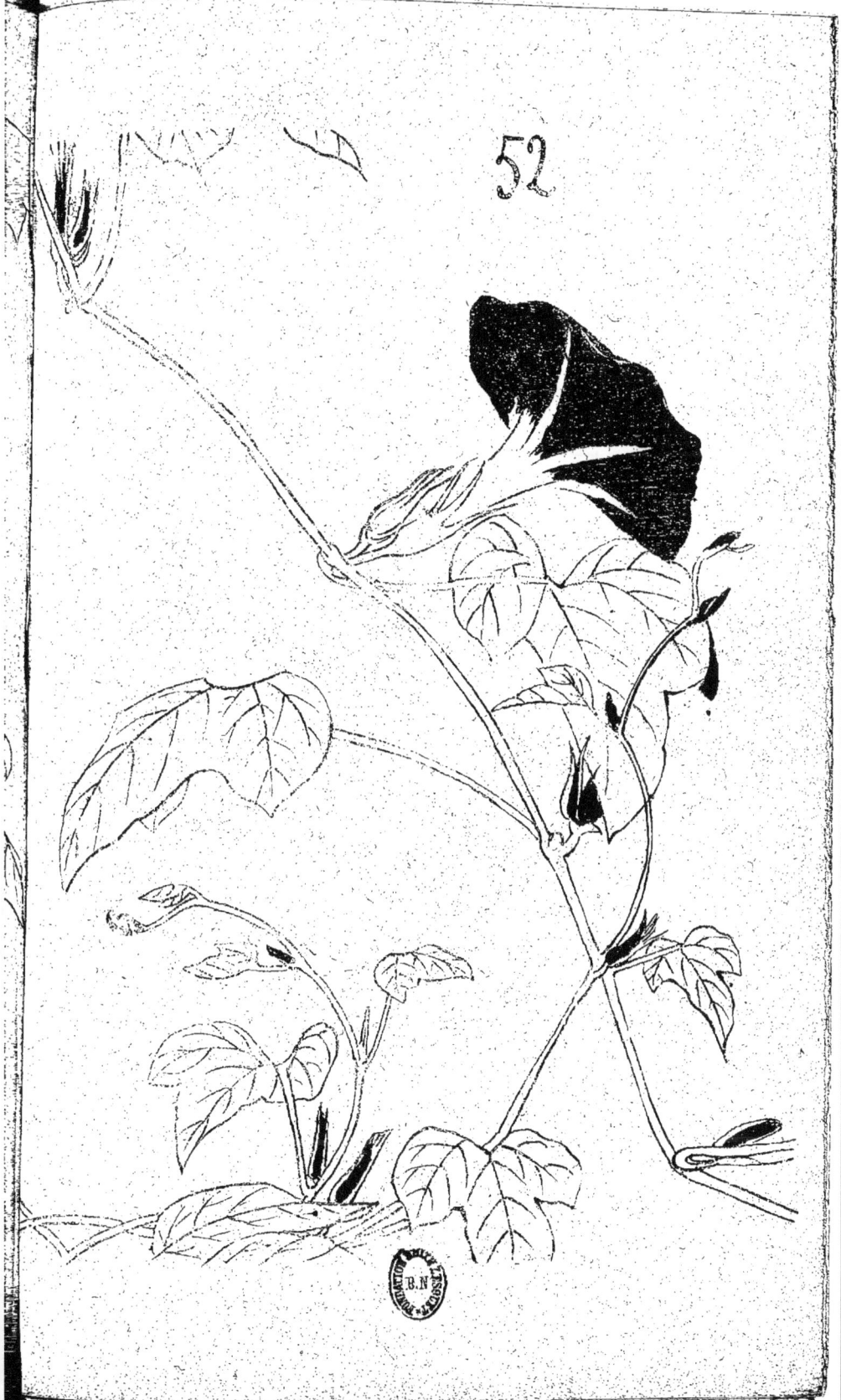

52

56

五葉松

60

52

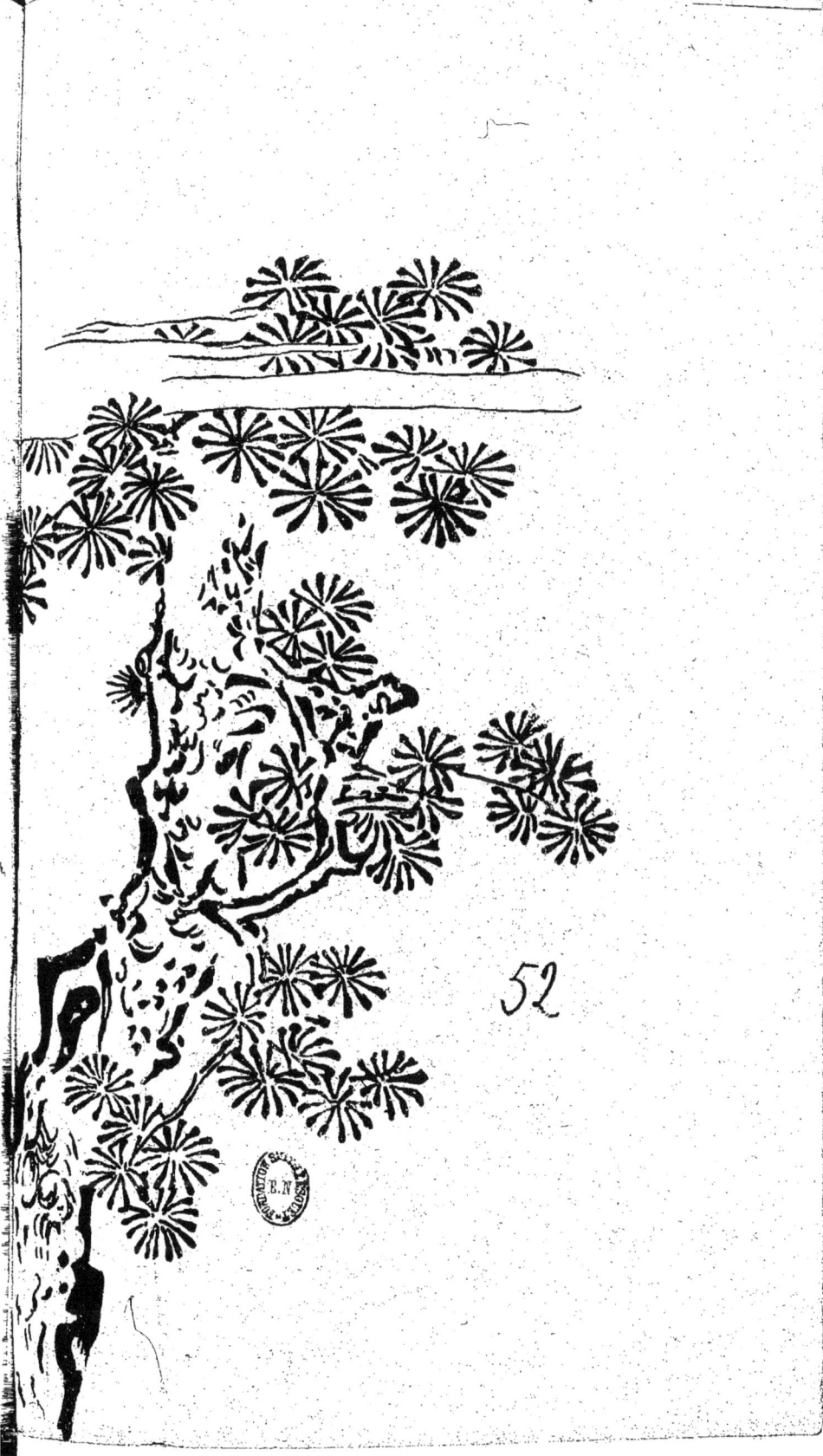

52

57.

64

56.

五葉松

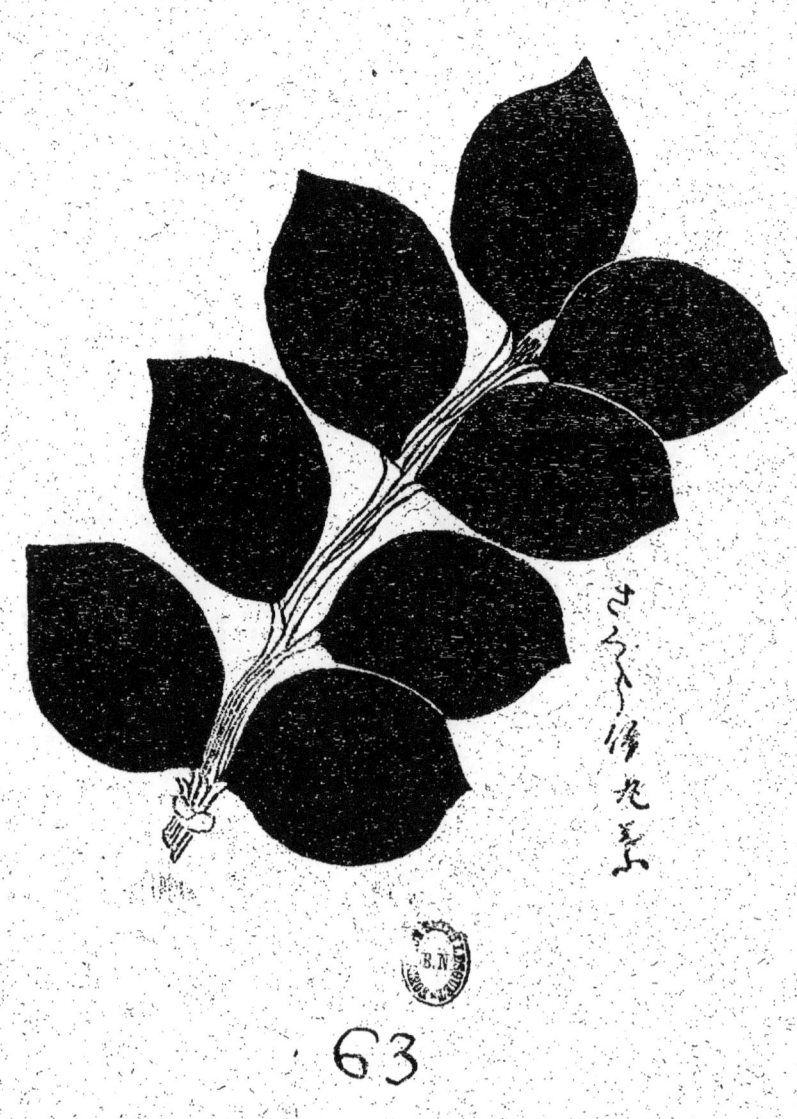

さくら傳花菜

63

62

ほそばのたち花

59

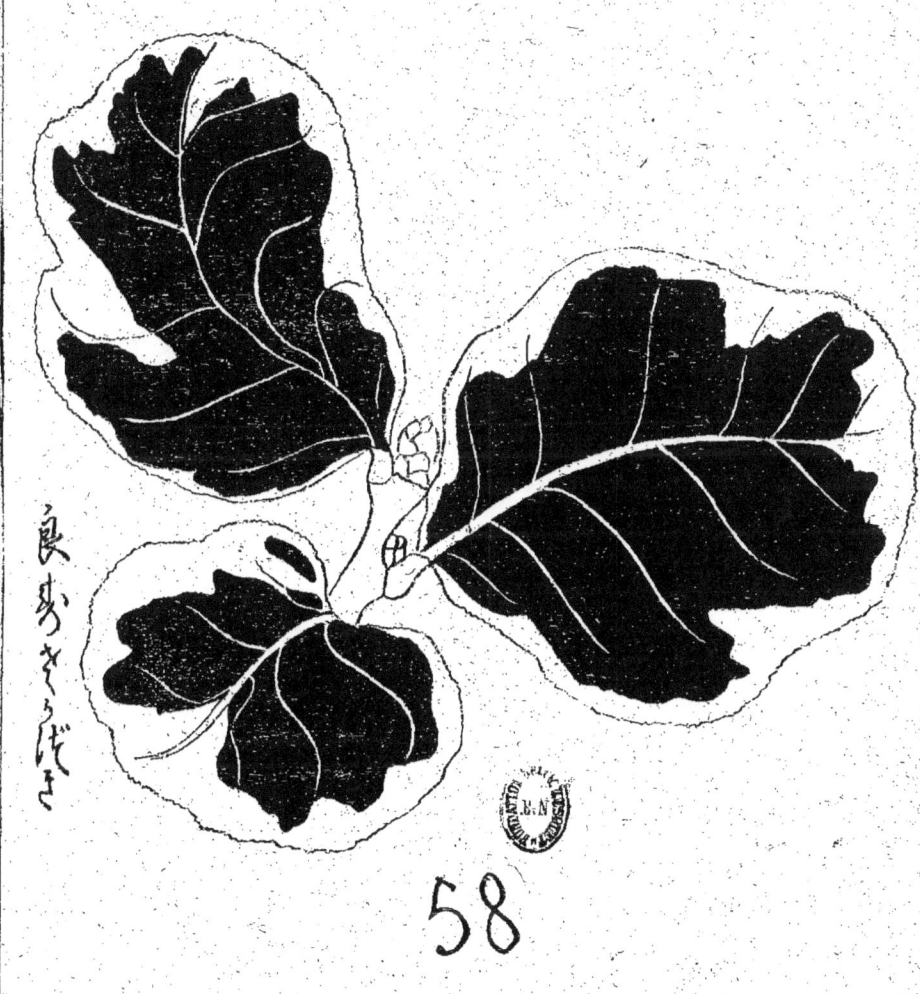

良弱きうばき

58

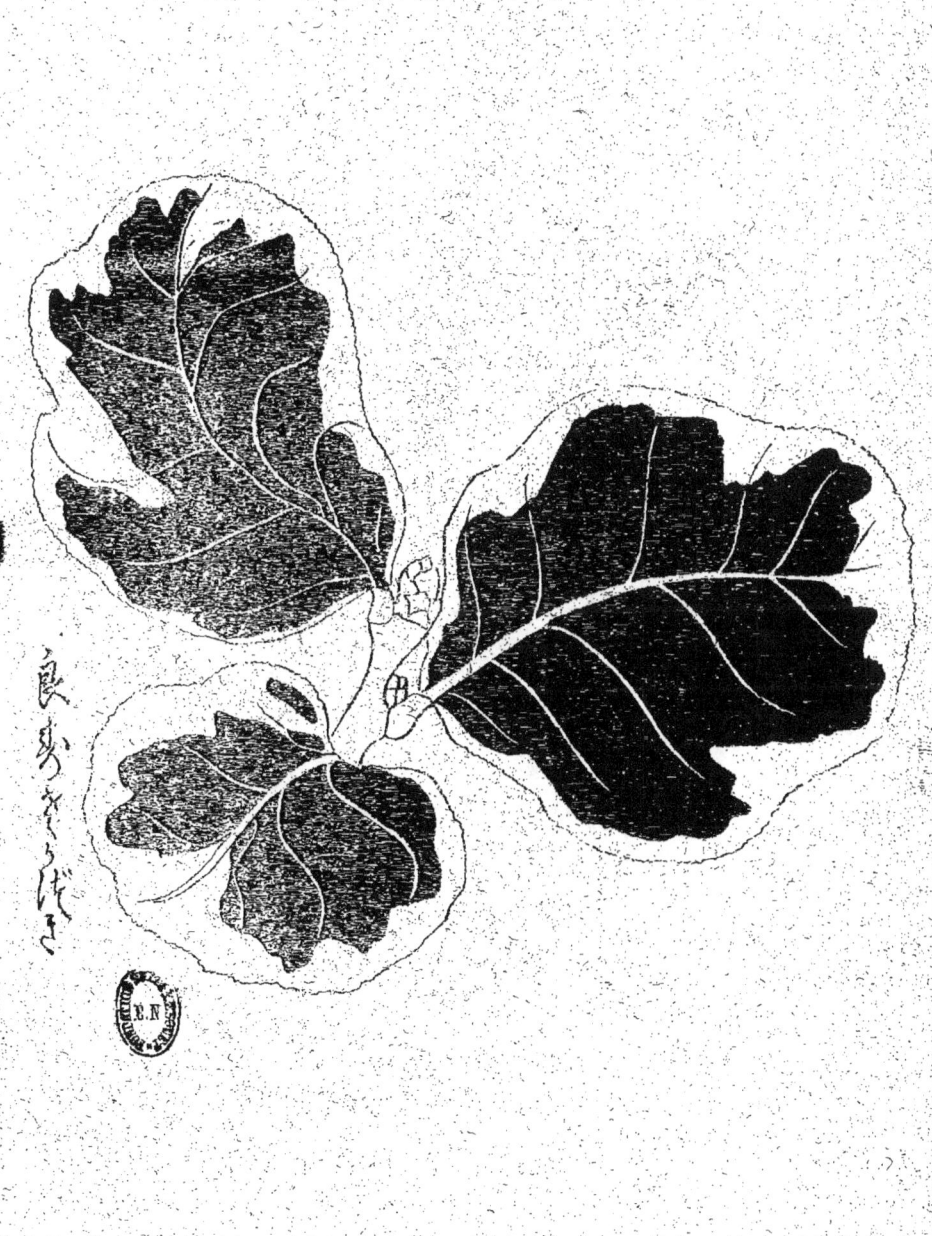

きちやうのたちばな

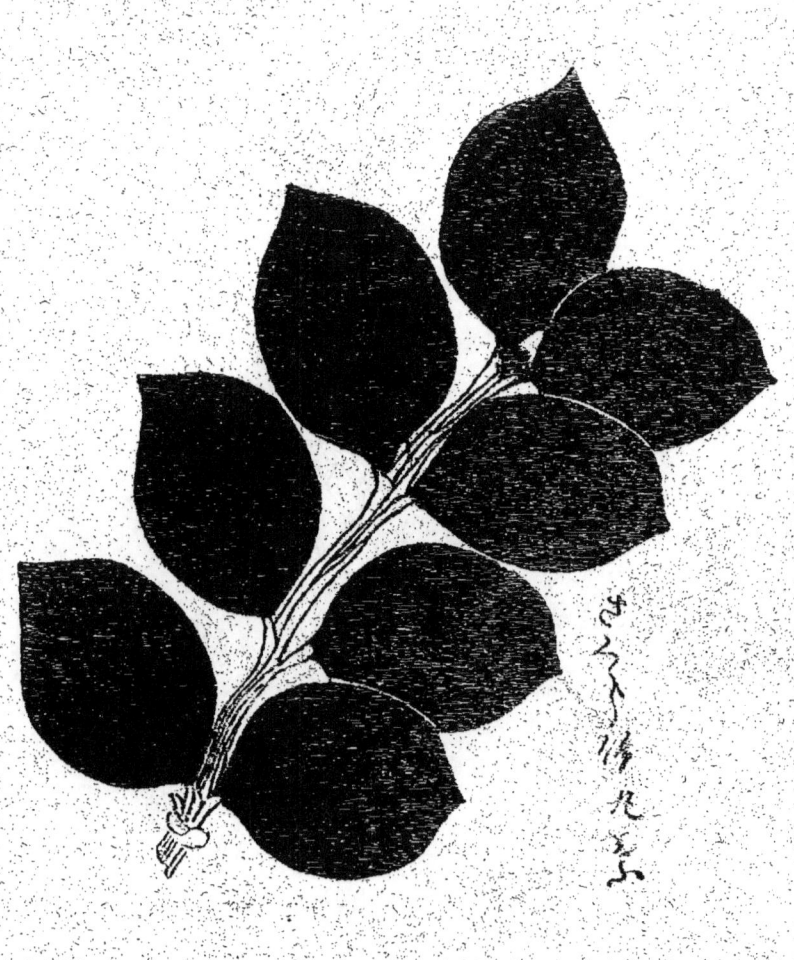

さくらさう ゑぶかう をふ

五葉松

詩歌撰葉

ANTHOLOGIE
JAPONAISE

Traduite en français par **Léon de ROSNY**

Maisonneuve et Cⁱᵉ libraires-éditeurs.
15, Quai Voltaire à Paris

和歌一首 乙麿君贈都
之友歌

物部乃臣之壮士者大王乃

任乃随意聞跡云物曽

天皇御[晴盧]御歌一首

空蝉師
嘆君
手両将而
無吾戀

不勝者

夜衣朝

浸田有者那時毛

攸夢所見

朝

攸

鶴

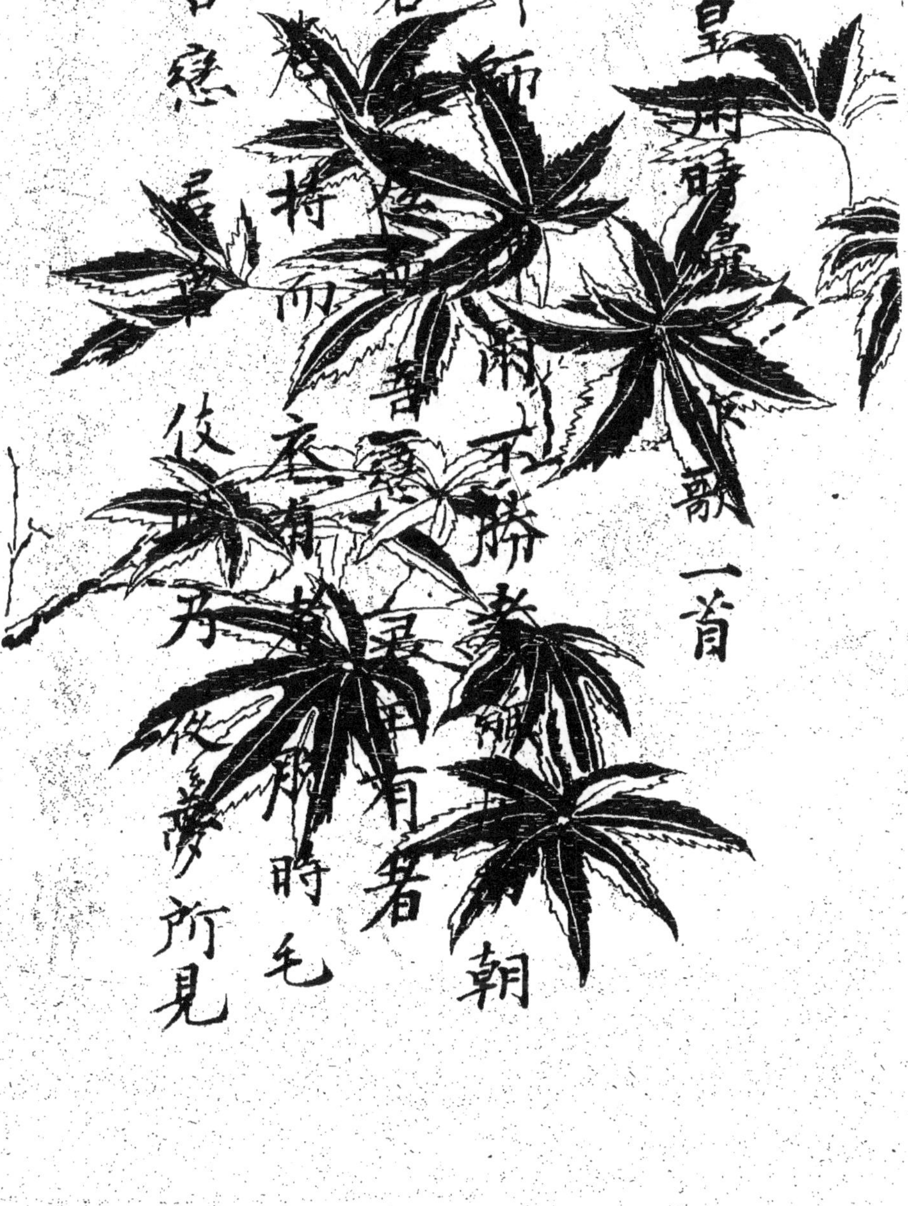

天皇遊獦之時御作歌一首

八隅知之我大王乃者召賜良之

明末者問賜良之御岳乃山之峯乎

梳日毛鴨問賜良之明日毛萬

青其山乎重東者見乎綬

哀明末者重東者蒲弓衣之

袖者乾時文無

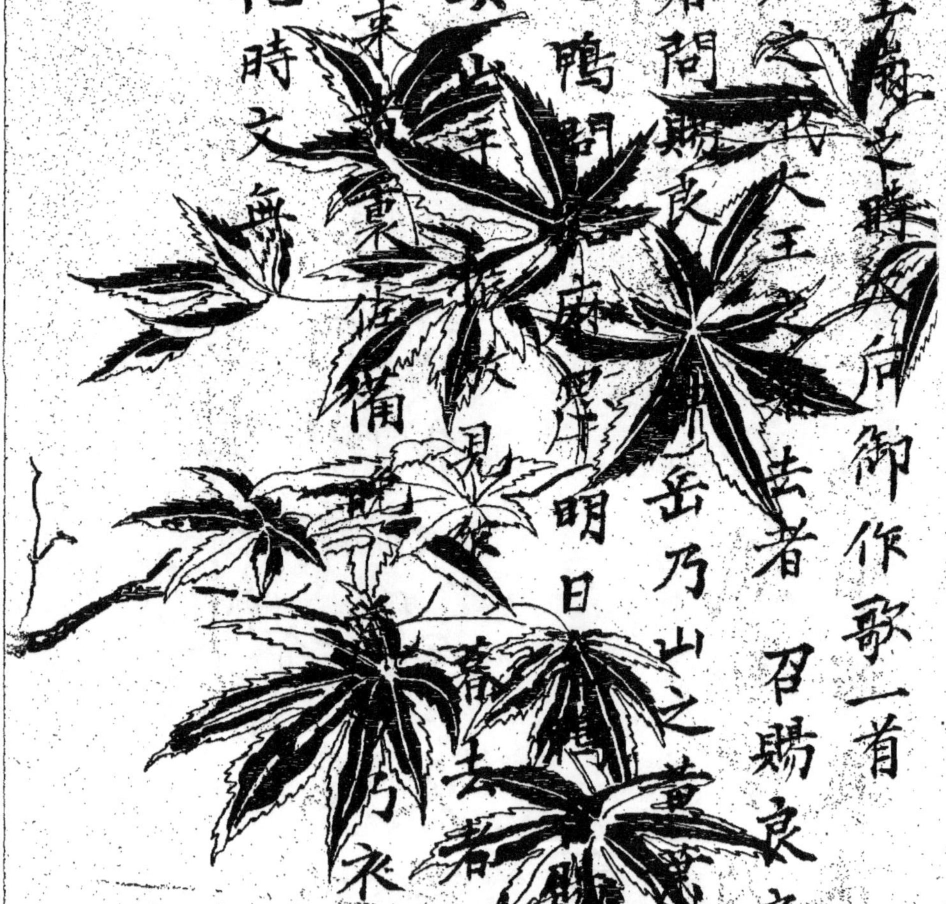

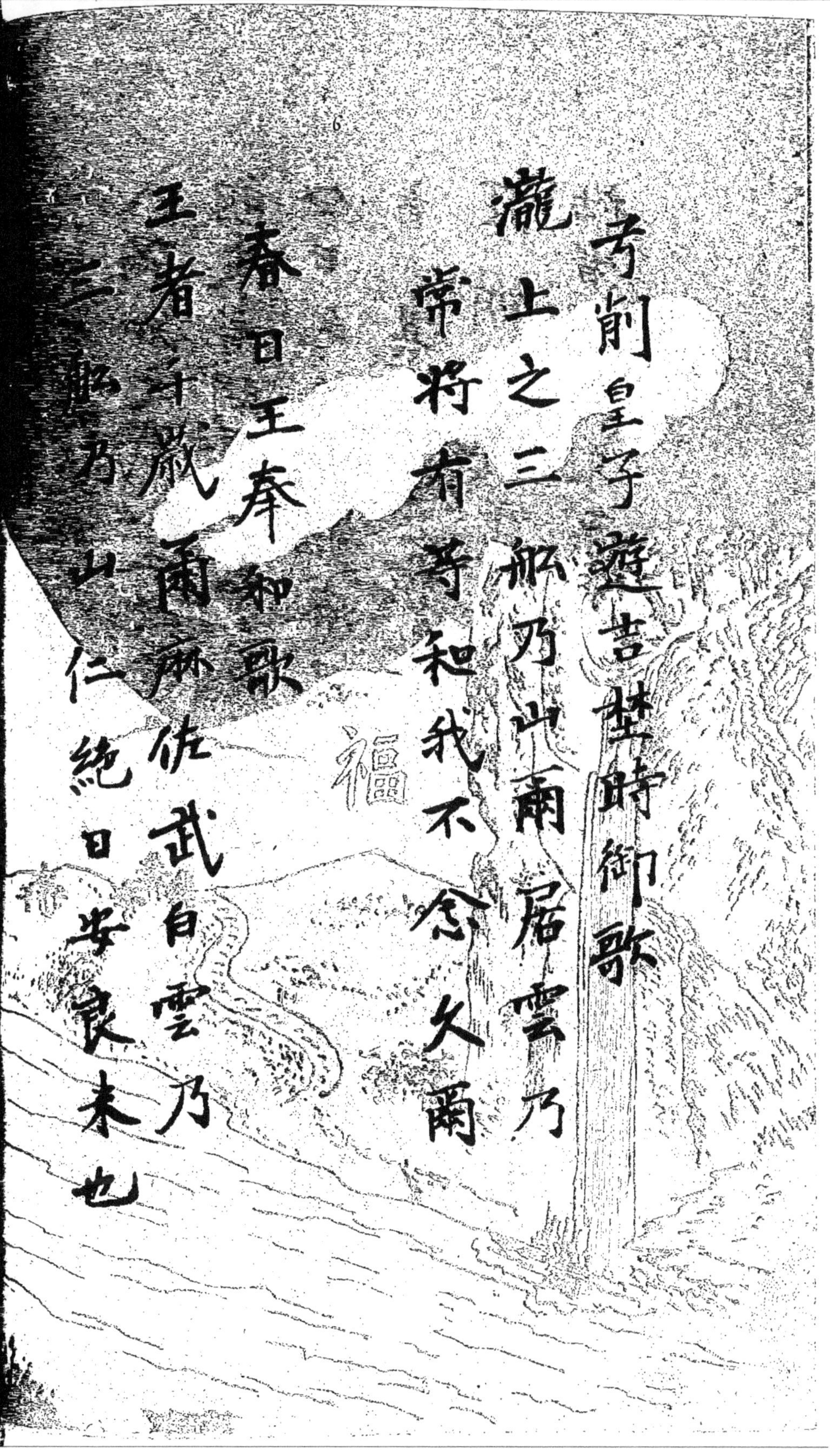

弓削皇子遊吉埜時御歌

瀧上之三船乃山尓居雲乃

常將有等和我不念久離

春日王奉和歌

王者千歳尓麻佐武白雲乃

三船乃山尓絶日安良米也

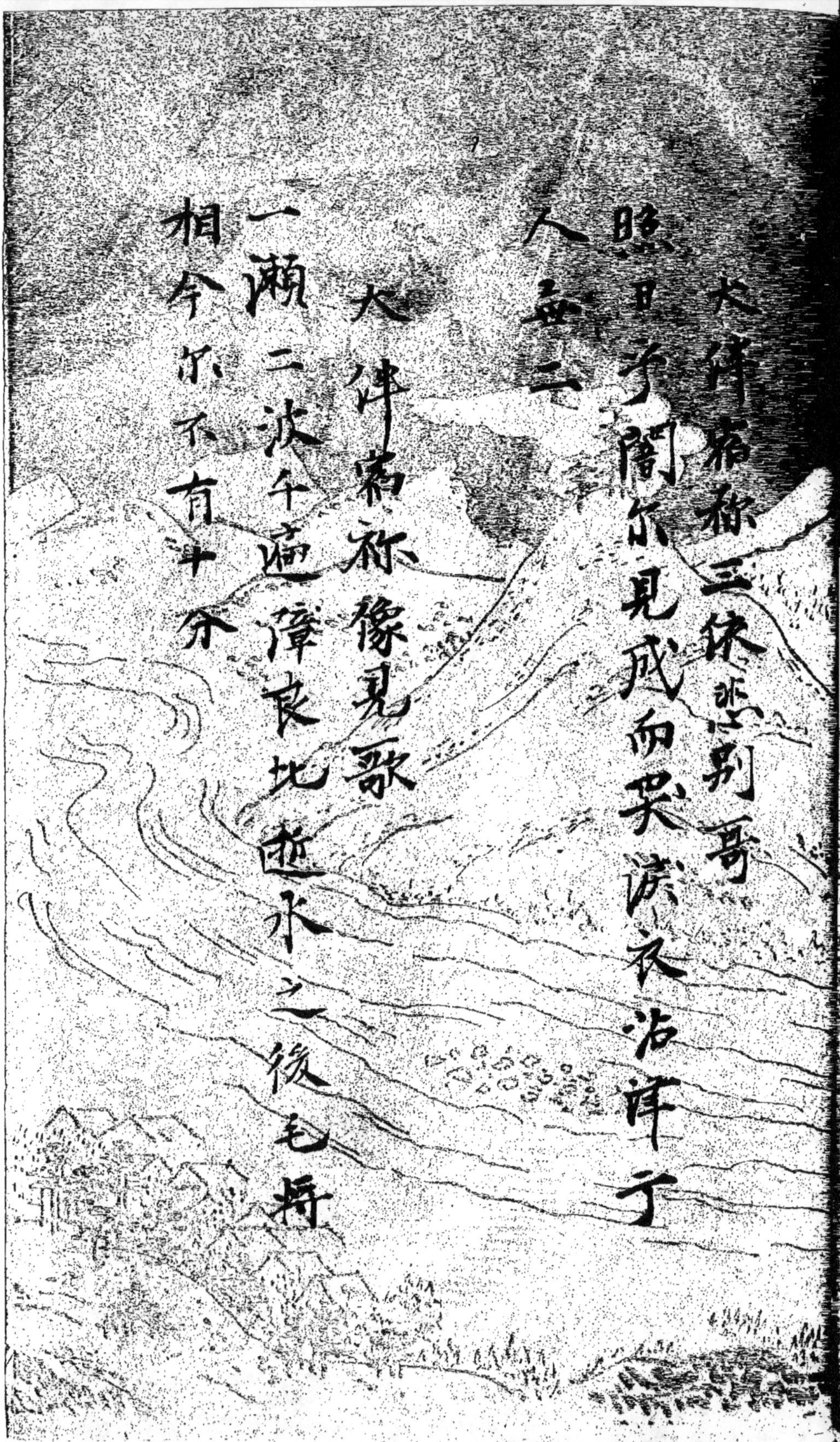
大伴宿祢三依悲別哥
照日乎闇尓見成而哭涙衣沾津干
人無二
大伴宿祢像見歌
一瀬二波千遍障良比逝水之後毛将
相今尓不有十方

天皇御

岳之時師沐朝臣人九哥

皇帝

流

二四座者天室之當之六座為

天色寸壹吉麻呂庭詔歟

朝之内二千所開網子調流海八之浮

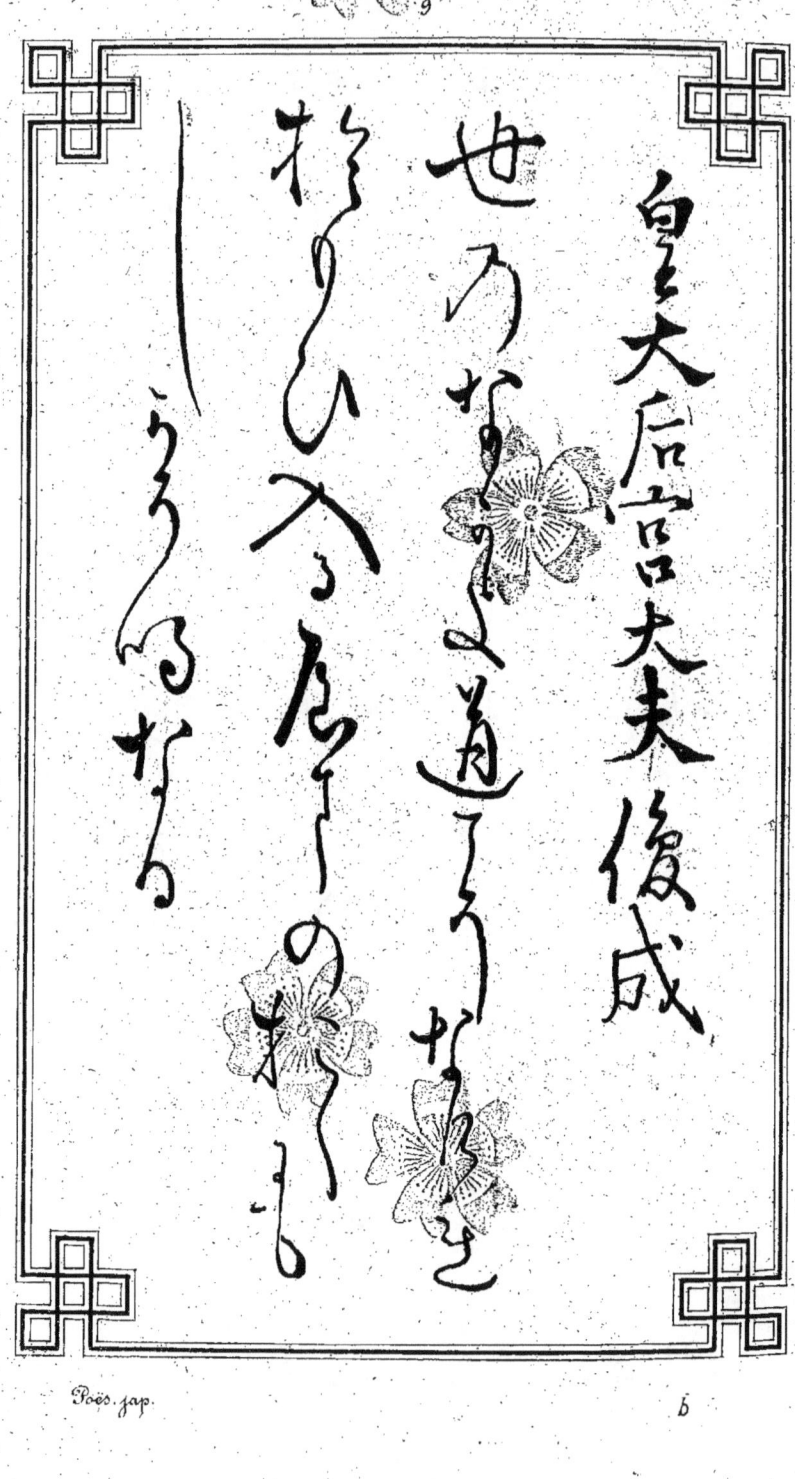

皇太后宮大夫俊成

世の中よ道こそなけれ思ひ入る山の奥にも鹿ぞ鳴くなる

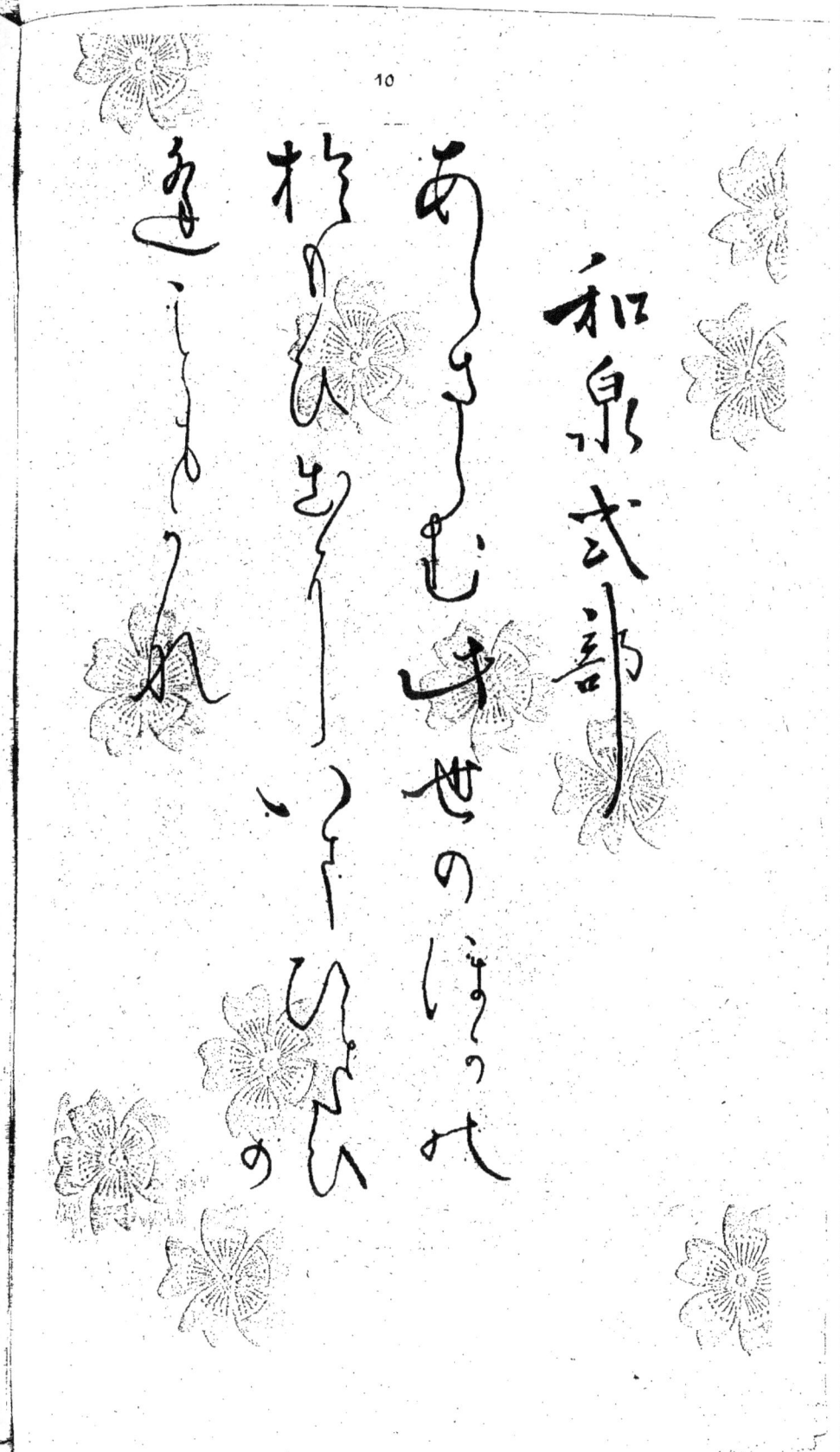

和泉式部

あらざらむこの世のほかの

扨り思ひ出に今ひとたひ

逢ことも　がな

天智天皇

秋の田のかりほの庵の
とまをあらみ
わがころもでは
つゆにぬれつつ

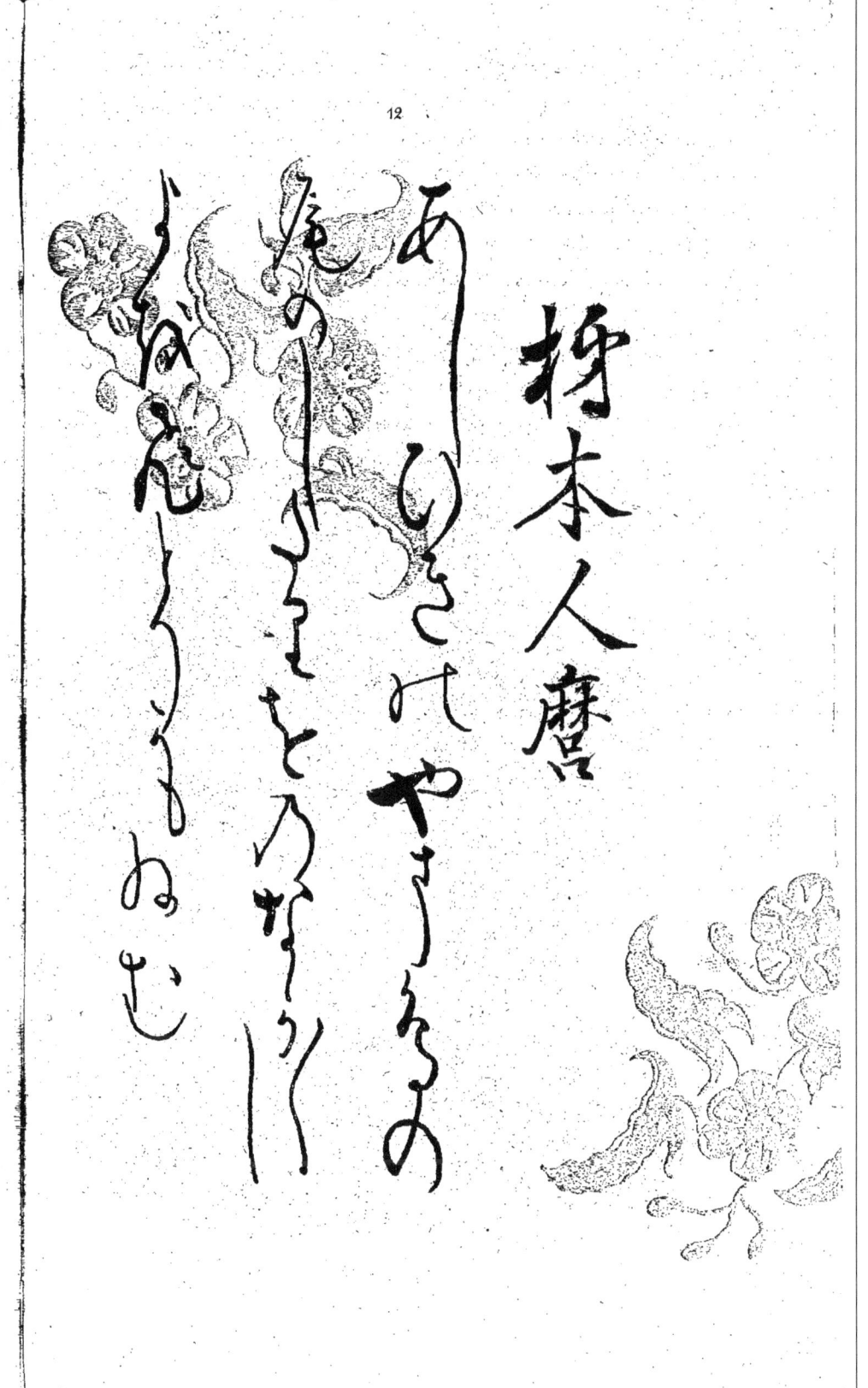

柿本人麿

あしき
やまとりの
をのしだりをの
ながながしよをひとりかもねむ

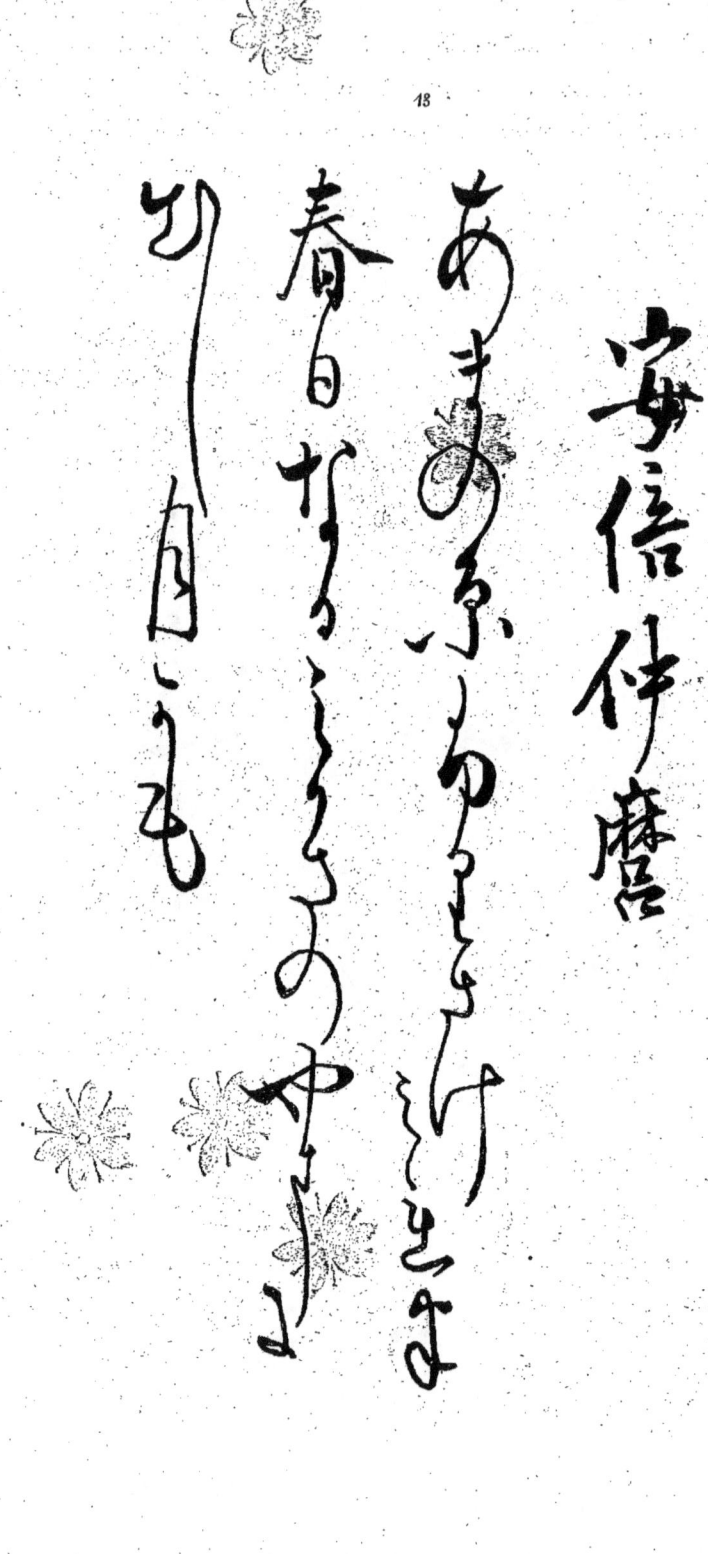

安倍仲麿

あまの原ふりさけ

春日なるみかさのやま

いてし月も

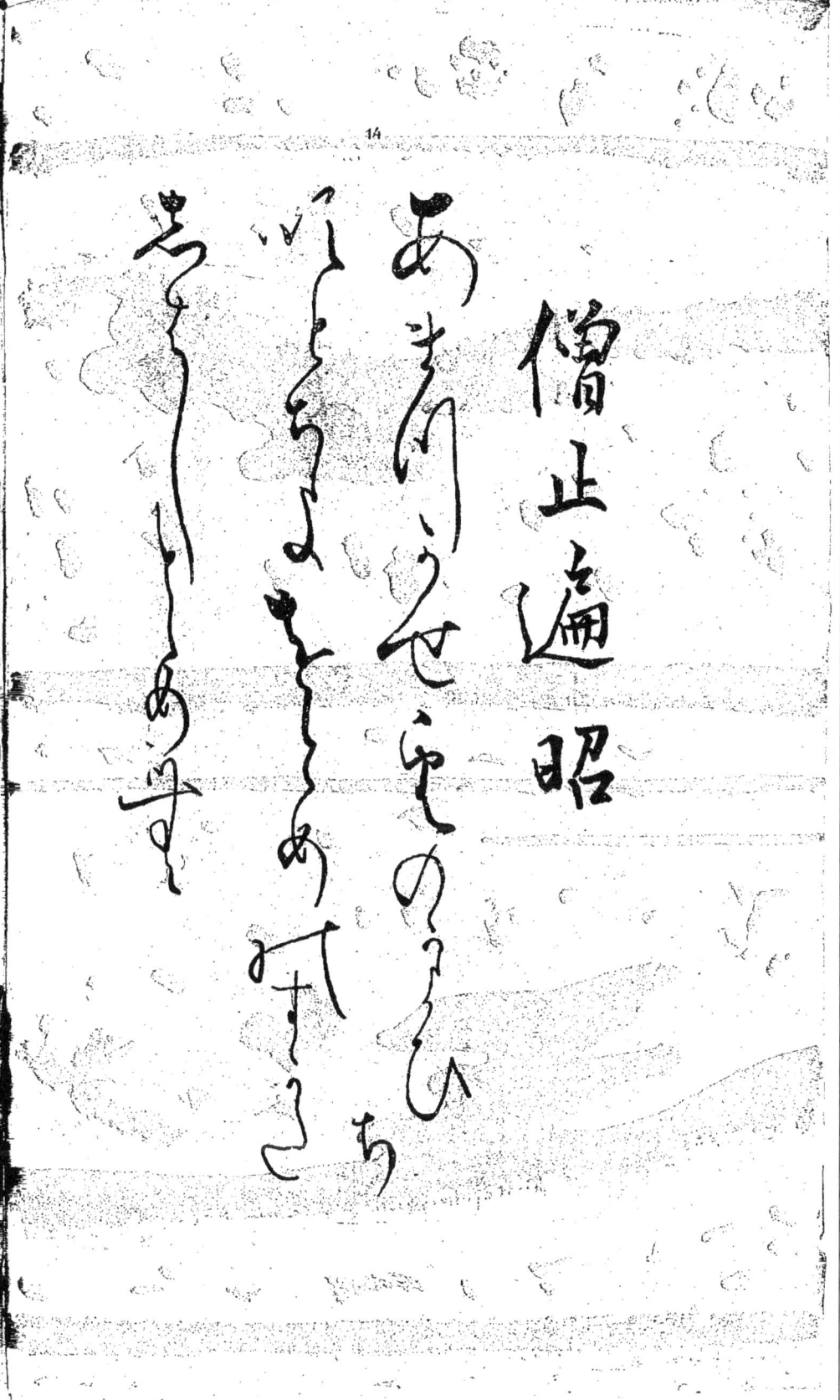

僧正遍昭

あまつかぜ雲のかよひぢ
ふきとぢよをとめのすがた
しばしとどめむ

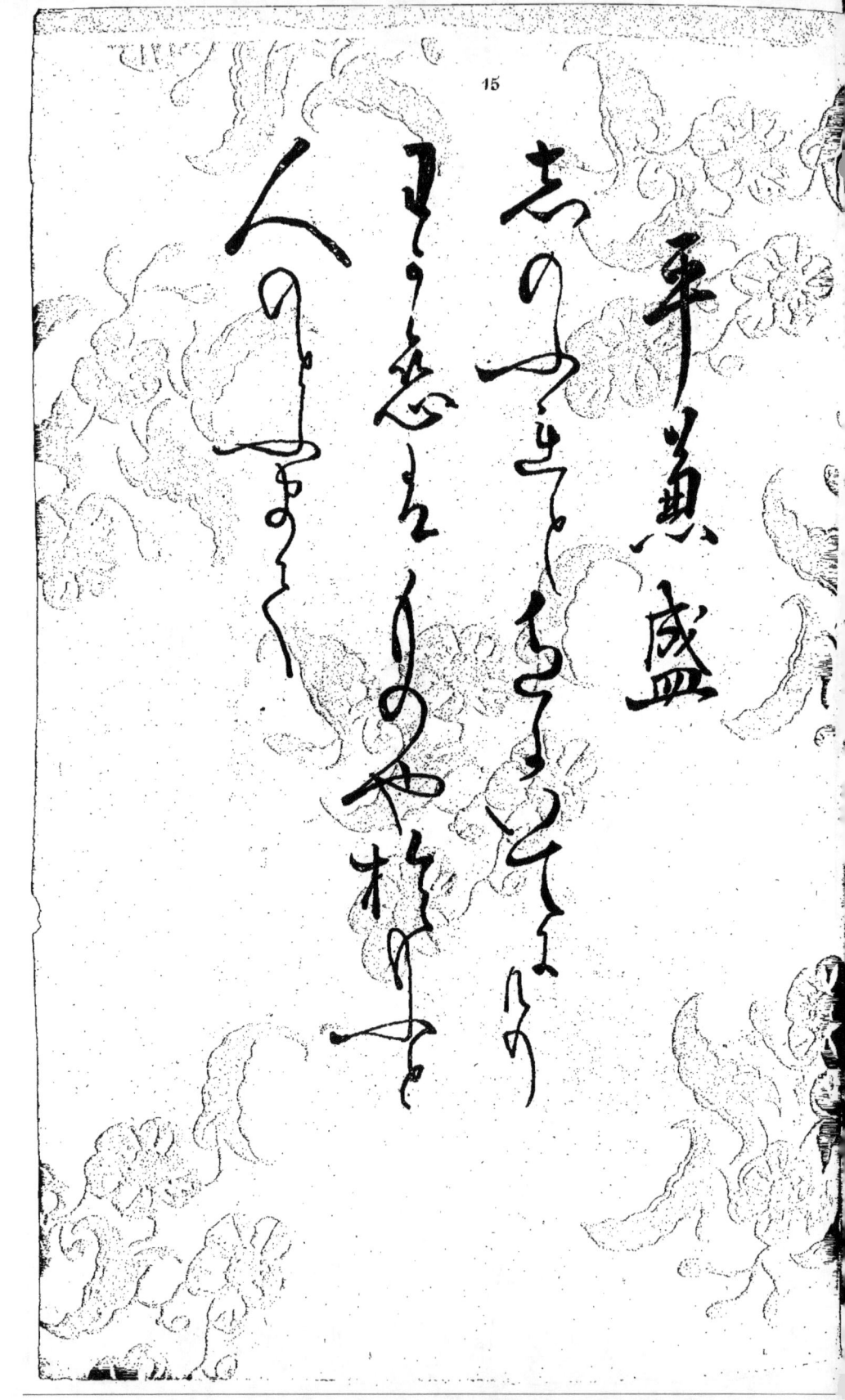

平敦盛

志のつきやてきまとてまり
まう忍うのやねりす
人のまつく

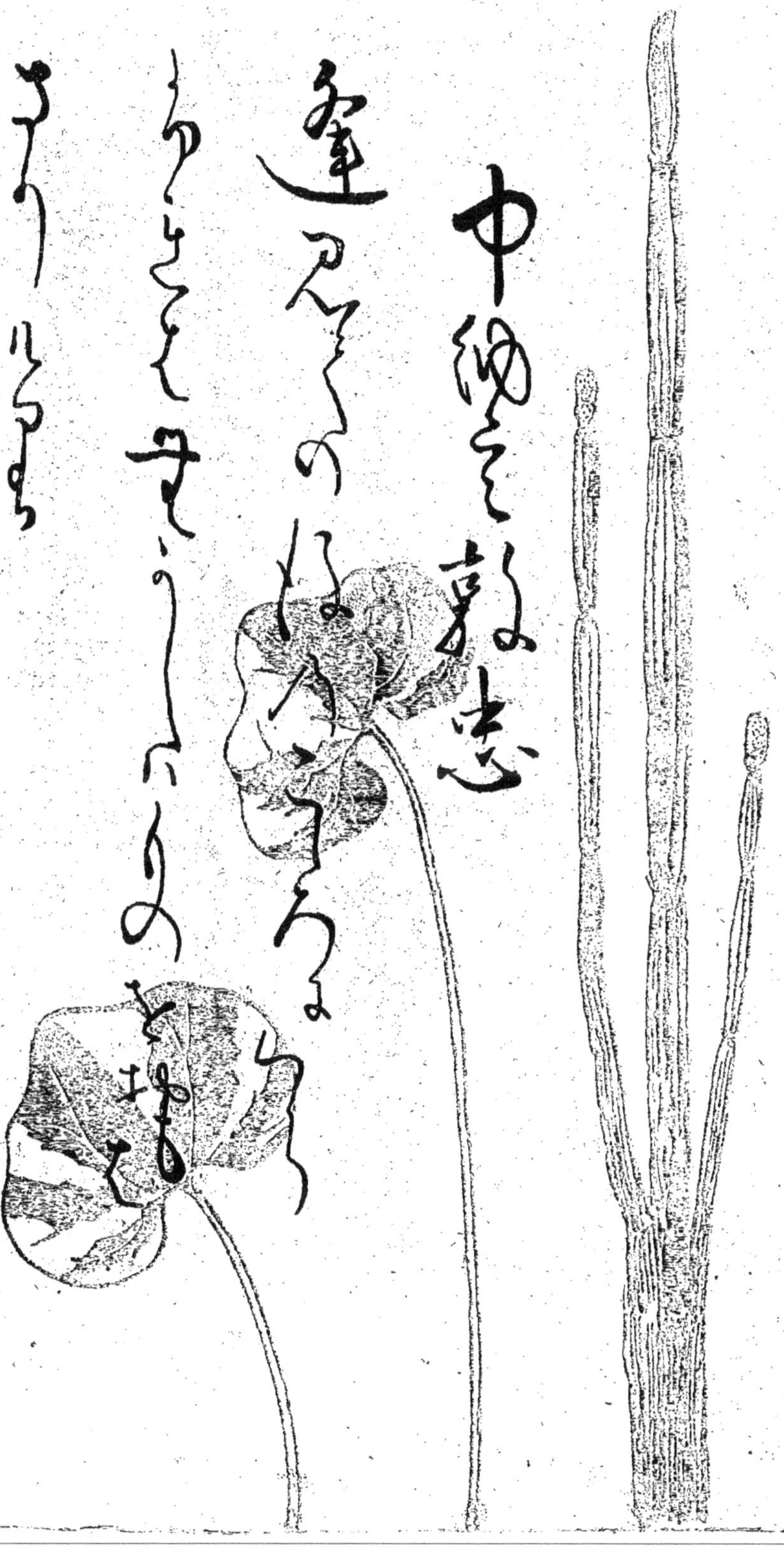

中納言敦忠

逢ひみての

のちのこゝろに

くらふれは

むかしはものを

おもはさりけり

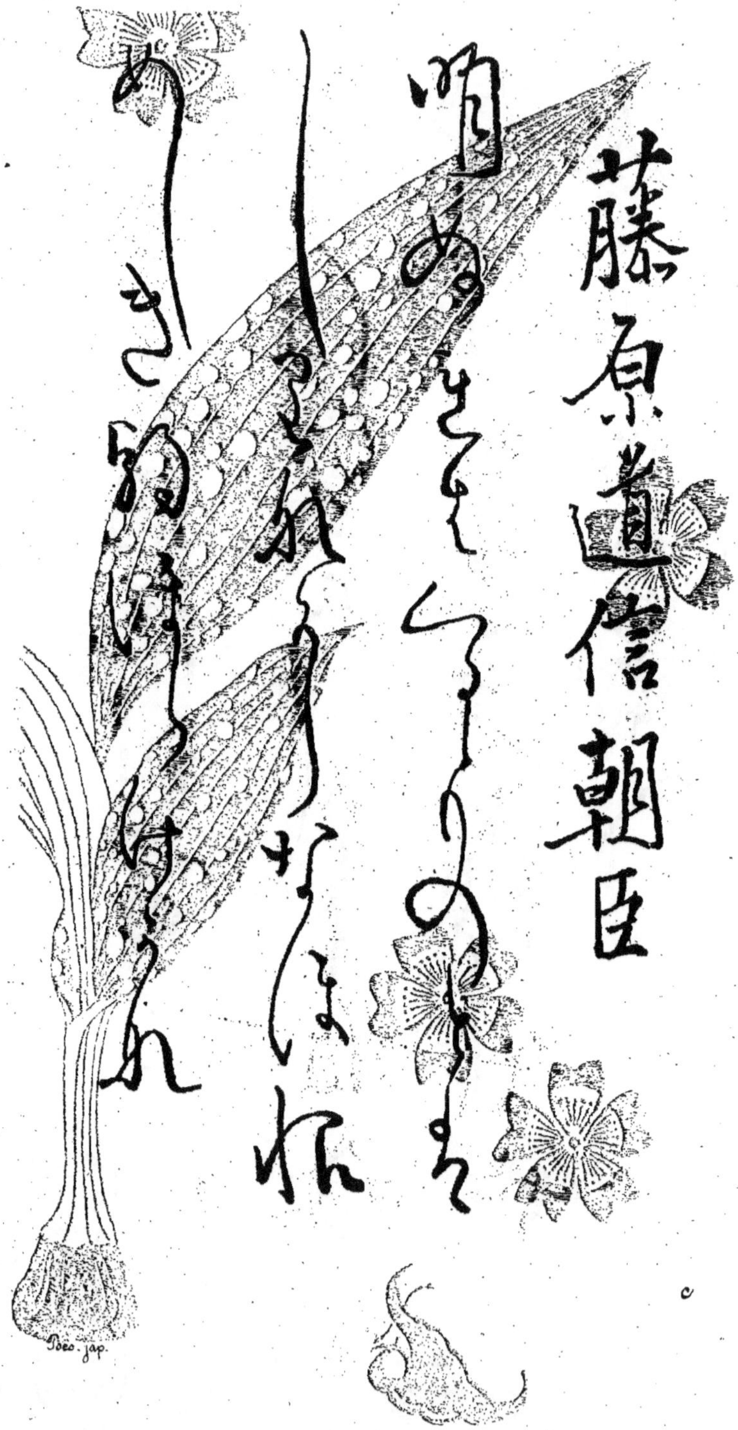

藤原道信朝臣

あけぬれば
くるゝものとは
しりながら
なほうらめしき
あさぼらけ
かな

Poes. jap.

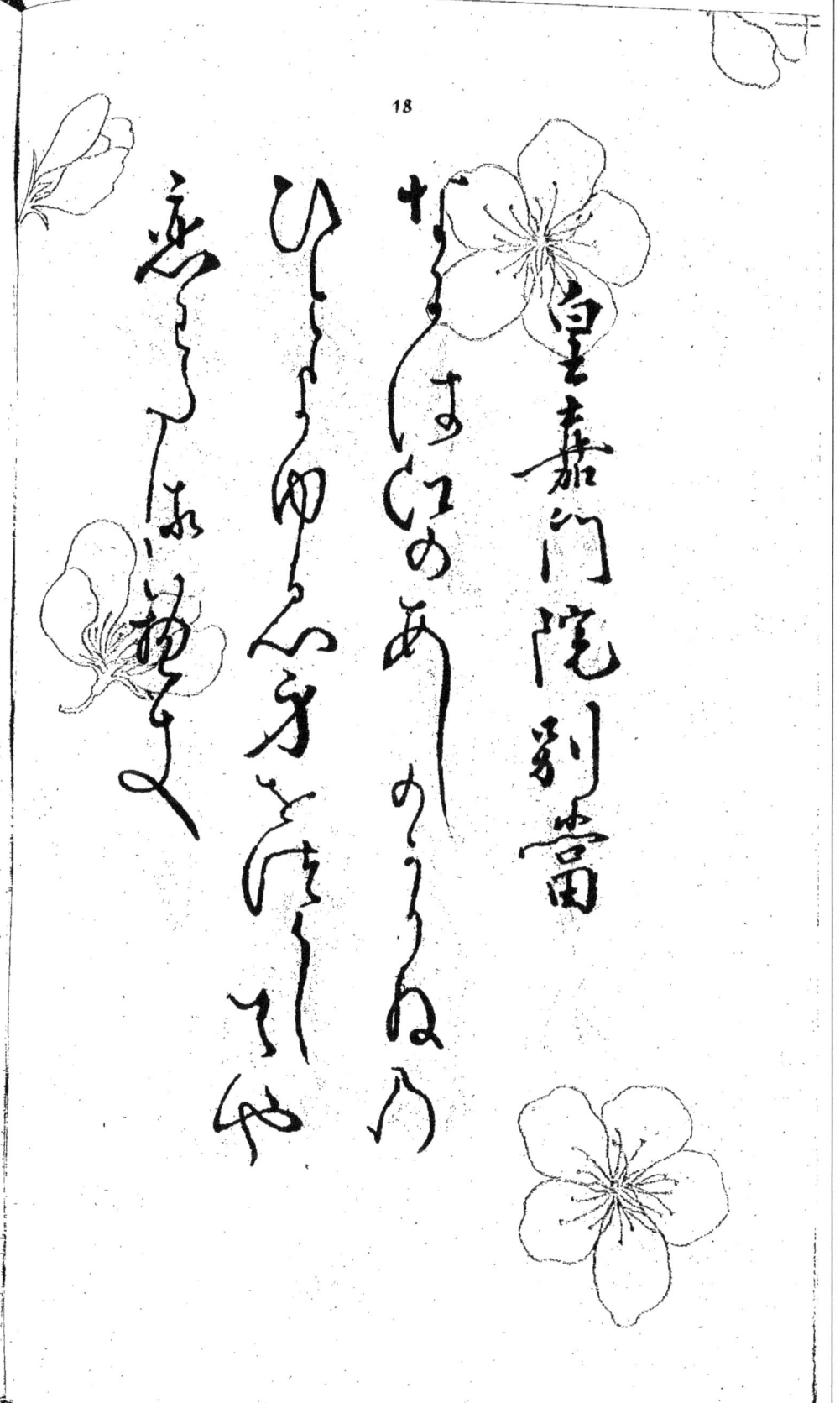

皇嘉門院別當

なにはえのあしのかりねの

ひとよゆゑみをつくしてや

こひわたるべく

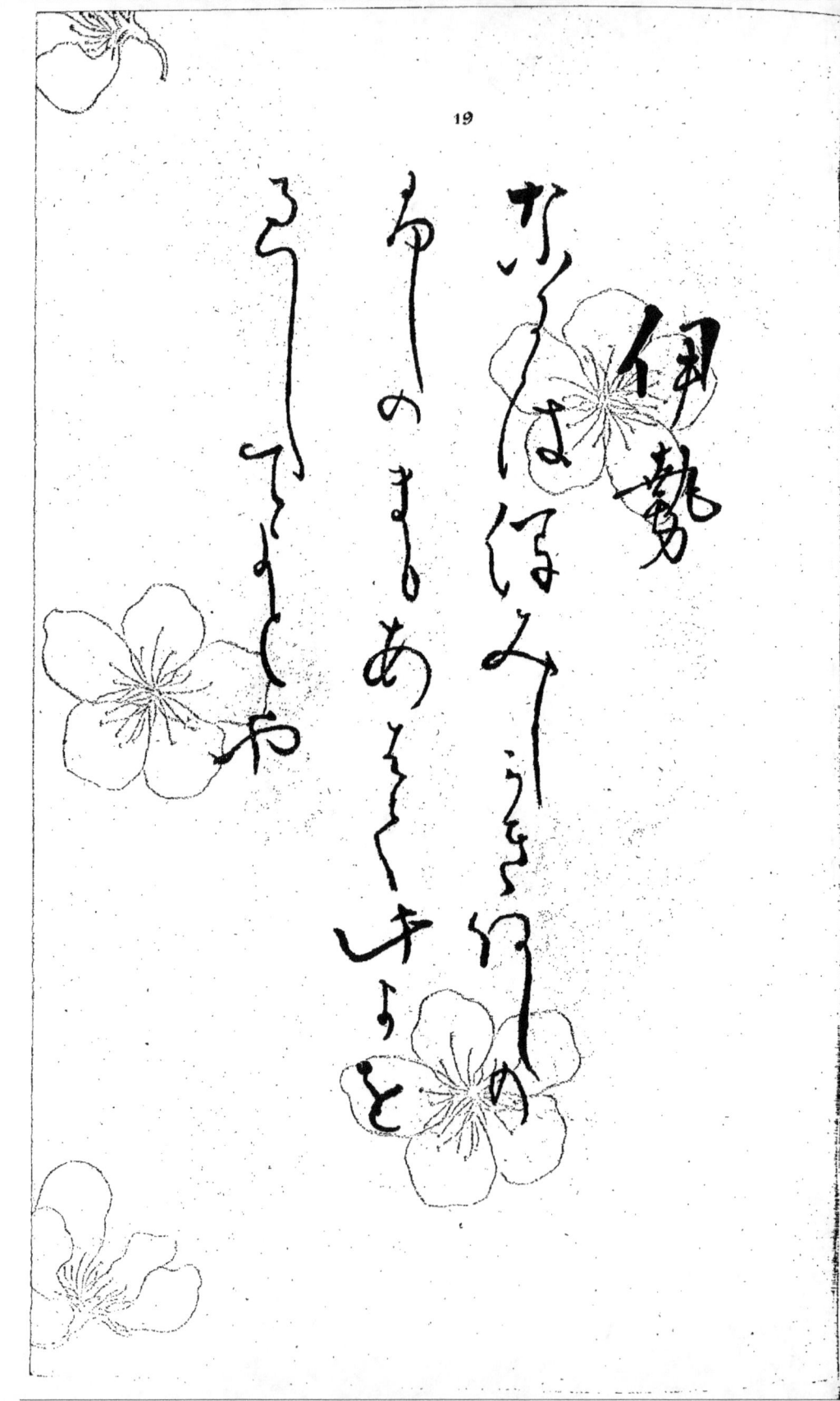

伊勢

さくはほみうつけ
ののまあるくせうと
うてしや

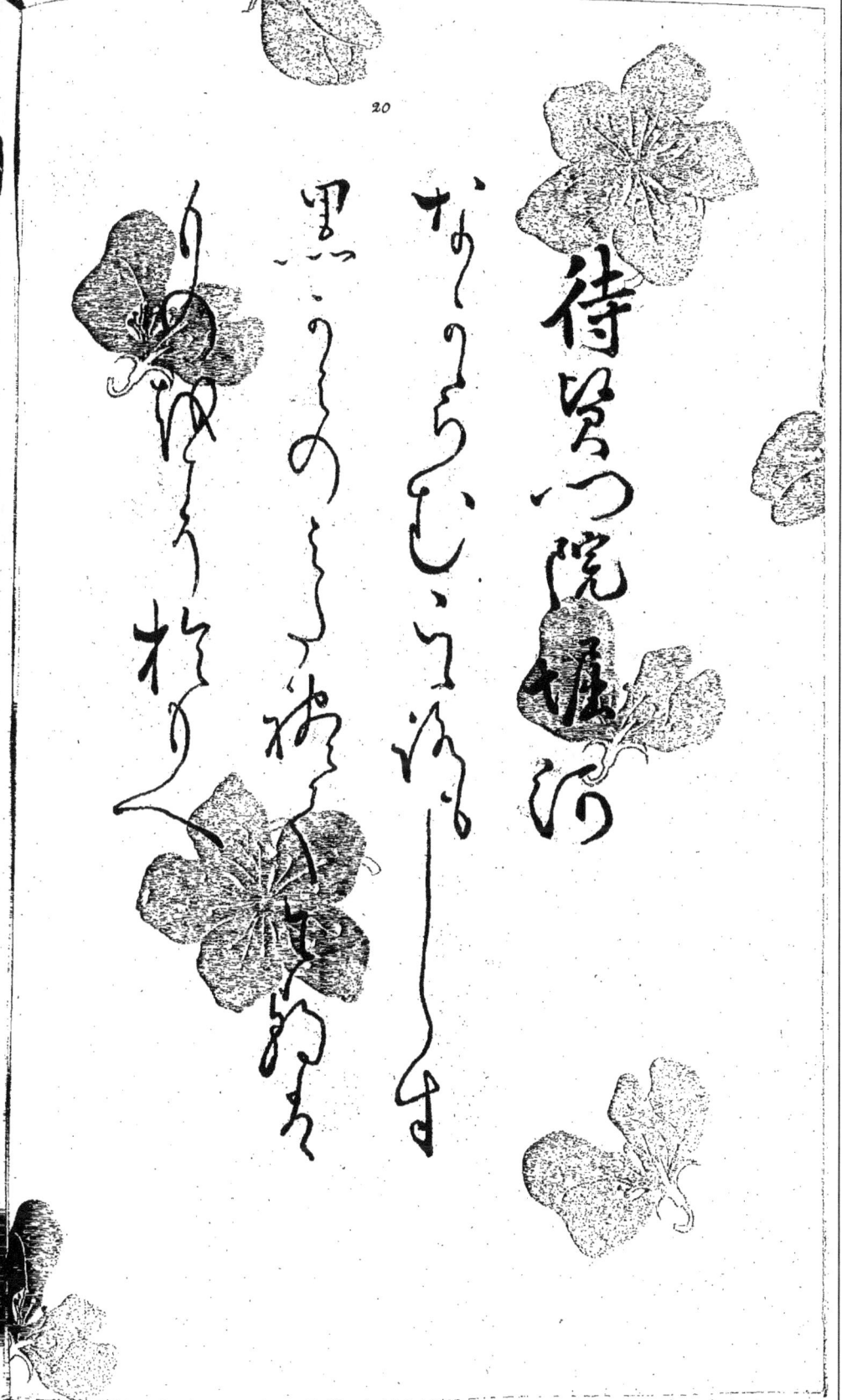

待兒つ院候の

なてのうらむらうぬ

黒こうのミつ袖

りのゆゆら作り

左右を道潤母

なれよけひとうあよ

明まろつまひさ
き

あさうしは

22

左京大夫顕輔

秋風にたなびく雲のたえまより
もれ出づる月のかげの
さやけさ

大口千里

月しとそち月すもの

のありいをてあめのと

二條院讚岐

わたの原
こぎいでて
みれば
ひさかたの
雲ゐに
まがふ
おきつ白なみ

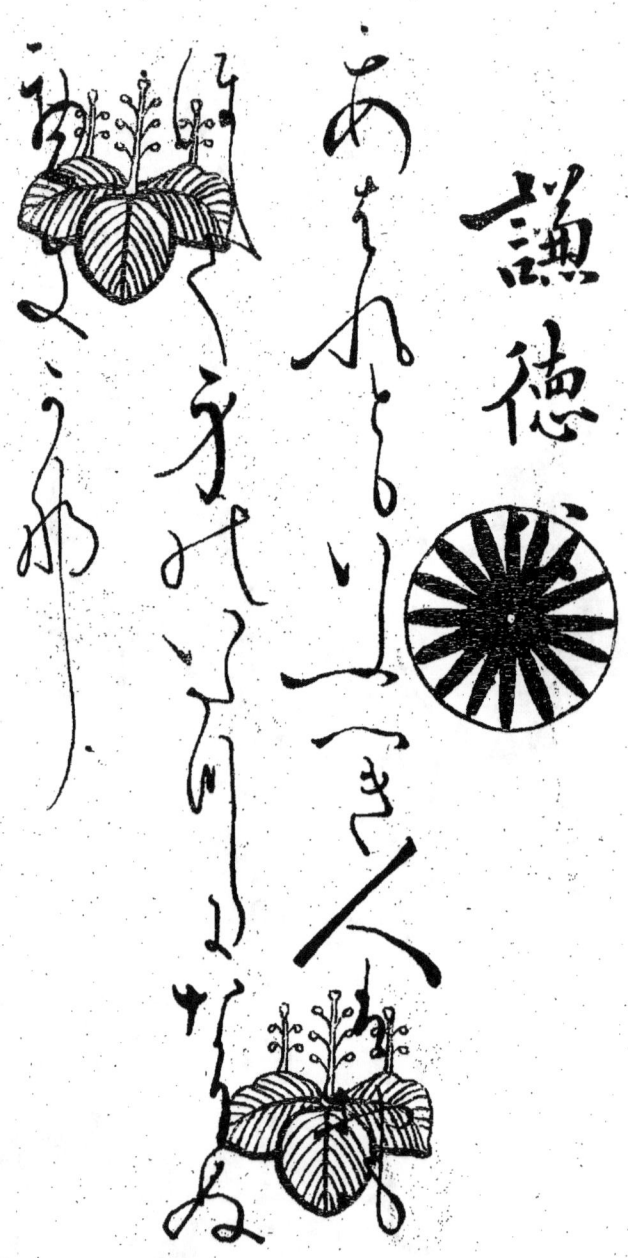

諷德

あさましやいきひと

あれもいつき人

をうか

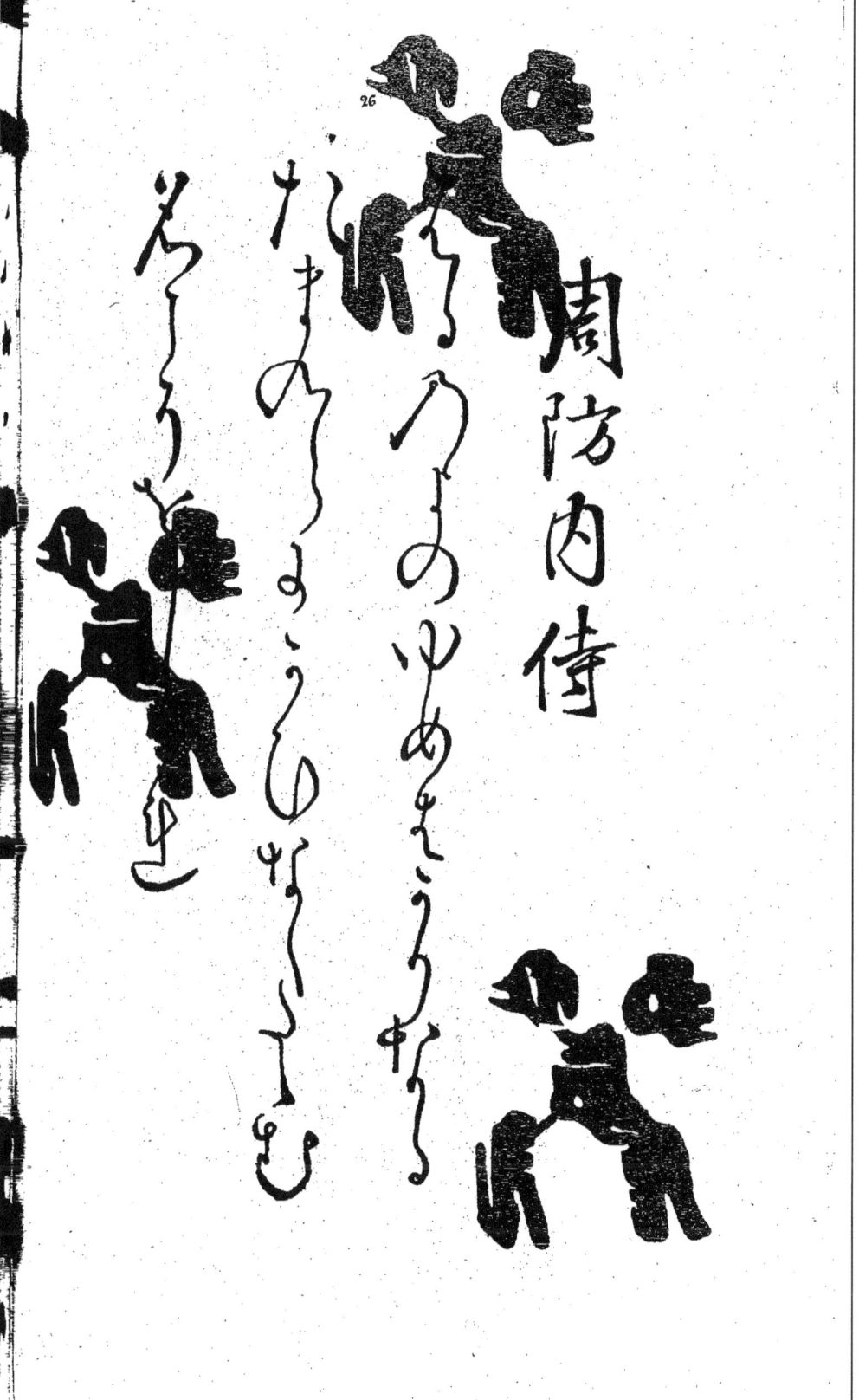

周防内侍

はるのよの
ゆめばかりなる
たまくらに
かひなくたゝむ
なこそおしけれ

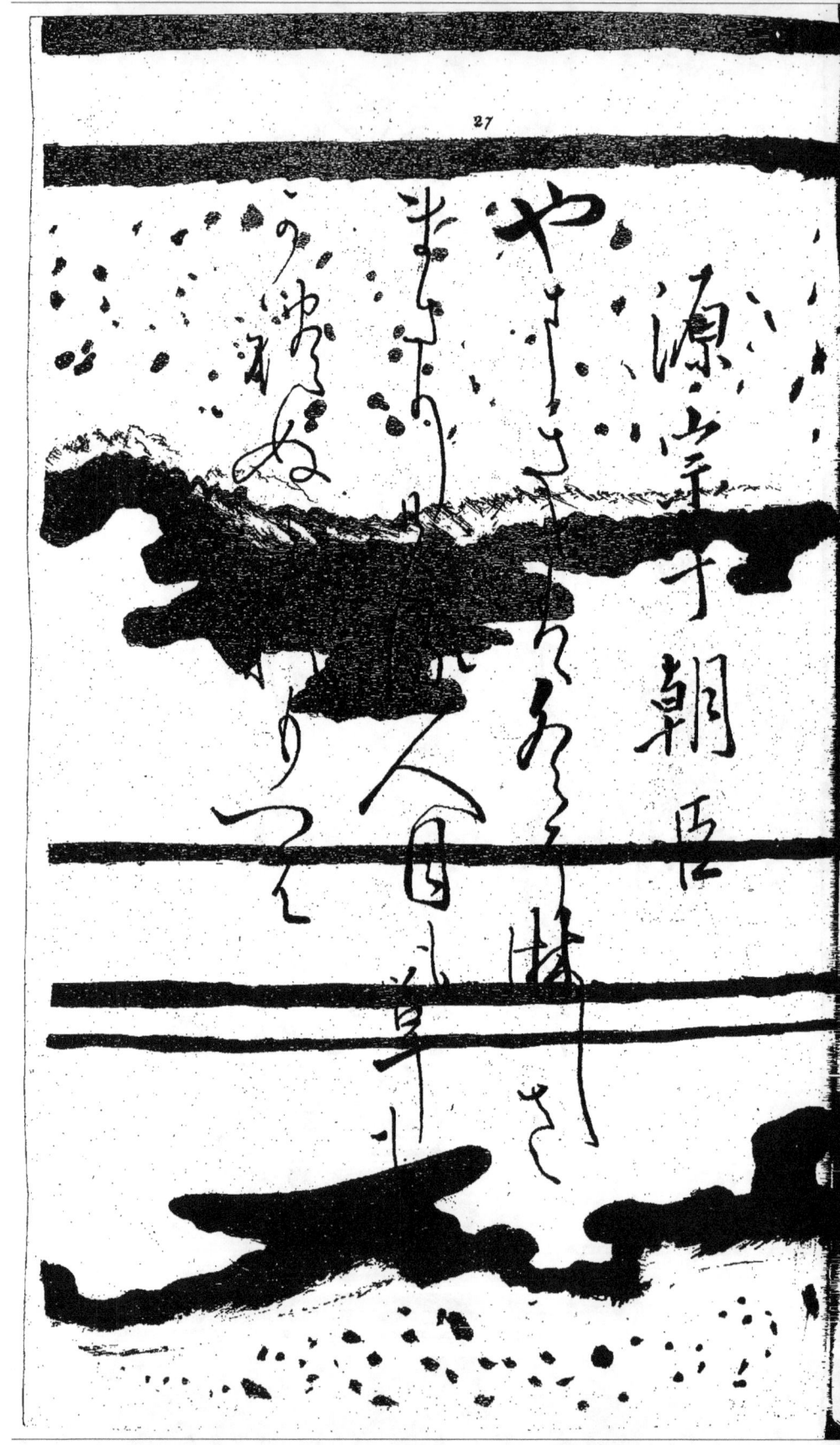

源宗于朝臣

やまさとは冬ぞさびしさまさりける人目も草もかれぬと思へば

中納言行平

をいはその山

峰よりおつる川をし

きは

光孝天皇

君がための
はるのゝに
いでて
わかなつむ

われ
ころも
ての

ゆき
はふり
つゝ

元良親王

わひぬれは
いまはたおなし
なにはなる
みをつくしても
あはむとそおもふ

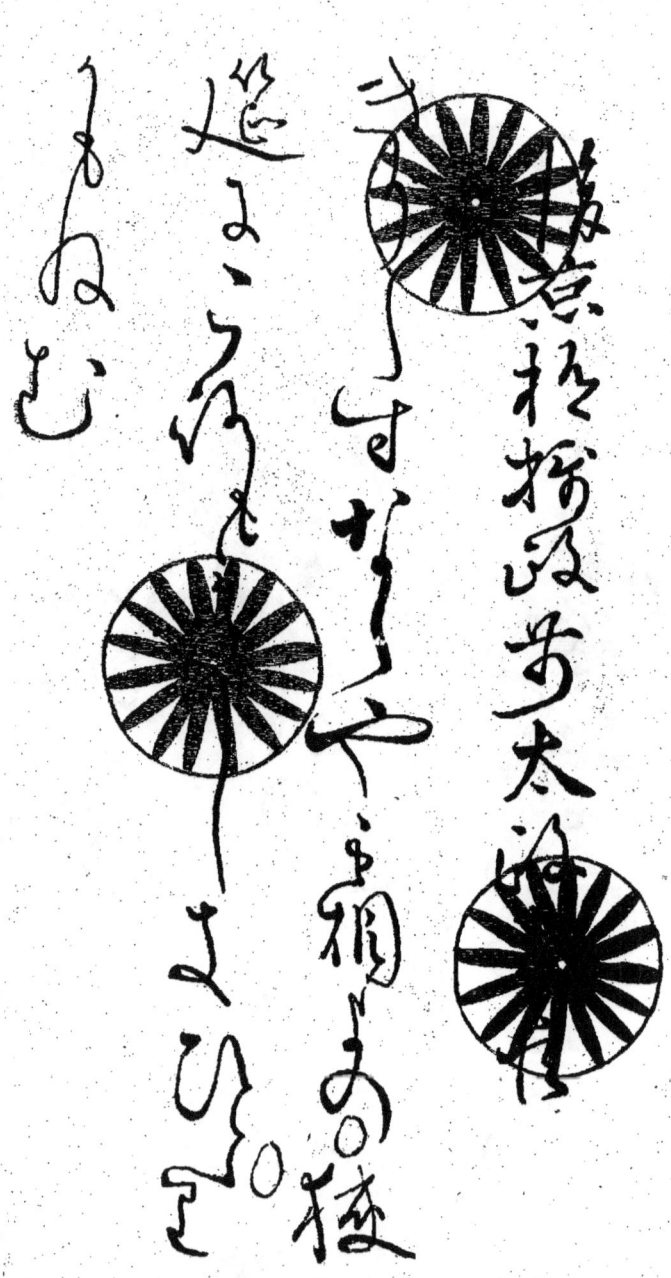

32

我手サ〰

ゆきなのゝくのうよりのを

花さき〱のをの

遠前太ぬ大尾

あひきを あひきさもあ

せつうけてくるをそ

おくとかくべくらおとつおへすめ

さらくねかゞうますしをエ・マア

むねきぶかざヤさんさまくあわのを

さつをさて

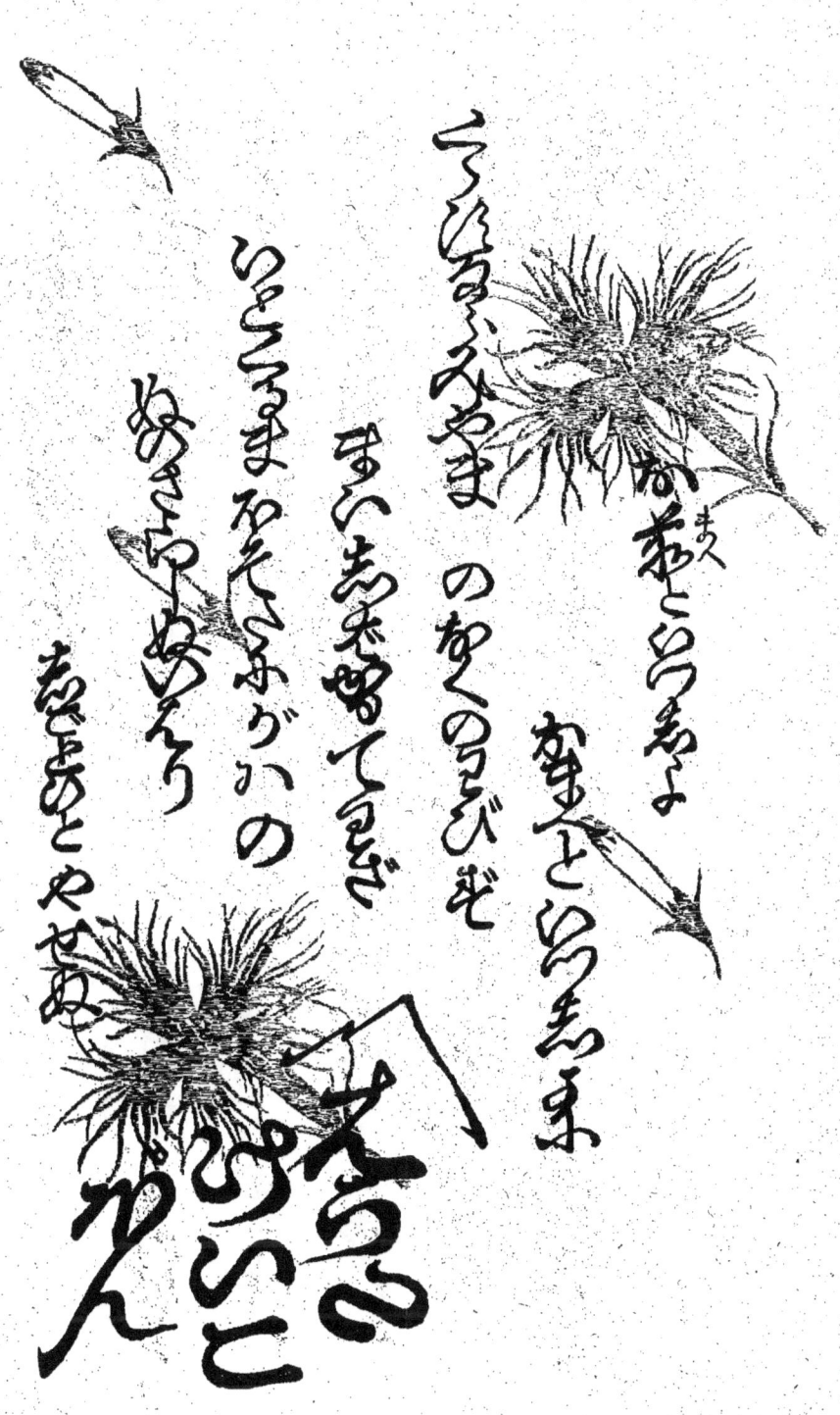

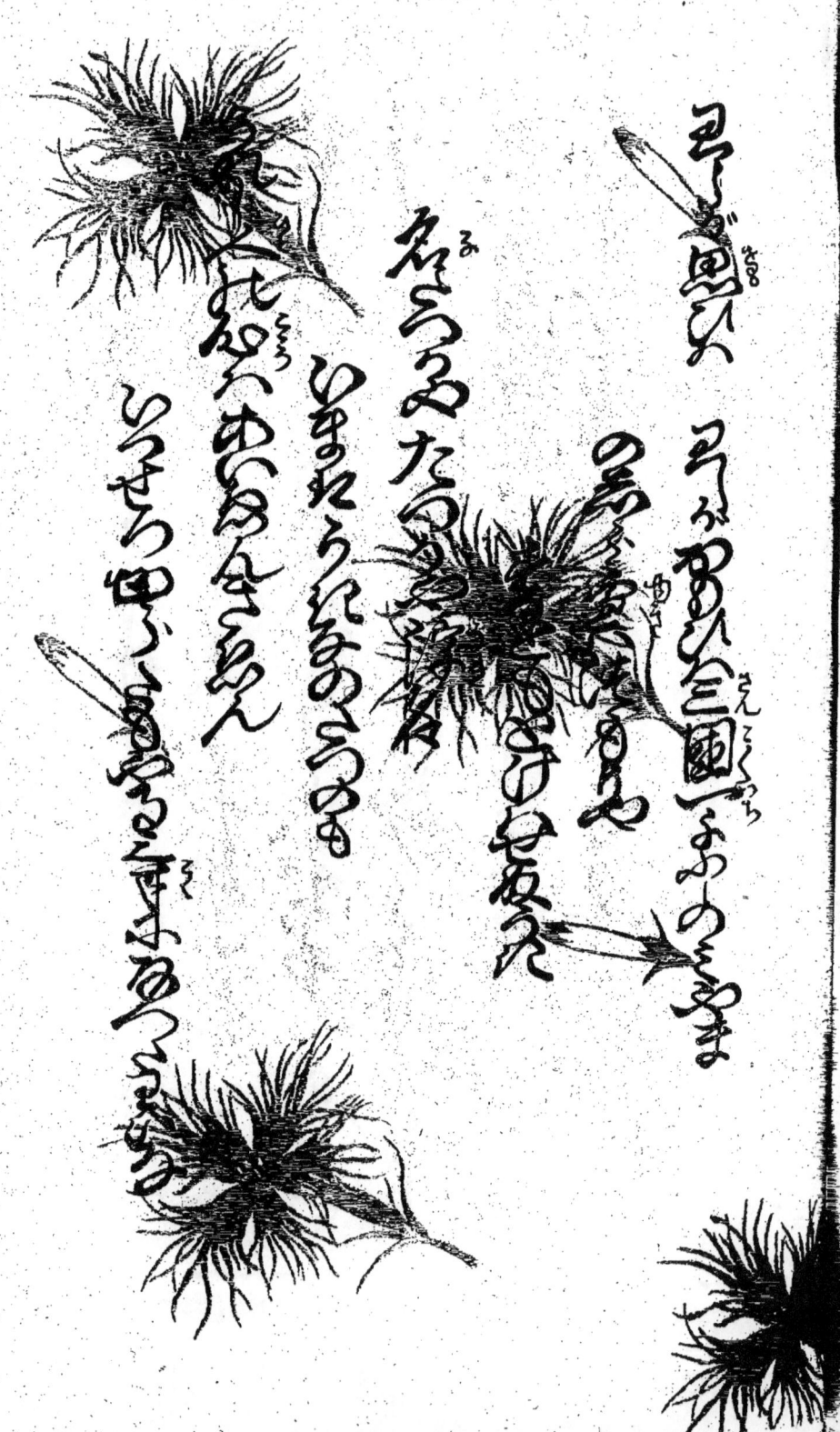

さぐきかくて

まかれかくて末く、ねいおいく

ねくみりのもんふくねおくのこつ

かこうくてちうてもみんとよふあと

やさくれくこをこきれるりくくせ

されつるいむねりくくう

月夜うらす

月夜うらすふとをめをさま

あいてすれてふむうかことうそ

こしやゆいぞうあれたやまれんせう

の女ののさけてきのこそくのきうん

しや

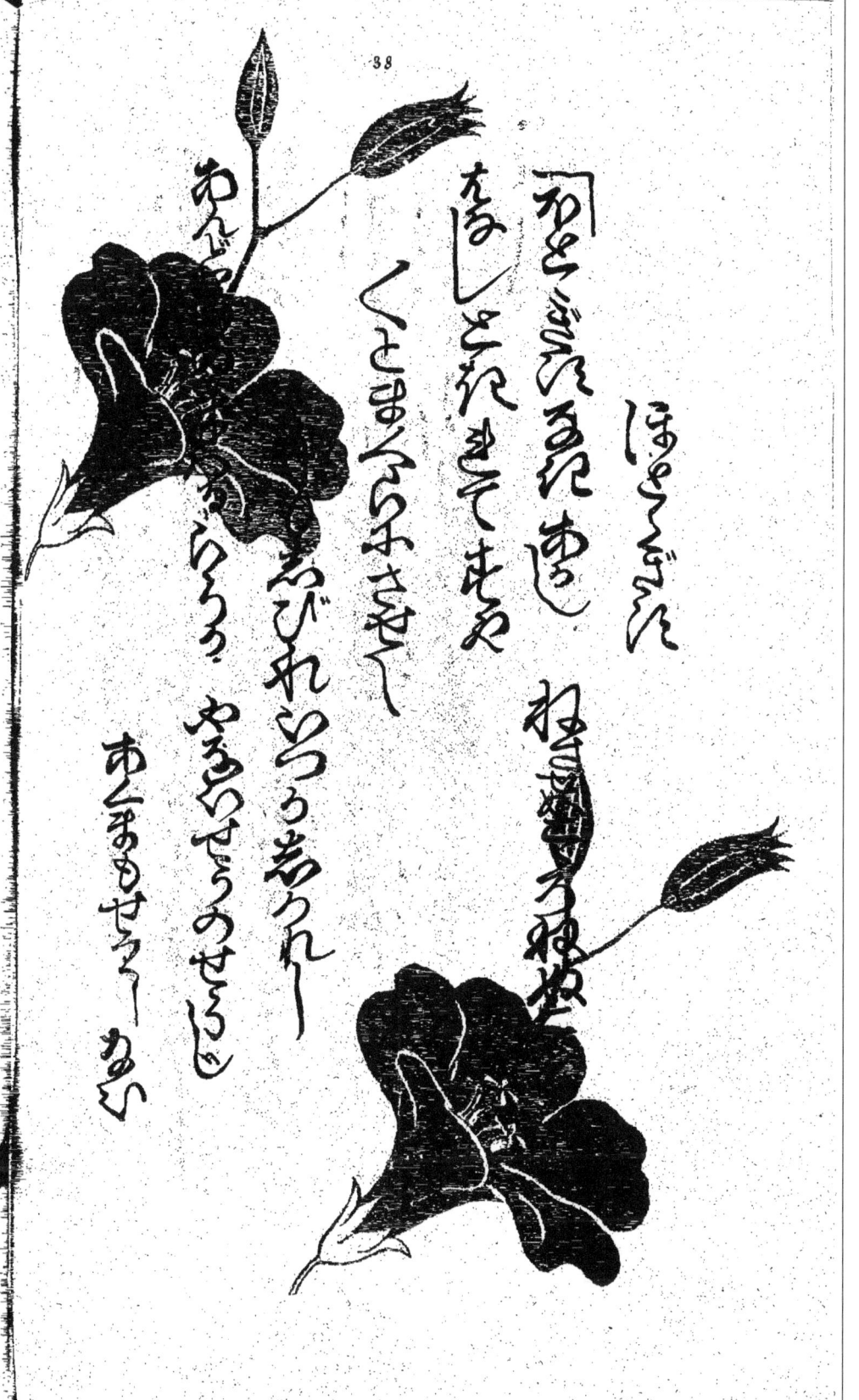

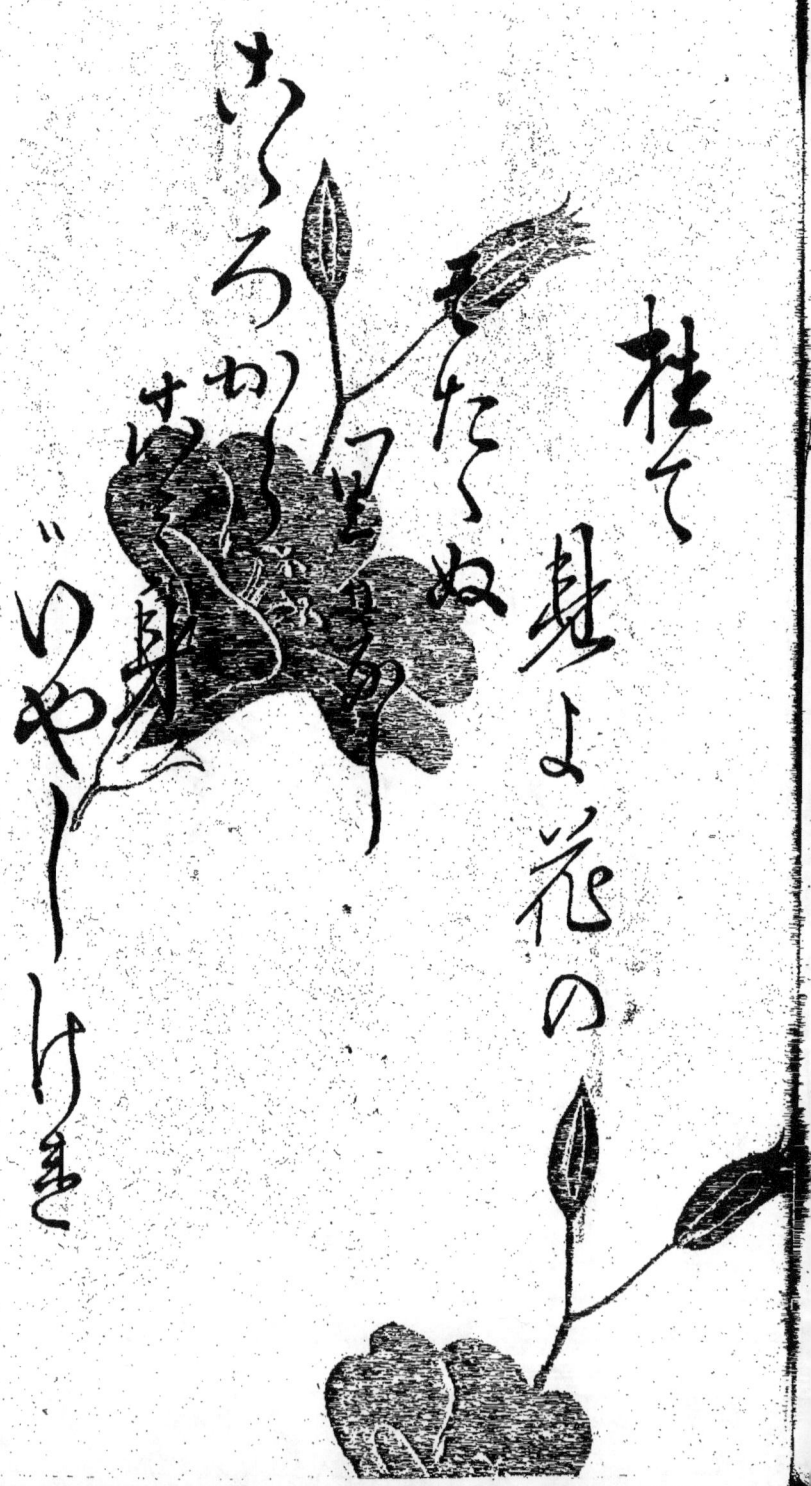

折て
起よ花の
そたくぬ
さゝろかゝ
はゝろかゝ
りや
けま

長崎のヤマをうみ

とをゝ入海ゝゝ、

空ちち京のゝめ

月の鏡の末礼

ゑゝ井

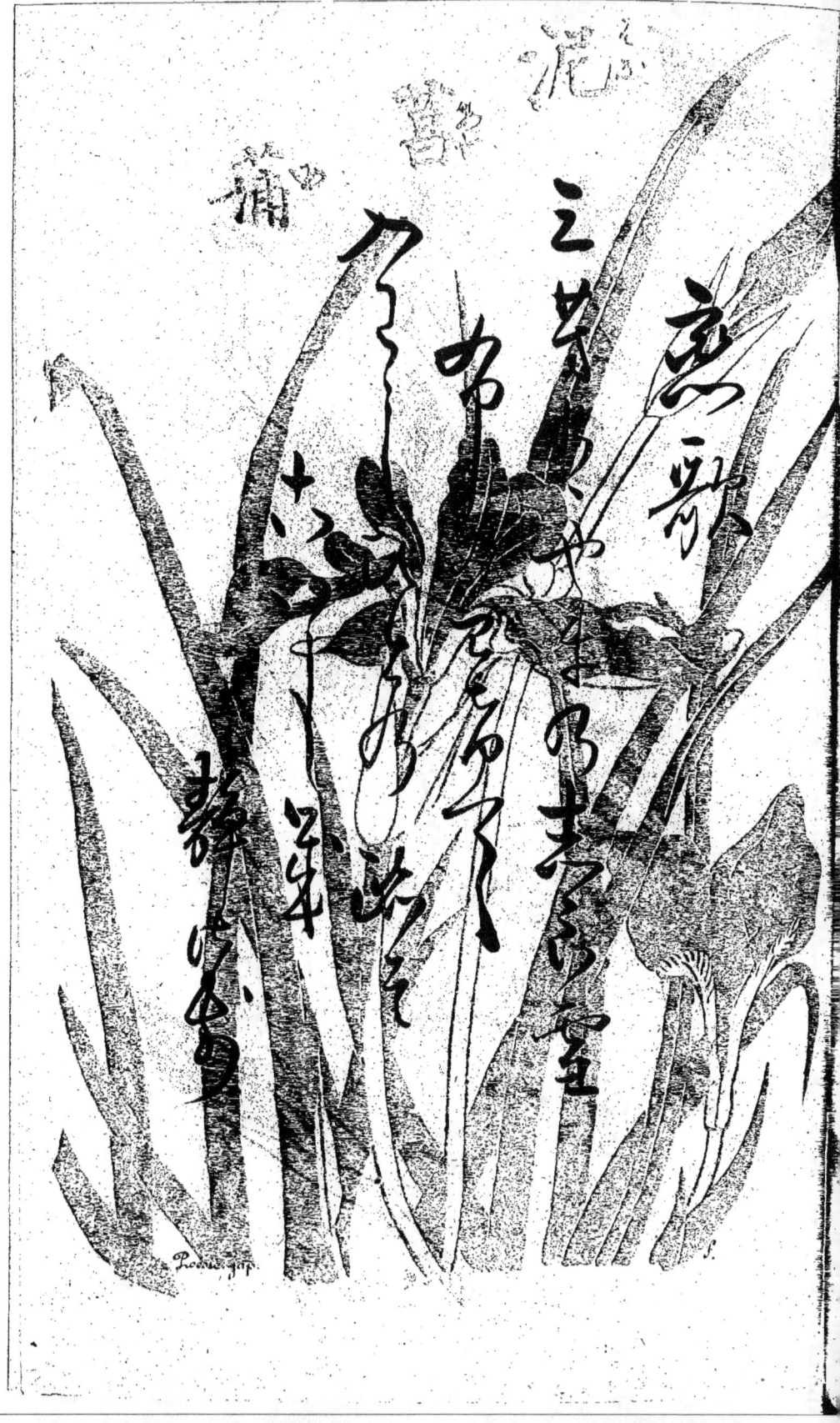

鳴かぬへと鳴く時鳥を

鳴かぬへと

鳴かぬへと殺すべく是非に

　　　権現様

　　秀吉公　郭公

信長公

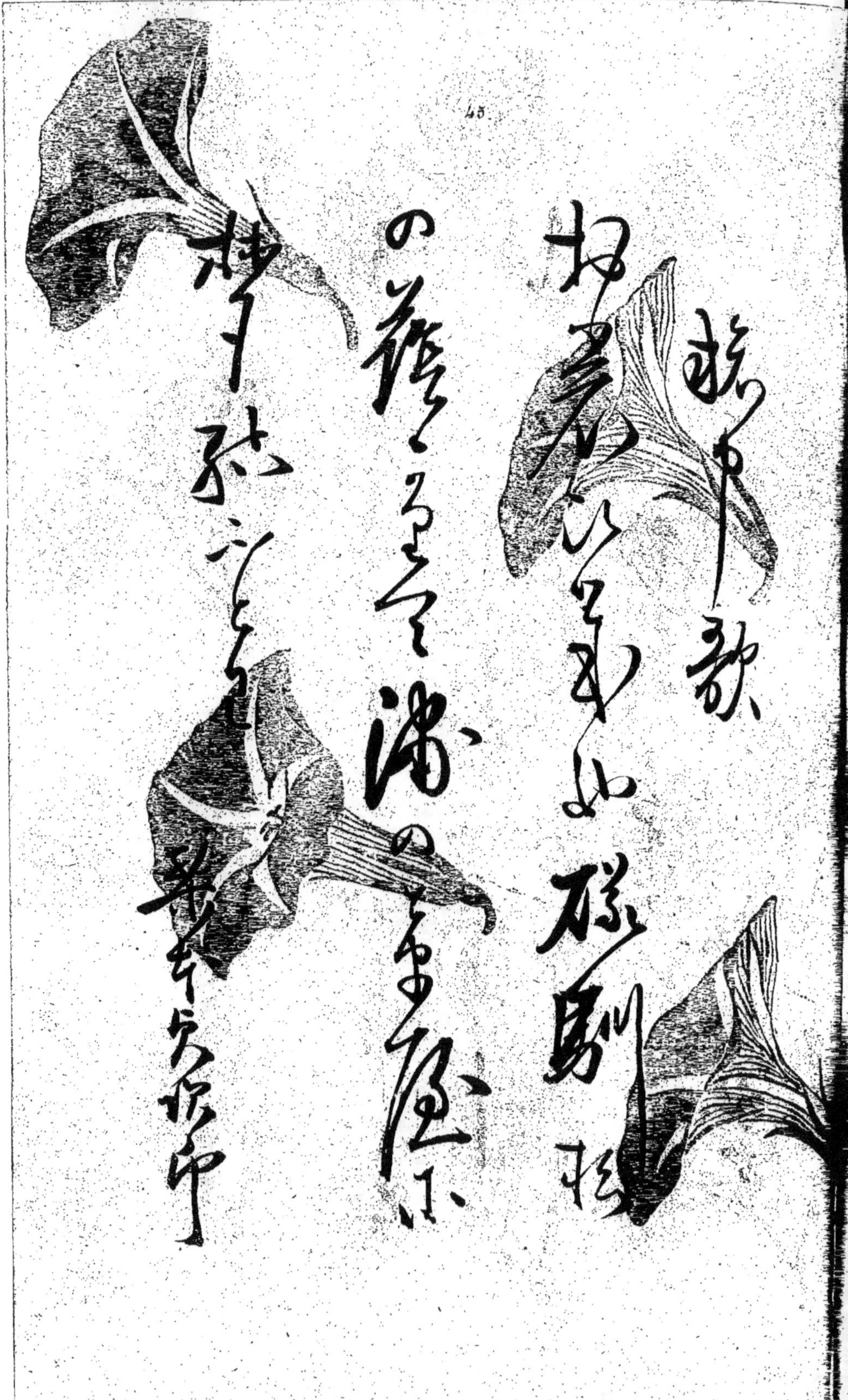
旅中歌

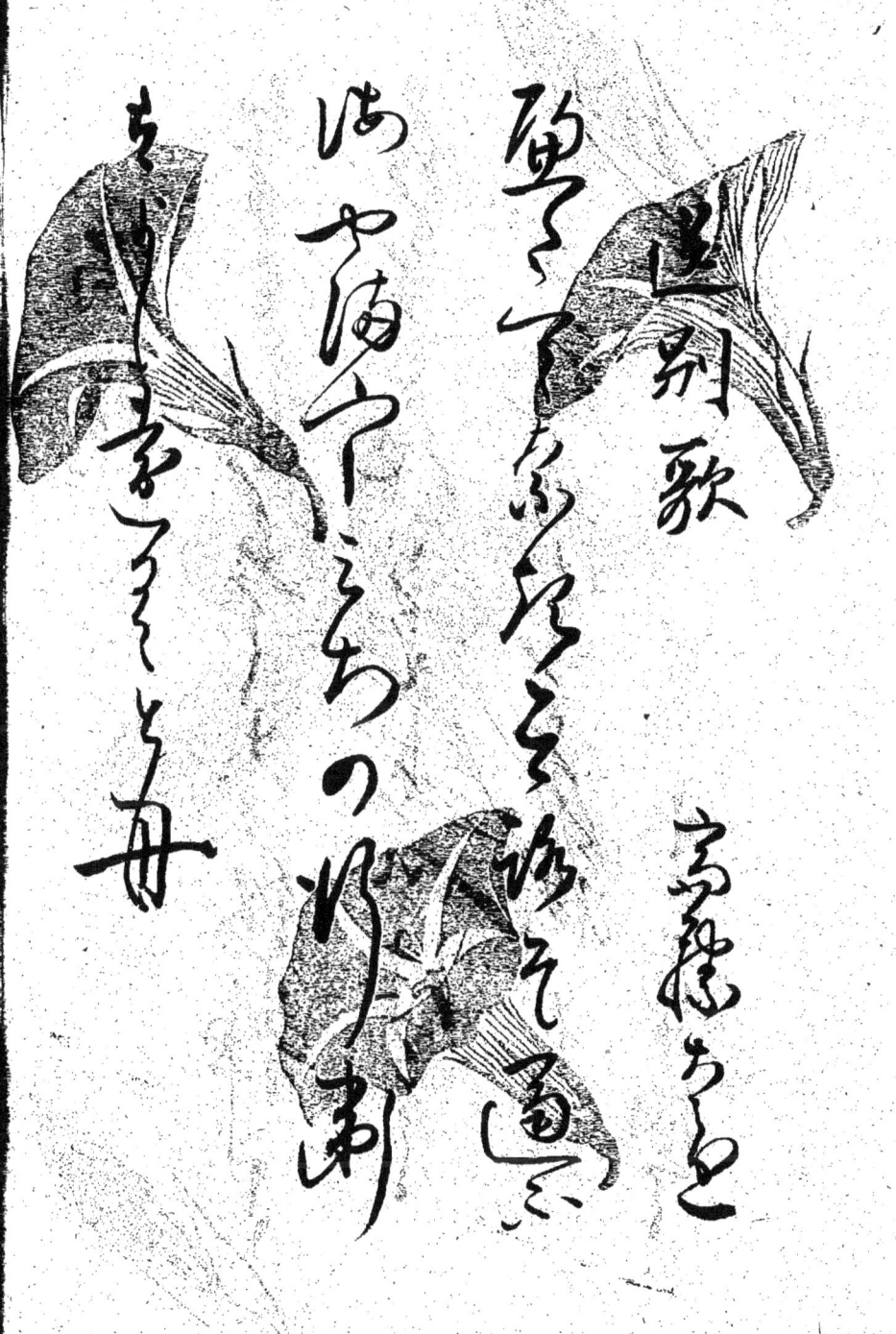

別歌

平薫盛

志のつよりてまりとてまり

よう慈をくりのやおける

人のまく

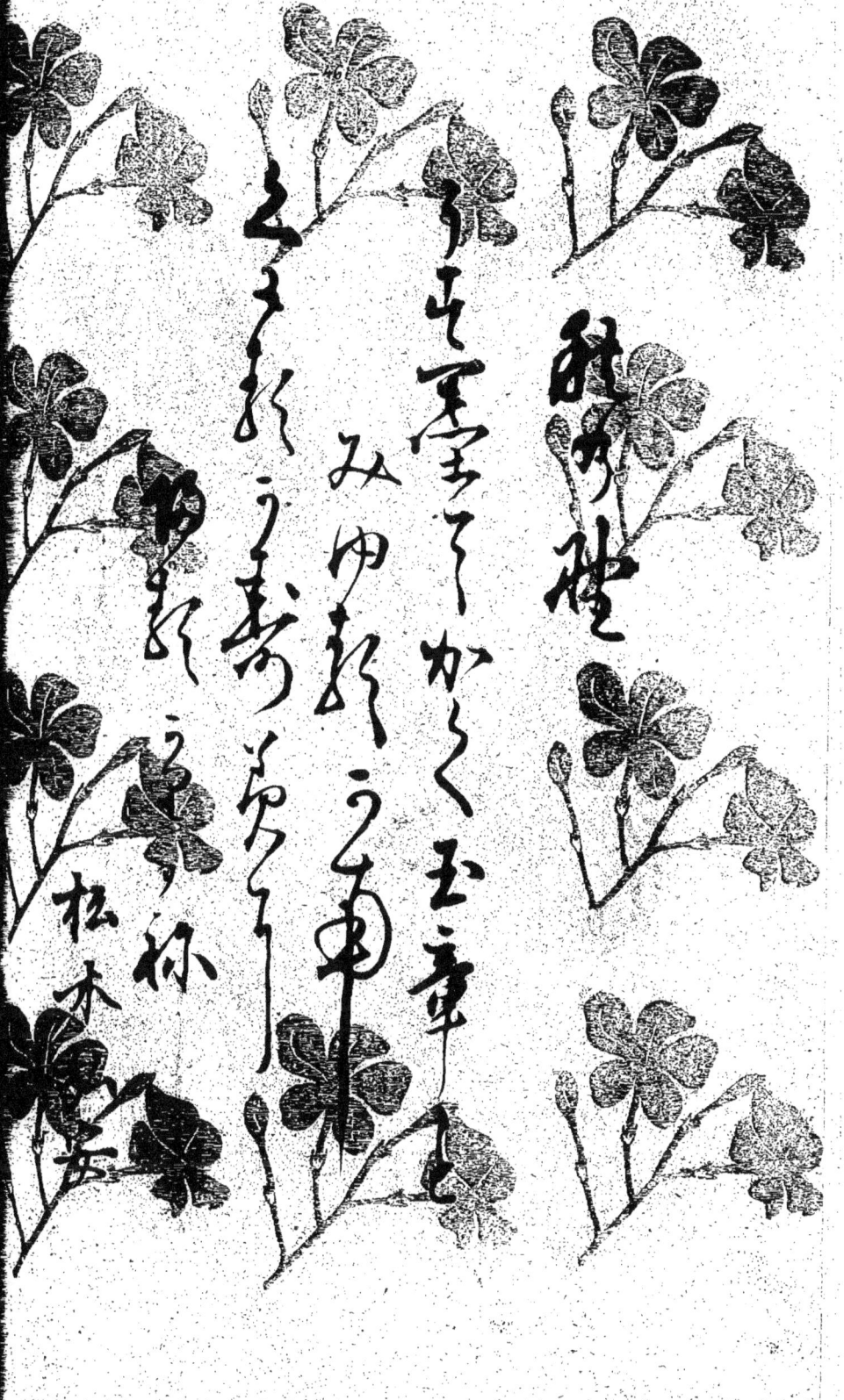

梅乃種

うゑ置て　かく玉章

みゆき

松木

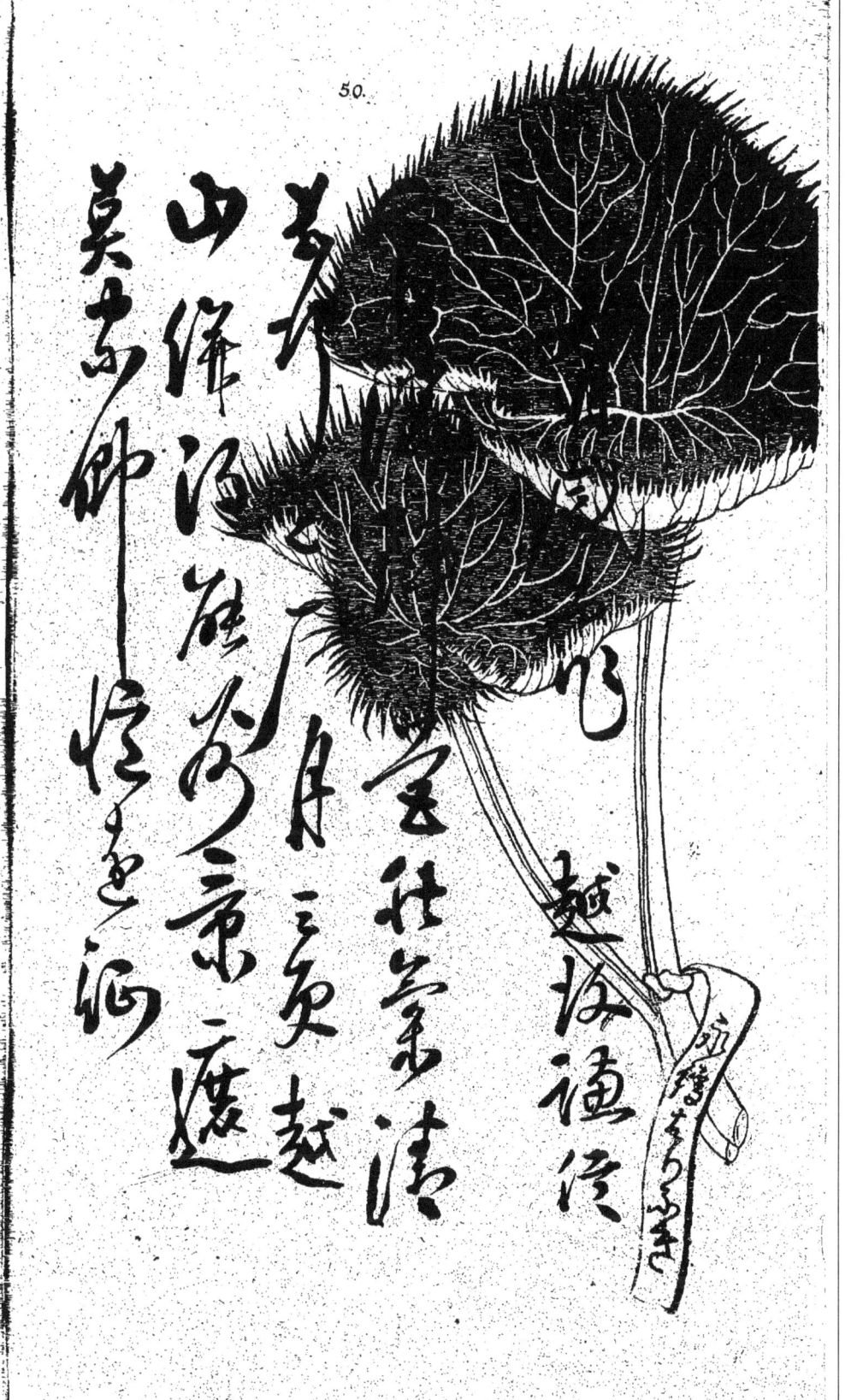

有感而作

霜満陣雲秋氣清
数行過雁月三更
越山併得能州景
遮莫家郷憶遠征

越後謙信

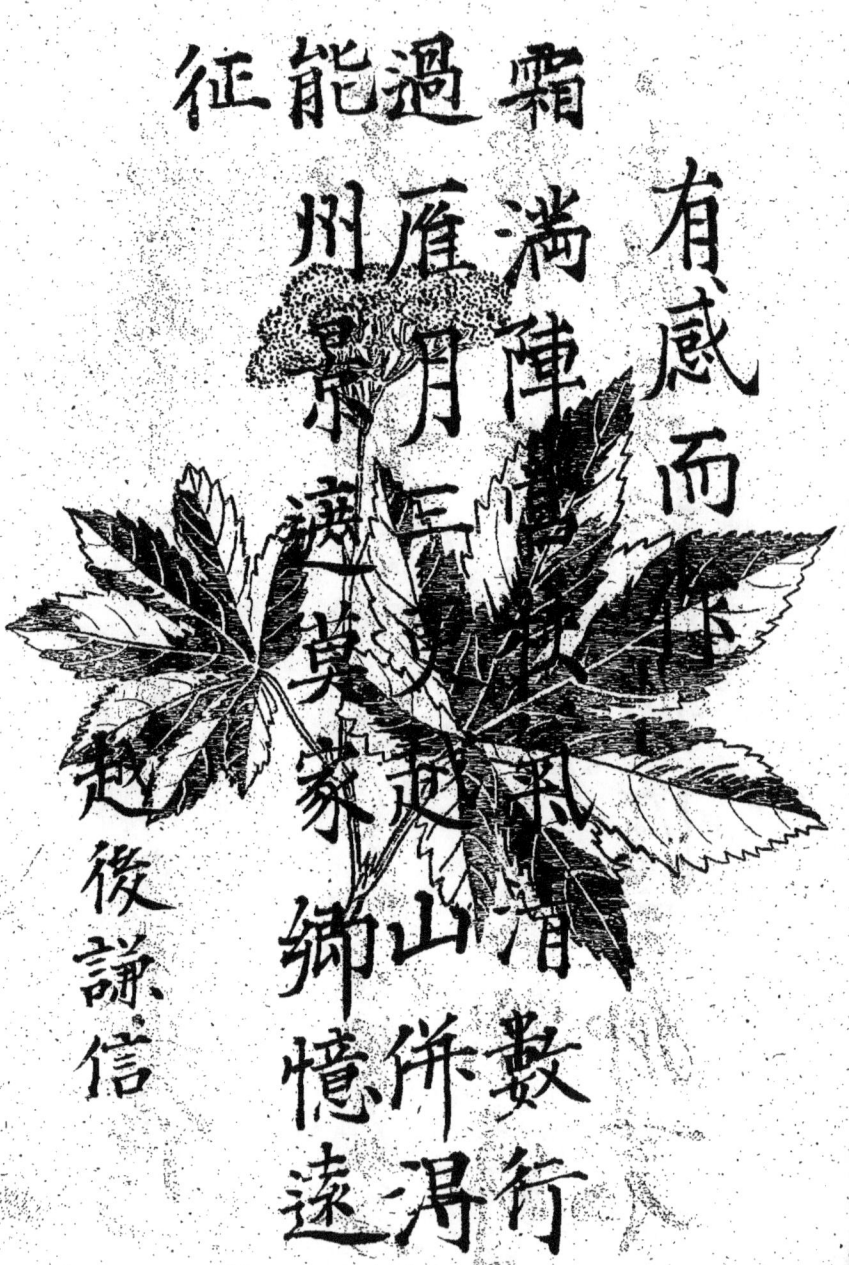

客中偶成

久具寒灣

坐娥把病卧小齋
品字爐中榾柮煨
容子欲歸仍未得
東風却從故鄉來

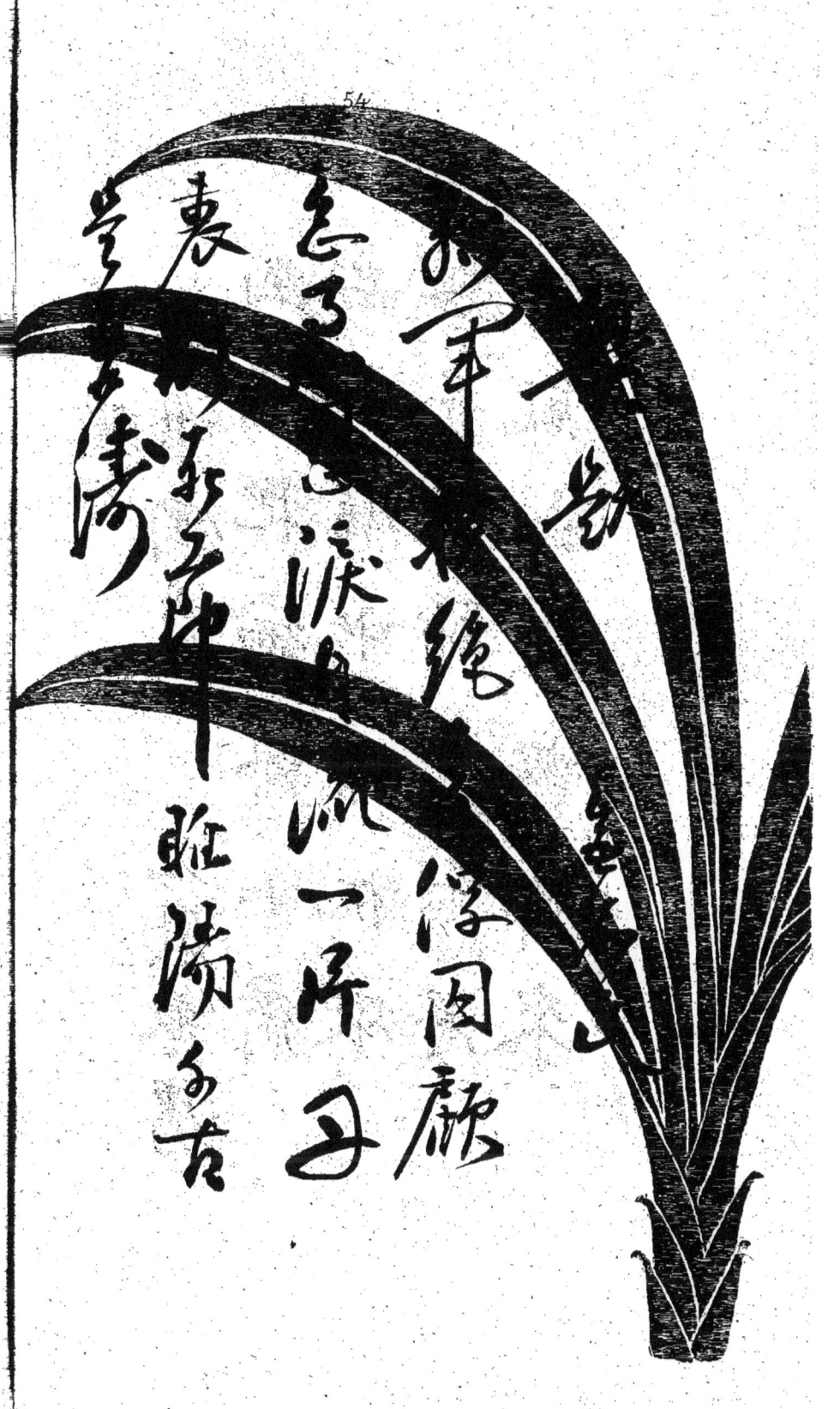

無題

無名氏

孤軍援絶

顧念君恩

一片丹衷

雙陽千古

詠荼蘼花

九谷晋乎一枝不穗康

乃至開放诗薔薇

葉游之来

无名氏

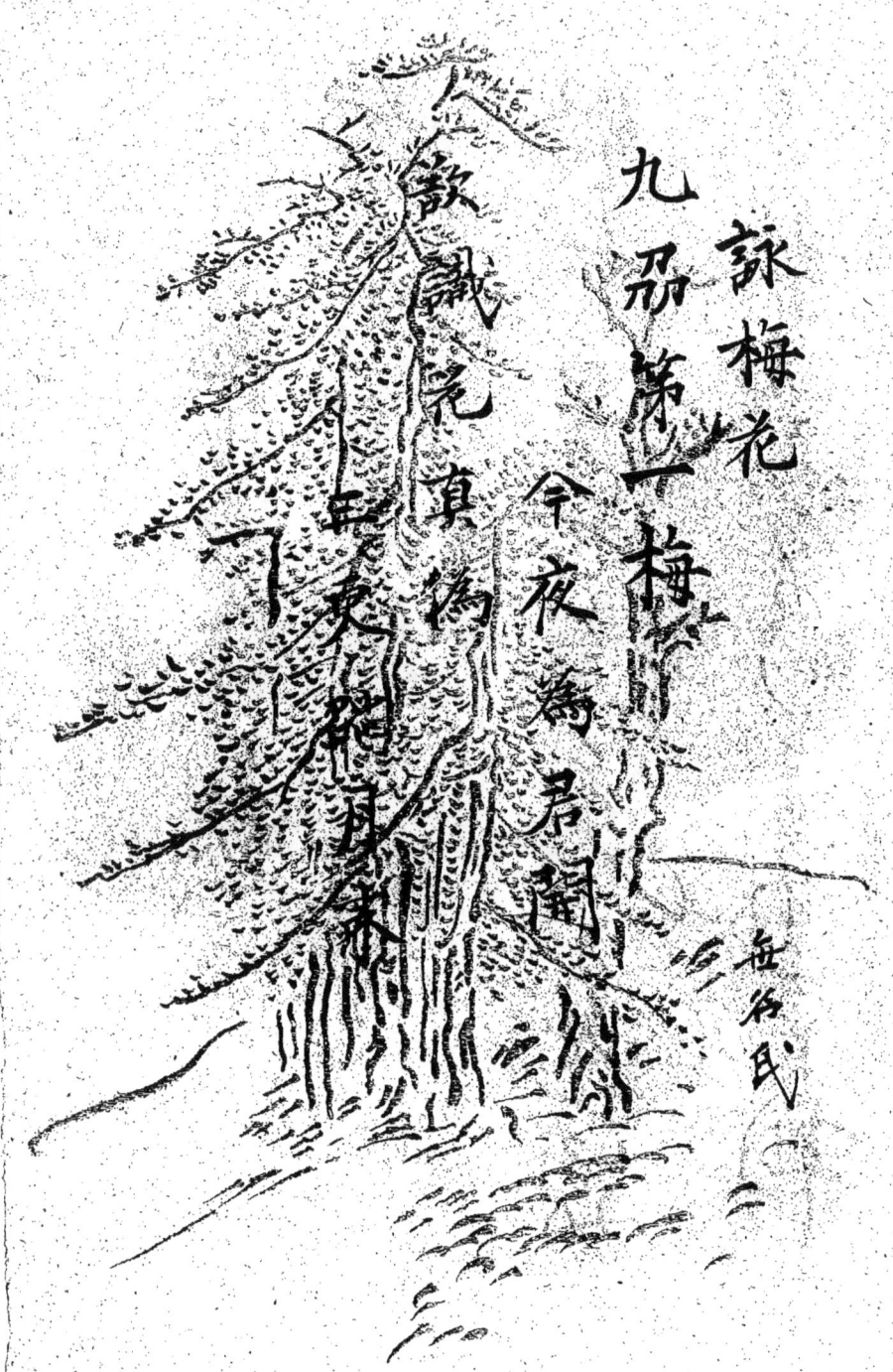

詠梅花

九 ？？ 第一梅

今夜為君開

読識花真為

？？？月？

無名氏

58

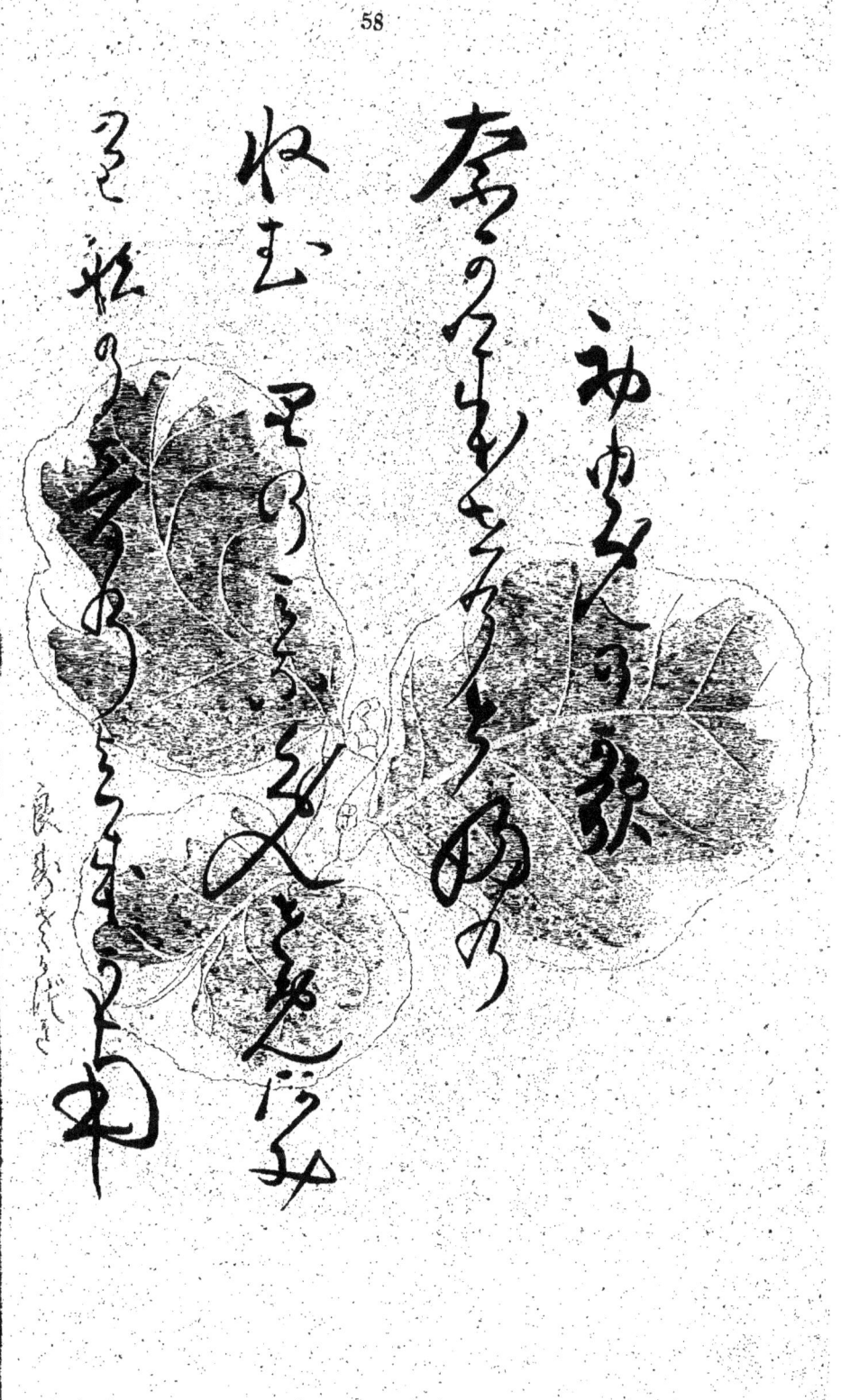

59

福

ふかきよのと
ゝのねむりの
こゝろめさめた
みのりふねの
おしのよきか
ふ

ふくじゅそう（福寿草）

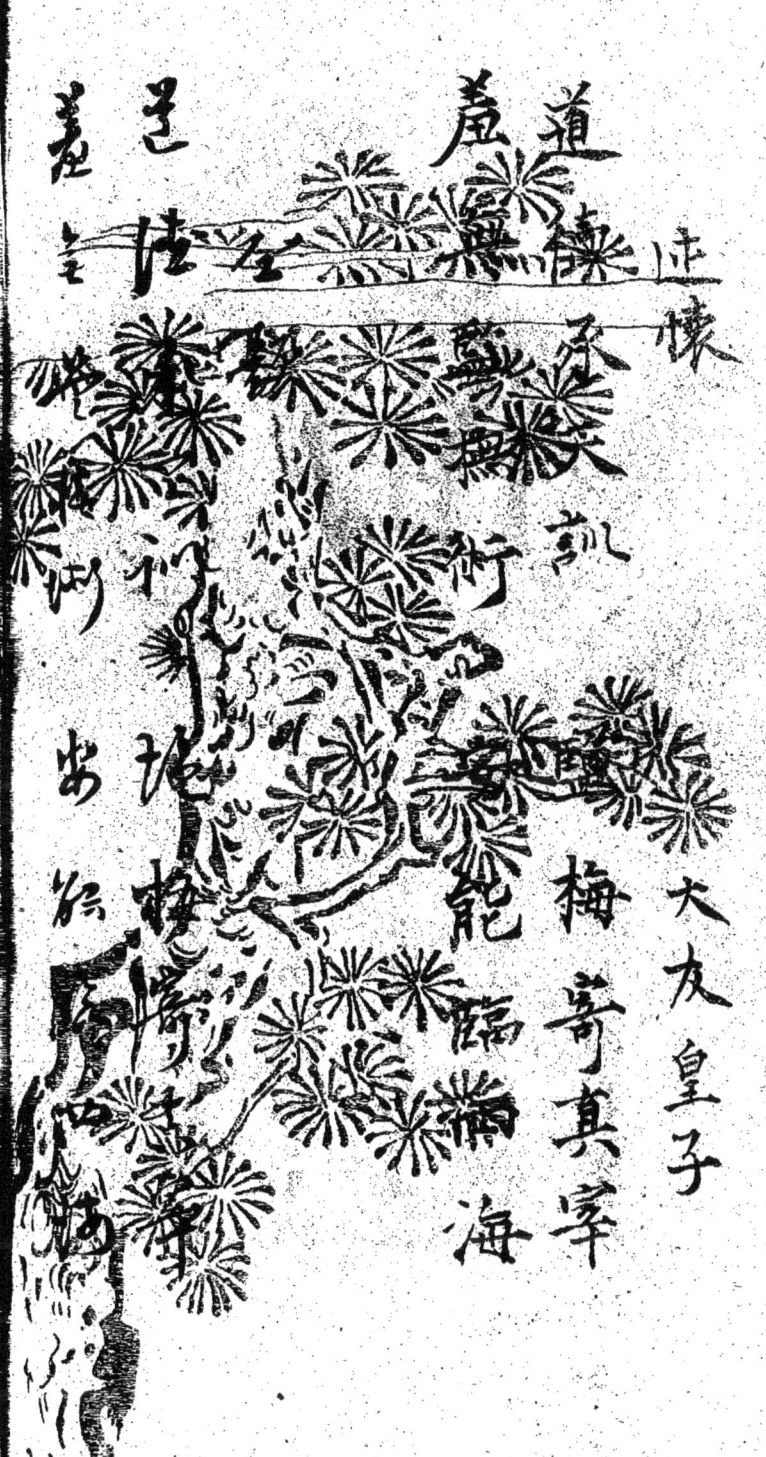

道德承天行凱

蘆無藍飄

迹懷

梅寄真宰能臨滿海

大友皇子

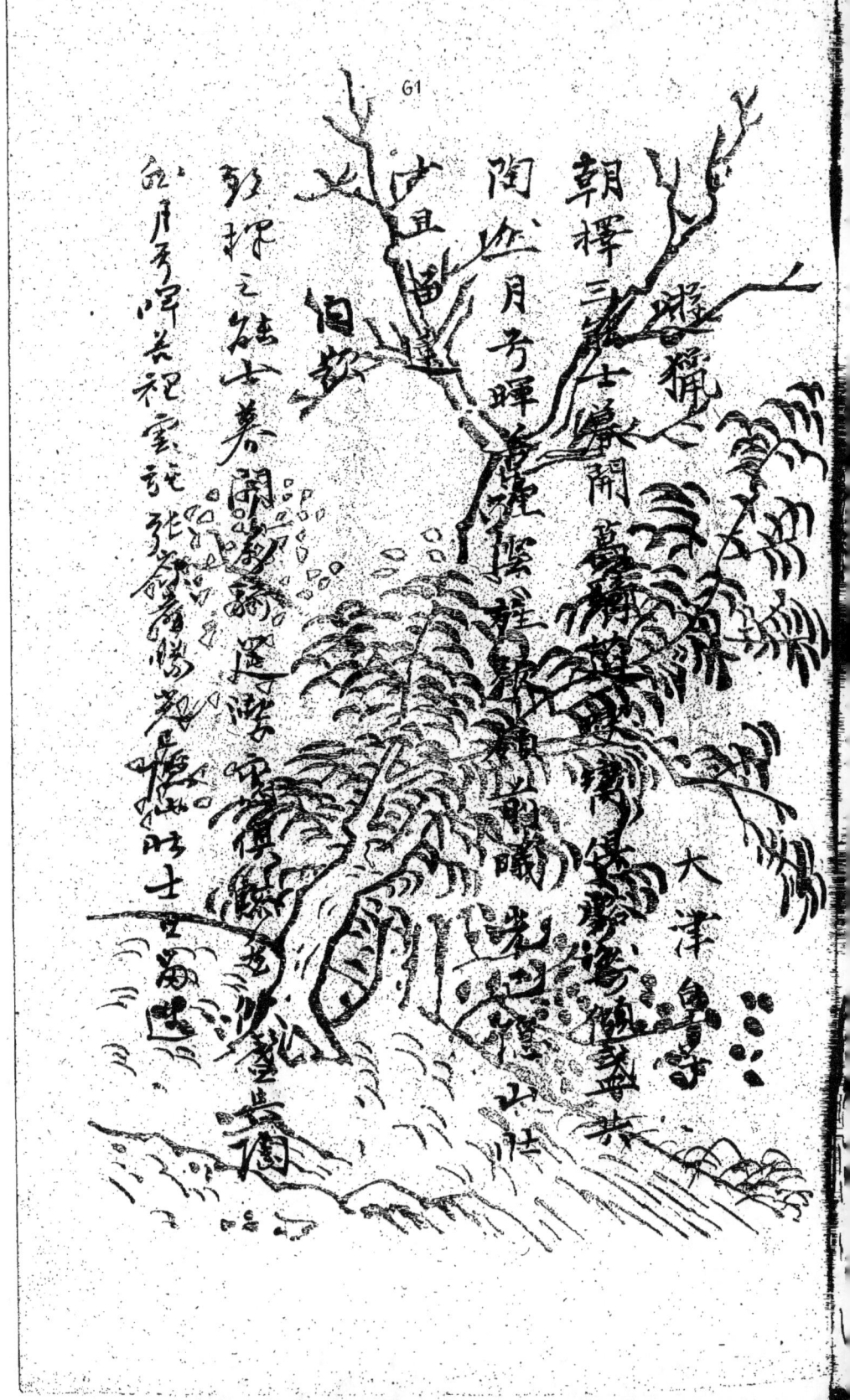

秋日言志　　　　　釋智藏

欲得性所宗　尋仁智情氣　爽當川麗風高物候芳

燕巢辭夏色　雁渚薦秋聲　伺燕竹林茂　來辱莫相相

驚

含欲

歡出巧忙一所毒仁知物氣爽川麗風至物候芳與

菜裡麦毛庇浩稚後雅両立竹麦荣屑美孔辱

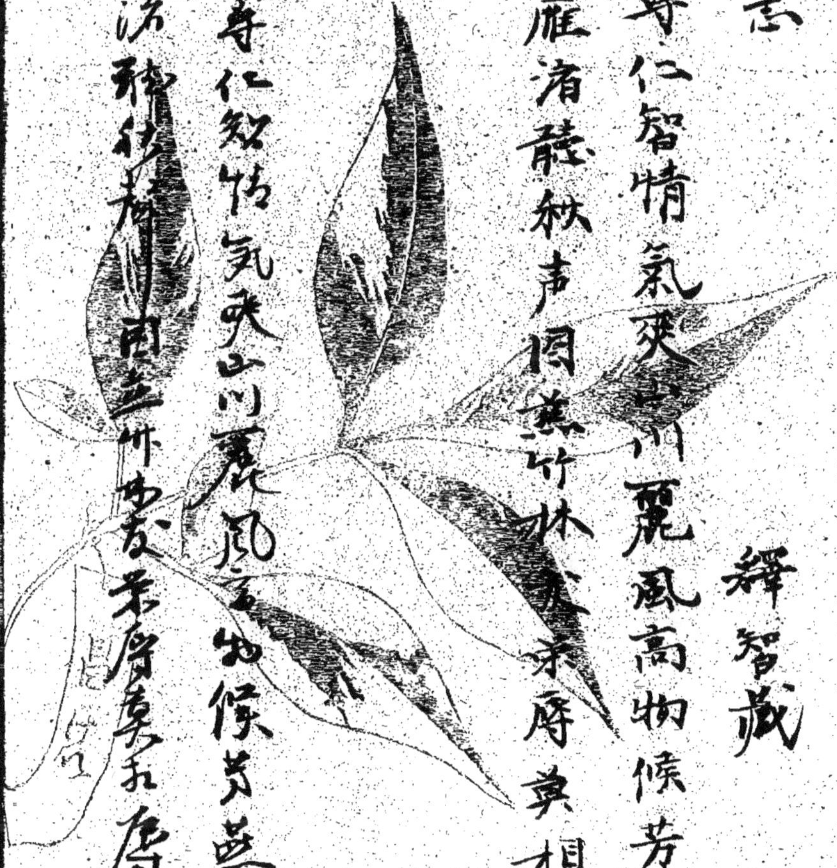

詠月

月舟移霧渚楓檝泛霞濱臺上澄流耀酒中沈去輪

水下斜陰碎樹除秋光新獨以星間鏡還浮雲漢津

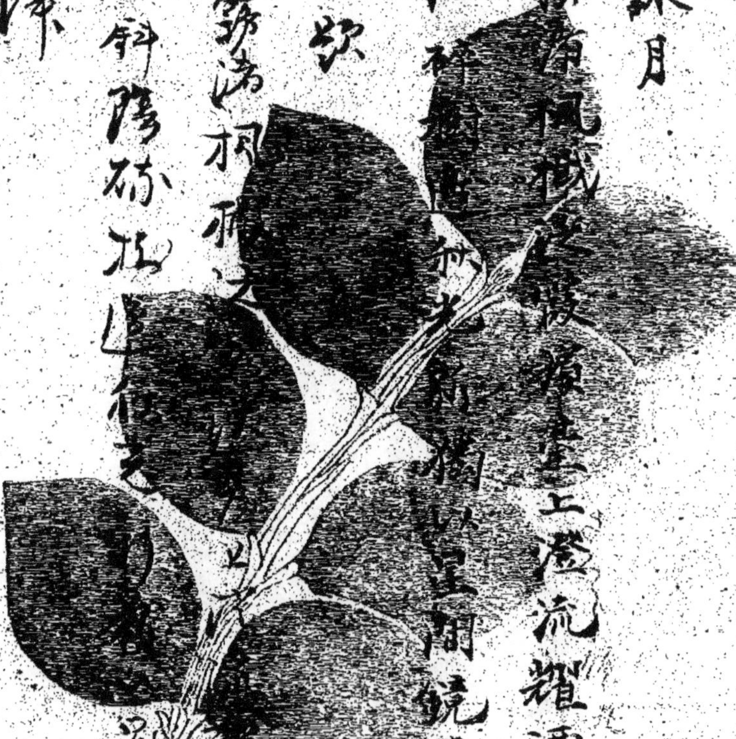

仝欵

月舟移霧渚楓檝泛霞濱臺上澄流耀酒中沈

去輪水下斜陰碎樹除秋光新獨以星間鏡還

浮雲漢津

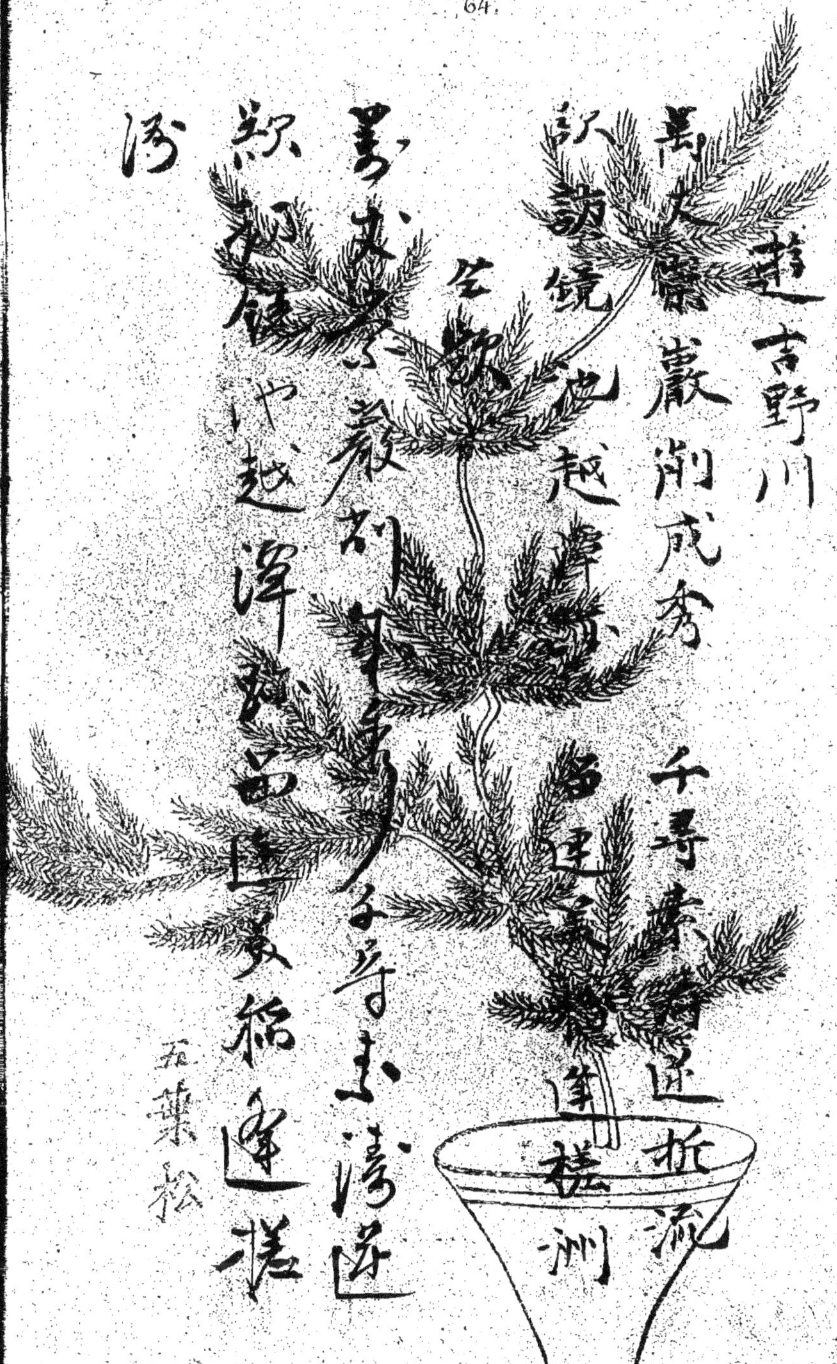
遊吉野川
萬丈崇巖削成秀
千尋素濤逆折流
欲訪鏡池越潭跡
留連美稲逢槎洲
萬丈崇巖削成秀千尋素濤逆折流
欲訪鏡池や越潭跡留連美稲逢槎洲
五葉松

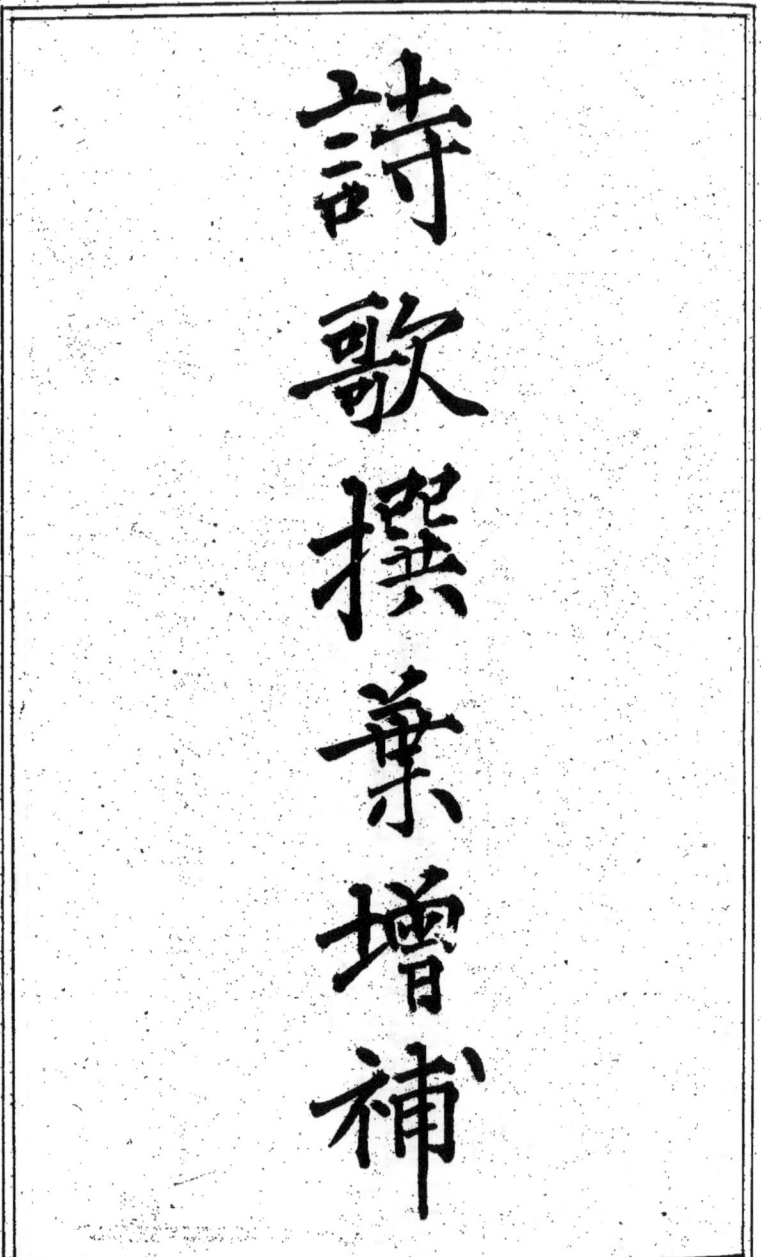

詩歌撰葉增補

和歌〔やまとうた〕

上句十七字、下句十四字、共三十一字

大抵有三篇序題曲流二挙リテ一首二、為レリ規範

日本紀云、伊弉冊尊先ニ唱曰、喜哉遇二可美

少男陽神不レ悦曰、吾是男子理當レ先ニ唱、如

何ニ婦人反テ先ニ言ヤ事、旣不レ詳宜ニ以テ改旋於

是ニ二神却更相遇是、行也、伊弉諾尊先ニ唱、

曰壽哉遇阿美少女此以爲歌之始

又有味耜高彦根神之妹下照媛謌二首而

文字數未定又有素盞嗚尊於出雲之清地

建宮詠歌此以降文字數皆三十一而爲和

歌始

百濟王仁奉賀仁德帝歌爲之歌又陸奥

女奉葛城王歌爲之歌也

凡歌有六義、與詩六義同意

風　そへうた

賦　かぞふうた

比　ふすくらふうた

興　たとふるうた

雅　ただことうた

頌　いはひうた

四條大納言公任撰和歌九品出於清輔奥

儀抄

止上　意詞神妙而有餘情

上中　體艷美而有余情

上下　未秀逸而有感情

中上　意詞不溶而有感情

此以下至下品歌有誅畧之

玉津島神　在紀川海部郡荅浦

和歌三神　住吉大明神　在摂州住吉郡

柿本人麿　在播磨明石大倉苔

住吉大明神底筒男中筒男表筒男三神也

同ク奈ニ神功皇后ヲ以テ為四産ニ世ニ猶海上船神者皇

台ノ征伐ニ三韓ノ時現レ于海上ニ使ム船ヲ速ニ到ラ新羅ノ地ニ因ニ

祭ル之ヲ又称ス歌神者和歌者流之傳授也

玉津島明神衣通姫也兄恭天皇之后忍坂大

中姫之妹而為無双ニ同色故為妃別造宮於大

和ニ令メ居ラ歎キ辛臨于此津島明神現ニ于紀那ニ衣

通姫是也

人丸大明神ハ作者部類云柿本太夫人丸ハ

以上道延氏録云天足彦押人命之後裔也敷

繍也

光讚人丸像云人丸者持統文武両朝仕臣

也右見国人傳詳子石見一代所詠和歌智奏逸

多載万葉及播州之社

和歌集

傳授

歌道以古今集中三島六木等之秘為傳授兩

中古以東常緣為祖而宗低遞遙院實隆稱各

院公條三光院壇澄細川玄吉法印八條殿中院殿烏丸

殿相自宗祇傳壮丹花肯柏謂之堺傳授傳子

領之自宗祇傳壮丹花肯柏謂之堺傳授傳子

南都饅頭屋謂之奈良傳授

ANTHOLOGIE
JAPONAISE

POÉSIES ANCIENNES ET MODERNES

DES INSULAIRES DU NIPPON

Traduites en français et publiées avec le texte original

PAR

LÉON DE ROSNY

PROFESSEUR A L'ÉCOLE SPÉCIALE DES LANGUES ORIENTALES

Avec une Préface

PAR ED. LABOULAYE

Membre de l'Institut

PARIS

MAISONNEUVE ET Cie, LIBRAIRES-ÉDITEURS

15 — QUAI VOLTAIRE — 15

M DCCC LXXI

ANTHOLOGIE
JAPONAISE

POÉSIES ANCIENNES ET MODERNES

DES INSULAIRES DU NIPPON

Traduites en français et publiées avec le texte original

PAR

LÉON DE ROSNY

PROFESSEUR A L'ÉCOLE SPÉCIALE DES LANGUES ORIENTALES

Avec une Préface

PAR ED. LABOULAYE

De l'Institut

PARIS

MAISONNEUVE ET Cⁱᵉ, ÉDITEURS

15, QUAI VOLTAIRE, 15

M DCCC LXXI

Imp. Clayes, imprimeur
9, Benoit, 7, à Paris

SI-KA-ZEN-YÔ

ANTHOLOGIE JAPONAISE